Hermann Harry Schmitz

Der Säugling

und andere Tragikomödien

Hermann Harry Schmitz: Der Säugling und andere Tragikomödien

Erstdruck: Leipzig, Ernst Rowohlt Verlag, 1911

Neuausgabe
Herausgegeben von Karl-Maria Guth
Berlin 2017

Umschlaggestaltung von Thomas Schultz-Overhage

Gesetzt aus der Minion Pro, 11 pt

Verlag: Henricus - Edition Deutsche Klassik GmbH
Mörchinger Str. 33, 14169 Berlin, info@henricus-verlag.de
Druck: Libri Plureos GmbH, Friedensallee 273, 22763 Hamburg

ISBN 978-3-7437-0217-2

Bibliografische Information der Deutschen Nationalbibliothek

Die Deutsche Nationalbibliothek verzeichnet diese Publikation in der Deutschen Nationalbibliografie; detaillierte bibliografische Daten sind im Internet über www.dnb.de abrufbar.

Inhalt

Was so in der Familie vor sich geht 4
    Der Säugling 4
    Die Taufe 10
    Die vorzügliche Kaffeemaschine 19
    O Gott, bei Benders ist Hausputz! 25
    Was Tante Gottmeih Schlüngel in der Stadt passierte 31
    Der Einbruch 36
    Onkel Willibald will baden 43
    Das verliehene Buch 49
Von öffentlichen Dingen und so 53
    Die Promenade 53
    Der überaus vornehme Friseur 58
    Von Männern, die an Schaltern sitzen 63
    Die Bahnhofsmission 70
    Die geteerte Straße 77
Wenn man so reist 82
    Als ich gen Italien fuhr 82
    Kennen Sie das Land, wo die Zitronen blühen? 88
    Im Riviera Splendid Palace 97
    Ventimiglia – Ventimiglia 105
    Herbsttage am Rhein 111
    Wie es kompliziert war bis ich in die Sommerfrische kam 119
    Was mir an der Table d'hote in der Sommerfrische passierte ... 126
Wenn man bresthaft ist 133
    Von meiner Lunge 133
    Im Sanatorium 138
    Der Blinddarm – ein Fluch! 145

Was so in der Familie vor sich geht

Der Säugling

Gott, das war schon eine maßlose Aufregung und ein unglaubliches Durcheinander bei Beckers! Es wurde das erste Baby erwartet. Schon seit Wochen harrte man gespannt darauf; es hätte schon lange da sein müssen.

Tante Tine aus dem Westfälischen, Tante Meta aus Düren, Tante Hucklenbroich aus Gladbach, Barbara Tröpfeli, eine unendlich ferne Verwandte aus dem Breisgau, Mutze Mandel, die Patin von Frau Becker, sie alle hatte es auf das Gerücht von dem bei Beckers zu erwartenden Ereignis nicht länger mehr in ihrer Heimat gehalten, und sie hatten sich eine nach der anderen bei Beckers zum Logierbesuch eingefunden. Sie führten ein für einen längeren Aufenthalt vorgesehenes umfangreiches Gepäck mit sich. Außerdem brachte eine jede, mit Ausnahme von Mutze Mandel, eine monumentale Amme aus ihrer Gegend mit.

Herr Becker war im allgemeinen ein Mann von einer gewissen Energie. Er konnte heroisch werden, wenn der Bäckerjunge zu spät mit den Brötchen kam, oder der Kohlenmann sich die Füße nicht abgeputzt hatte.

Aber mit jeder Tante, die bei ihm einzog, schwand sein Mannesmut mehr und mehr.

Tante Tine mit fünf großen Koffern und einer Amme hatte er als ersten Besuch harmlos, ohne Ahnung der folgenden Serie, süßsauer lächelnd, aber höflich entgegengenommen. Er erkannte den guten Willen der Tante an. Edle Beweggründe, ein schönes Menschenmitleid, ein blutsverwandtschaftliches Mitempfinden mochten sie veranlaßt haben, herbeizueilen.

Tante Meta mit acht Koffern und wieder einer Amme bekam schon einen weniger milden Empfang. Aber richtig grob und deutlich wagte Herr Becker nicht zu werden. Tante Meta war nämlich wohlhabend, und Beckers kamen als Erben in Frage.

Als Tante Hucklenbroich aber eines Tages mit einer Burg von Koffern und Körben und einer kolossalen Amme vor seinem Hause stand, war es mit seiner Selbstbeherrschung aus, und er ließ sich zu einigen häßlichen Bemerkungen hinreißen.

Da kam er aber schlecht an bei Tante Hucklenbroich.

Ob er wohl meine, man verlasse sein liebes Gladbach, sein gemütliches Gladbach und mache die anstrengende Reise zum Vergnügen oder gar seinetwegen? Da irre er sich aber gewaltig! Nur ihre Pflicht als Verwandte, als Tante habe sie dazu getrieben. Ja, ja. Wer solle sonst der armen, unwissenden Mutter beistehen und sie beraten? Und woher bekäme er hier in der Stadt eine solche Amme, wie sie eine mitgebracht? Hä. Sie bliebe hier und wiche nicht, da könne er machen, was er wolle. Außerdem habe sie das gleiche Recht hier im Hause, wie die beiden anderen Tanten. Und übrigens seien bei so was nie Hände genug.

So hatte den zukünftigen Vater die Tante Hucklenbroich angefahren und drohend und bestimmt mit ihrem Schirm – mit einem Storchenknopf aus Elfenbein als Griff – auf den Boden gestoßen.

Herr Becker war ganz klein geworden und hatte nur noch verzweifelt zu stöhnen gewagt. »Aber die Ammen – die Ammen. Wir haben ja auch schon eine engagiert, die bei uns wohnt!«

»Und wenn es nun Zwillinge werden? Oder gar Drillinge, hä? Was dann?« So hatte ihn Tante Hucklenbroich überlegen angeschrien. Und ihre Amme sei eine Kapitalsamme, und sie bestehe darauf, daß sie verwandt würde. Gegen ihre Amme kämen die der anderen Tanten nicht an.

Herr Becker resignierte kleinlaut, und als Barbara Tröpfeli mit einer Unmasse von Koffern und mit einer Amme, die aussah, wie eine Festung, eines Tages erschien, sagte er kein Wort. Apathisch stierte er den Besuch, die Koffer und die Amme an, wie ein unabänderliches, starres Prinzip.

Mutze Mandel kam nur mit vier Koffern und ohne Amme. Wie ein Irrer sah ihr Herr Becker entgegen und murmelte fragend: »Und die Amme, wo ist die Amme?«

Er schlief, ohne zu mucksen, auf dem Fensterbrett in der Küche. Alle Betten, Sofas und Chaiselongues waren in Anspruch genommen. Er schickte sich darin. Gott, so eine Geburt war eben ein außergewöhnliches Ereignis, das seine Schatten vorauswarf. Er war ein Neuling, das mußte vielleicht alles so sein.

Frau Becker war ruhig und gelassen und handelte nach allen Ratschlägen – sie mochten einander noch so entgegengesetzt sein – die ihr die Tanten und sonstigen Leute gaben.

Beckers hatten, bevor die Tanten über sie kamen, bereits alles, was nur eben für das kommende Ereignis nötig war, auf das reichlichste und sorgfältigste vorbereitet. Man hatte, wie gesagt, schon eine Amme ins Haus genommen, hatte Stöße von Tüchern, Bändern und anderem Zeug gerüstet, einen Kinderwagen, eine Wiege, eine Badewanne und eine Kinderwage und alle möglichen anderen, nach Aussage der Leute in den Geschäften unbedingt nötigen Gegenstände gekauft. Von allen Seiten hatte man sie haufenweise mit gehäkelten Jäckchen, Mützchen und dergleichen in liebevoller Weise bedacht. Man hielt sich für alle Fälle gerüstet.

Die Tatsache des Massentantenbesuches allein war schon äußerst schlimm, aber wehe! furchtbar wurde es, als sie anfingen, sich zu betätigen. Die Anschaffungen von Beckers wurden nach eingehender Prüfung in Grund und Boden verworfen. Da hieß es eingreifen. Jede Tante hatte dabei auch wieder ihre eigene Ansichten, die denen der anderen ganz entgegengesetzt waren.

Tante Tine bestand auf neuer Wäsche, da die Beckersche ganz und gar unhygienisch wäre. Nur in der Gesundheitswäsche »Prinzessin Alice« aus Pflanzenfasern läge das Heil und die Gesundheit eines Säuglings. Ballenweise schleppte sie diese Wäsche ins Haus.

Tante Meta erklärte den Kinderwagen für altmodisch und unpraktisch. Sie beschaffte einen raffinierten Patentkinderwagen, der durch entsprechende Handgriffe nach der Gebrauchsanweisung in eine Wiege, eine Schaukel, ein Karussell, einen Rundlauf, einen Schlitten und in die unmöglichsten Dinge verwandelt werden konnte.

Tante Hucklenbroich war für Wolle. Nur in Kamelhaarwolle würde das Kind gedeihen können. Sie ließ eine ganze derartige Wäscheausrüstung kommen.

Barbara Tröpfeli rannte aufgeregt umher und konnte sich nicht beruhigen: Die Ammen müßten Doppelkraftmalzbier »Goliath« trinken. In großen Mengen; davon hinge viel ab. Dieses Bier wäre die Basis eines Heldengeschlechtes. Fünftausend Flaschen dieses gepriesenen Bieres wurden Beckers in den Keller gelegt.

Herr Becker sah idiotisch und ergeben dem Tun der hilfreichen Tanten zu und bezahlte eine Rechnung nach der anderen. Die Summe, die er für die Aussteuer, wenn es ein Mädchen würde, für das Studium, wenn ein Junge käme, zurückgelegt hatte, hatten die Anschaffungen der Tanten völlig verschlungen. Aber Gott ja, hier durfte man nicht knausern, da es sich doch um das Wohl und Wehe seiner Nachkommenschaft handelte. Alles was getan wurde, diente doch nur diesem Zweck.

Mutze Mandel, eine begeisterte, fanatische Anhängerin von künstlicher Kinderernährung, ließ die kompliziertesten Sterilisierapparate mit Batterien von Flaschen ins Haus schaffen. Sie propagierte von früh bis spät ihre Theorie. Herr Becker hatte nichts gegen die Sterilisierapparate einzuwenden und bezahlte die erhebliche Rechnung ohne Murren, ungeachtet der fünf Ammen. Man konnte nicht wissen!

Oft saß er stundenlang vor all den fremden Dingen und sann über deren Zweck und Bestimmung nach. Aber er fand den Sinn nicht. Er tröstete sich mit dem Gedanken, daß so eine Geburt und das Drum und Dran schließlich für ihn, der das zum ersten Male mitmachte, ein notwendiges Mysterium sein mußte.

Nur das Doppelkraftmalzbier »Goliath« schien ihm verständlich. In ungeahnten Quantitäten tranken es die Ammen in sich hinein. Man sah in der Tat einen eklatanten Erfolg.

Die junge Mutter glaubte in ihrem Zustande zuversichtlich, daß alles notwendig und gut war, was um sie geschah.

Woche auf Woche verging, aber das Baby kam nicht.

Das Malzbier nahm rapide ab – die Ammen erschrecklich zu. Sie gingen zu fünf nicht mehr in ein Zimmer. Herr Becker mußte im Hause die zweite Etage dazu mieten und jeder Amme ein Zimmer für sich geben. Er ließ für jede Amme ein vierschläfiges Bett herstellen.

Die Ammen aber tranken unentwegt das Doppelkraftmalzbier »Goliath«.

Das Baby blieb aus. Man erinnerte sich anderer Fälle aus der Bekanntschaft, wo es auch so lange gedauert hatte. Bei Bösheims gegenüber – Gott, die hatten damals jede Hoffnung aufgegeben. Das war das Gespräch von früh bis spät.

Es wurden weitere fünftausend Flaschen Kraftbier »Goliath« eingelegt. Die Ammen füllten ihre Zimmer völlig aus. Sie glichen Riesenplumeaus oder auch vorsintflutlichen Tieren.

Wochen vergingen. Man wußte schon fast nicht mehr, um was es sich handelte, und hatte das Baby schier vergessen. Da plötzlich eines

Morgens um fünf Uhr war das Ereignis eingetreten. Jetzt konnte man es sich kaum erklären. So unerwartet! Gestern waren Beckers noch im Stadtgarten. Kalbfleisch mit Kartoffelsalat hatte Frau Becker gegessen. Und jetzt war ein Junge da.

Das Kind wurde natürlich für so schön und kräftig befunden, wie man noch keines bisher gesehen hatte. Herr Becker ging mit enorm herausgedrückter Brust stolz durch das Haus.

Der Junge wanderte von Hand zu Hand. Die Tanten rissen sich um ihn. Eine jede hatte die krampfhafte Sucht, etwas mit dem Baby anzustellen. Es war ein seltsames Stimmendurcheinander, ähnlich einer wilden Unterhaltung von Papuanegern oder dem Lautgewirr in einer Irrenanstalt.

»Pi, pi, pi, tleine Jung, tleine Jünke! Tö, tö, tö, püh, püh, püh, hatu Weweeke? Teine Terlche, teine Terlche, kis, kis, kis!« klang es wirr durcheinander.

Tante Meta hatte das Kind auf dem Arm und fragte es fortgesetzt: »Wo is et liebe Kerlche, wo is der kleine Jung?«

Diese sinnige Frage wurde von dem Baby nur mit einem mörderischen Geschrei beantwortet.

Frau Becker hatte die fieberhafte Sorge aller jungen Mütter, horchte begierig und vertrauensvoll allen Vorschlägen und ließ die Tanten in allem gewähren.

»Gewickelt, feste gewickelt muß das Kind werden«, wurde vorgeschlagen. Der Junge wurde gewickelt mit einer Begeisterung, daß er ein gutes Stück länger wurde. Das Kind brüllte.

»Was wickeln? Um Gottes willen!« hieß es von anderer Seite, »das Kind muß frische Luft haben, muß strampeln können.« Das Baby wurde bei 0 Grad auf die Bleiche gelegt. Das Kind brüllte.

»In die Wiege muß das Kind, es muß geschaukelt werden«, ein neuer Vorschlag. Man schaukelte das Baby mit Vehemenz, daß es im hohen Bogen hinausflog. Es brüllte.

»Es muß in den Kinderwagen und hin und her gefahren werden«, schrie eine Stimme überzeugt.

Das Kind wurde in den Kinderwagen geschleudert und wie irrsinnig durch die Wohnung gejagt.

Der Fanatismus der eifrigen Tanten, die alle hartnäckig auf ihren Theorien bestanden, wurde unheimlich und wuchs zu einer Besessenheit aus.

»In Wolle muß der Knabe gebettet werden«, tobte Tante Hucklenbroich. Sie warf die Pflanzenfasergewebe von Tante Tine beiseite.

Tante Tine riß dann den Jungen wieder aus den Umhüllungen der Hucklenbroichschen Kamelhaarwäsche und legte ihn zurück in ihre Idealwäsche »Prinzessin Alice«.

Das Baby brüllte mörderlich.

»Der Junge muß gepudert werden. – Der Junge darf nicht gepudert werden, er muß mit Fett eingerieben werden. – Nein, er muß mit Spiritus abgerieben werden. – Er muß kalt gebadet werden. – Heiß, ganz heiß muß er gebadet werden.« Alle Ratschläge wurden befolgt. Das Baby brüllte unentwegt.

»Das Kind wird Hunger haben«, meinte der Briefträger Pempelfort. Auf die Idee war noch niemand gekommen.

Man schrie nach den Ammen.

Mit den Ammen war aber nichts mehr anzufangen, sie konnten wegen ihrer Fülle nicht aus ihren Zimmern heraus. Außerdem waren drei schon geplatzt, und die beiden anderen gingen demselben Ende entgegen.

In der Not griff man zu dem Sterilisierungsapparat der Mutze Mandel.

Die Entdeckung des Radiums war ein Kinderspiel gegen die Bemühungen der mit Vater Becker vereinigten Tanten, den Sterilisierapparat in Szene zu setzen. Gläser mit Maßstrichen und gebogene Glasröhren hatte man schon reichlich kaputt gemacht, sich auch bereits genügend die Finger verbrannt.

Das Kindchen schrie, daß es bereits blau im Gesicht war, nach Atzung. Die Nachbarn beschwerten sich. Ein Polizist kam von der Straße herein im Glauben, es würde jemand ermordet.

Man wußte nicht, was in die Flaschen kam. Das vor allem wußte man nicht.

»Milch«, schlug der Polizist vor.

»Richtig, natürlich Milch«, rief man froh und erlöst durcheinander.

Das Baby lag fast in den letzten Zügen, als man endlich die erste Pulle Milch bereitet hatte. Der Kleine sog die Milch mit Behagen. Mutze Mandel triumphierte. Der Sterilisierapparat ward anerkannt.

Das Baby schlief nach seiner Pulle ein. Der Polizist ging weg.

Man müßte das Kind mal wiegen – Tante Tine kam auf die Idee. Das Kind wurde auf die Wage gelegt, wurde wach und begann natürlich wieder zu schreien. Man legte es wieder in die Wiege, da man aus der Wage doch nicht klug wurde.

Dann kam man in den nächsten Tagen endlich zum Verständnis der Wage. Man wog den Knaben vor und nach jeder Flasche und konstatierte triumphierend, daß er nachher immer schwerer war. Das war ein gutes Zeichen. Er gedieh, hurra!

Aber eines Tages bemerkte man, daß das Baby am nächsten Tage vor der Flasche gerade so viel wog, wie am Tage vorher vor der Flasche. Das war ja äußerst seltsam. Da man keinen Mathematiker zur Hand hatte, blieb diese Erscheinung unerklärt.

Dann empfahl eines Tages die Bügelfrau das Idealrapidsäuglingskraftwachsnährpulver »Koloß«.

Man gab dem Kind abends eine tüchtige Dosis, und bereits am nächsten Morgen fand man das Baby aufgeschossen zur Größe eines zehnjährigen Jungen, mit den Beinen und den Armen aus der Wiege baumelnd vor. Entsetzen packte die Tanten und die Eltern.

Und das Kind wuchs sichtbar. Die Wiege brach zusammen.

Die Tanten flüchteten in die Heimat. Die Eltern ergaben sich dem Malzbier.

Niemand wagte mehr, nach dem Kinde zu schauen.

Der Junge hatte in wenigen Tagen die Größe eines ausgewachsenen Mannes mit dem Intellekt eines Säuglings.

Er ging ins Leben hinaus, geriet in die Diplomatenkarriere und brachte es in kürzester Zeit zu einer leitenden, hohen Staatsstellung.

Niemals ist das Land so auffallend gediehen, wie unter dem Regime des jungen Becker.

Die Taufe

Blonde Frauen bekommen furchtbar leicht Kinder. Blonde Frauen sind ganz besonders veranlagt, gute Mütter und Juwelen von Hausfrauen zu werden.

Mein Freund Theobald Seheim mußte einen solchen Typ deutscher Fruchtbarkeit heiraten. Es ging nicht mehr anders: das Mädchen gehörte der Gesellschaft an, und der Bruder war Reserveleutnant. Theobald hatte auch seinen Roman in der Gesellschaft haben wollen; er war dabei hereingefallen.

Wenn irgend etwas Außergewöhnliches an ihn herantrat, verlor Theobald stets völlig den Kopf. Ich war einmal sehr befreundet mit ihm und hatte ihm während der kritischen Zeit getreulich zur Seite gestanden; außerdem war ich ihm noch dreihundertzwanzig Mark schuldig.

Nach seiner Verheiratung sahen wir uns selten, er hielt sich unseren Kreisen fern. Zweimal war ich bei ihm zu Tisch, das letztemal vor etwa zwei Monaten. Die blonde Frau ging mir mit ihrem aufdringlichen Embonpoint auf die Nerven. Sie verließ das Zimmer nicht einen Augenblick. Theobald hatte sich in den sechs Monaten seiner Ehe verblüffend geändert. Er war äußerst moralisch geworden und begann, je mehr ich seinem wirklich nicht schlechten Mosel zusprach, mir mein ungeregeltes, verwerfliches, drohnenhaftes Junggesellendasein im Gegensatz zu seiner nützlichen, staatserhaltenden Häuslichkeit vorzuhalten. Einteilen müsse man sich sein Leben, dozierte er, alles zur Zeit und vor allem alles mit Maß. Um die Liebe sei es etwas Heiliges, erklärte er gemessen. Gerade sittlicher Ernst fehle heutzutage den jungen Leuten. Frau Seheim hängte sich polypenhaft an ihren Gemahl und drückte ihm ihre Lippen ins Gesicht. – Ich steckte mir beschämt eine neue Importe an und hauchte tief aufseufzend: »Ja, ja!« – Als er dann auf die materiellen Vorzüge einer Ehe hinwies, in höchster Entrüstung von dem In-den-Tag-Leben der meisten Junggesellen, dem sinnlosen Geldverprassen und der notwendigen Folge eines solchen verwerflichen Lebens, dem unsinnigen Schuldenmachen sprach, wurde es mir nun doch ungemütlich; ich verabschiedete mich, zumal Theobald keine Anstalten machte, eine neue Flasche anzubrechen, mit einer gewissen Kühle und mied von diesem Tage ab die Seheimsche Häuslichkeit. –

Ich hatte während der letzten Tage schauderhaft gesumpft, zwei Tage und zwei Nächte meine engsten Lackstiefel nicht von den Füßen gehabt. Die vergangene Nacht hatte sich bis heute mittag ausgedehnt. Nun saß ich als absolute Leiche auf meiner Bude und pflückte mir ächzend und stöhnend meine Gewandung vom Leibe.

Schlafen, schlafen, schlafen, war mein einziger Wunsch. Es war Dienstag. Ich hatte meiner Wirtin strengste Order gegeben, mich vor Freitag nachmittag nicht zu wecken.

Behaglich dehnte ich mich in den Federn und streckte grunzend das zerschlagene Gebein. Ich schloß die Augen und sank sanft dem Nirwana in die Arme.

Trrrring ..... trrrriing .... trrrrrrrrrriiiing ...
Ich warf mich stöhnend auf die andere Seite.
Trrrrrrrriing .... trrrrrrrrrrrriiiiing ..... trrrrrrrrrriiiiiiing ..... trrring.
Ich fuhr im Bett auf; idiotisch versuchte ich, mir im Halbdusel darüber klar zu werden, woher das furchtbare Geräusch komme.
Trrrrrrrrrrrrrrrrriiing ..... trrrrrrrrrrrrriiing ... trrrrrrrrring ....
Die Korridorklingel –
Trrrrrrrrrrrrrrrrrrrrrrrrrrrriing .... trrrrrrrrrrrrrrrrrrrrrrrrring ....
Warum öffnet die Wirtin nicht? Wirtinnen öffnen immer nur dann, wenn man aus bestimmten Gründen damit gerechnet hat, einen Besuch selbst an der Tür in Empfang zu nehmen.
Mein armer Kopf!
Ich hielt mir die Ohren zu. Vergebens!
Trrrrrrrrrrring ....
Da will nicht, da muß jemand herein.
Trrrrrrrrrrrrrrrrrrriiiiiiing ... trrrrrrrrrring .... tring .... tring ....
Endlich. – Irgendeine Tür in der Wohnung wurde rabiat aufgerissen, und eine schwere Masse schluffte energisch durch den Korridor.
Aufatmend ließ ich mich in die Kissen zurücksinken. Ich war zu gebrechlich, um mich noch weiter für den Fall zu interessieren. –
Ein entsetzlicher Lärm auf dem Korridor störte mich, kaum eingedüselt, wieder auf. Lautes Stimmengewirr, aus dem ich das schrille Organ meiner Wirtin heraushörte, die gegen eine Männerstimme anredet. Die streitenden Parteien schoben sich näher und machten vor meiner Türe halt.
Ich richtete mich wütend auf und hörte, wie meine Wirtin fortgesetzt beteuerte, ich wäre verreist und würde in den ersten Wochen kaum wiederkommen; man könnte im übrigen gegenwärtig überhaupt nicht in das Zimmer, es sei frisch gestrichen. Dann kamen Argumente, die lediglich aus Schimpfworten bestanden.
Die Beharrlichkeit des Fremden draußen, zu mir zu gelangen, machte mir ernstlich Sorge. Ich suchte mir darüber klar zu werden, wo ich die Stimme schon gehört hatte. Ich konnte mich nicht besinnen. Ohne Zweifel irgendein feindseliger, gieriger Manichäer. Ich baute auf das Maulwerk meiner Wirtin.
Verzweifeltes, ohnmächtiges Schluffen und Stampfen; ein Drängen und Stoßen an der Tür. Eine energische Hand legte sich auf die Klinke,

und rüttelnd heischte eine gebieterische Stimme, die ich jetzt als die Theobald Seheims erkannte, Einlaß.

Ich kroch unter die Decke. »Ich weiß, daß du da bist«, tönte es vor der Tür. Zögernd begann Theobald mit seinen amerikanisch Doppeltbesohlten den Anfang von Salomes Schleiertanz an meiner Tür zu produzieren. Mein armer Kopf. Die verdammten dreihundertzwanzig Mark.

Ich faßte einen Entschluß. Ich schleppte mich zur Tür und winselte durch das Schlüsselloch, ich sei totkrank, es müsse die Lepra sein oder die Pest. Es wäre unbedingt ansteckend; ich würde unter keinen Umständen öffnen; er habe aber als verheirateter Mann Pflichten seiner Frau gegenüber. Er solle mir schreiben, übrigens bekäme er sein Geld.

Er trampelte unverdrossen weiter. Ich hielt mir die Ohren zu. – Er änderte seine Taktik und rief durch die Türritze, er hätte mir eine für mich höchst wichtige Mitteilung zu machen. Ich solle nur um Gottes willen öffnen. Wegen der alten Geldsache käme er nicht; das eile nicht. Es wäre nichts Unangenehmes, darauf gäbe er mir sein Ehrenwort.

Ich war einigermaßen beruhigt und öffnete also.

»Anziehen, sofort anziehen«, waren seine ersten Worte.

»Ja, aber ...«

»Anziehen, schleunigst, ich erkläre dir alles. Schnell, schnell.«

»Unmöglich«, ächzte ich, »ich bin gerade im ersten Schlaf.«

»Anziehen, anziehen, sofort, soooofoooort!!« brüllte er wutschnaubend. Er sprang von einem Bein aufs andere, griff nach einem rostigen Beil aus der Schlacht bei Moorgarten, welches ich als wertvolle Antiquität an der Wand hängen hatte und rückte mir zu Leibe.

»Anziehen, anziehen, anziiiiiiiehen!!!«

Er ist irrsinnig, das wurde mir klar. Man muß ihm den Willen tun.

Ich brachte einen Tisch zwischen mich und Theobald und schwang mich mit einem gräßlichen Fluch in meine Hose.

»Schnell, schnell«, hetzte Theobald.

Ich hatte die Hose falsch herum angezogen. Ich riß sie wieder herunter, trat in die Waschschüssel, rannte gegen die offene Kleiderschranktür. Ein Topf Preißelbeeren, den meine Wirtin auf meinem Kleiderschrank aufzubewahren pflegte, fiel herab.

»Hier dein Rock – deine Schuhe – deine Weste – schnell, schnell!«

Meine Füße waren angeschwollen. Die kaum erkalteten Lackschuhe zu eng geworden. Ich zerrte und zerrte, der Hosenträger platzte.

»Töte mich, Theobald«, heulte ich, »oder sage mir wenigstens, was du mit mir vorhast.«

Die gymnastischen Anstrengungen, in die Schuhe zu schlüpfen, waren endlich von Erfolg gekrönt. Ich konnte nur auf den Fußspitzen auftreten. Es war fürchterlich. Das Blut stieg mir zu Kopf. Wasser lief mir im Mund zusammen. Es wurde mir schlecht. Die letzte Pulle Moët, der Ausklang einer gewaltigen Serie dieses leichtsinnigen Saftes, kam an den Tag.

Tränend, schluchzend, pustend ächzte ich: »Töte mich, Theobald.«

Ich sank in einen Sessel, auf welchem mein steifer Hut lag. – Unerbittlich hielt mir Theobald meinen Rock hin.

»Anziehen, anziehen! Es muß sein! *Es muß sein!*!«

Ganz willenlos ließ ich Theobald meine Garderobe vervollständigen. Er stülpte mir den eingesessenen Filz auf, nahm mich unter dem Arm und schleppte mich die Treppe hinab auf die Straße, wo eine Droschke wartete.

Ein naßkalter Novembertag –

Theobald und der Kutscher bauten mich im Rücksitz auf. Ich vergrub meinen todwunden Kopf in die Ecke und schlief ein. – Ein kalter Luftzug weckte mich auf. Das Fenster war heruntergefallen. Theobald zog es wieder zu und drückte mir das Ende des Fensterriemens in die Hand. Ich lehnte mich zurück, und die Augen fielen mir zu.

Der Riemen entglitt meiner Hand. Das Fenster sauste klirrend nieder. Ich schreckte auf. – »Es muß sein«, tönte mir Theobalds letztes Wort in den Ohren. Ich döste und versuchte, mir darüber klar zu werden, warum ich in einer Droschke sitze und nicht in meinem Bett liege; warum Theobald mir gegenüber sitze in einem schwarzen Anzug und mich anstarre. – »Warum dies alles?« – »Es muß sein«, tönte es in mir. – »Was muß sein, elender Bursche?« – brüllte ich plötzlich los. Ich packte Theobald an den Schultern und schüttelte ihn, geriet dabei mit dem Ellbogen in die andere Scheibe, glitt aus und fiel von der Bank. – Es war zu viel für mich; meine Kraft war endgültig gebrochen. Ich weinte und bat Theobald, er möchte doch wegen der dreihundertzwanzig Mark keine Schweinereien machen. Ich wollte Stunden geben, alten Damen vorlesen, Adressen schreiben, Konversationslexika verkaufen. Ich würde etwas zu verdienen suchen, um ihn nach und nach abzuzahlen. Tränen erstickten den Rest meiner Beteuerungen. –

Es gab einen Ruck nach vorn, es gab einen Ruck nach hinten, und der Wagen hielt. Theobald stieg zuerst aus. Es regnete heftig. Gleichgültig sah ich mich um; wir standen vor der Johanniskirche. Theobald zog, der Kutscher schob, ich stand in der Kirche. Das Dienstmädchen von Seheims, die Anna, war auch da. Sie stand mit einem weißverpackten Kind in der Nähe des Eingangs, als ob sie uns erwartete. Sie schloß sich uns an. Die Kirche war angefüllt mit Frauen, die Kinder trugen, und Männern in schwarzen Röcken und wichtigen Gesichtern. »Verstehe das, wer will! Was soll ich da?« – Es überlief mich kalt, wir wurde schwindlig: Theobald, – die Preißelbeeren – die Anna – der Moët – das Kind – der Kutscher: ein wilder Reigen vor meinen Augen. »Nimm dich zusammen, du sollst ja nur Pate bei meinem Kinde sein«, schnauzte mir Theobald ins Ohr. Er habe das mit dem Paten nicht gewußt, flüsterte er mir zu, erst der Pastor habe ihn heute vormittag bei der Anmeldung zur Taufe darauf aufmerksam gemacht. Er habe aber keinen von seinen anderen Bekannten angetroffen. – Mein erster Gedanke bei dem Wort Pate war: »ein silberner Löffel«.

Ich war physisch zu marode, um noch länger zu stehen; ich kroch in eine Bank. Theobald setzte sich krampfhaft neben mich; an der anderen Seite von mir saß die Anna mit dem Kind. Das Kind hatte einen Gummilutscher im Mund, der immer zu Boden fiel. Ich versuchte ihn aufzuheben, es ging nicht, es war zu tief. Ich bekam einen roten Kopf, und alles schmeckte nach Moët. – Trotz der harten Kirchenbank, trotz des allseitigen Kindergeschreis schlief ich wieder ein. – Ein unsanfter Stoß in die Seite schreckte mich auf. »Wir sind jetzt an der Reihe«, sagte Theobald und zog mich zum Altar. Fremden Leuten mußte ich sagen, wie ich heiße. Dann kam ein Pastor und predigte. Das Stehen bekam mir nicht, ich schwankte und stieß laut auf. Theobald trat mir verstohlen gegen das Schienbein. Unser Kind begann zu schreien; Theobald wurde rot und bekam eine dicke Ader auf der Stirn.

Ich duselte stehend ein.

»Sie können gehen, Ihre Leute sind schon weg«, hörte ich wie von ferne eine milde Stimme sagen. Es war der Pastor. Ich stierte um mich, die Kirche hatte sich geleert. Theobald und die Anna mit dem Kinde waren weg. »Sie werden draußen in der Droschke auf mich warten«, dachte ich.

Ich kroch zur Tür und hatte gerade die Klinke in der Hand, als der Küster auf mich zusprang und mir ein warmes Paket mit einem quietschenden Kind in den Arm legt. Ich versuchte, mich zu sträuben, protestierte und erklärte mit käglicher Stimme, daß wir unser eigenes Baby hätten, und daß mich die ganze Sache nichts anginge. – Ich mußte weinen. – Ich sei nur Pate bei Seheims Kind, schluchzte ich, er möge das Kind doch behalten. Der gute Mann zuckte lächelnd die Achseln und meinte, das kenne er, diese Art, sich zu drücken, zöge bei ihm nicht. Ich beschwor, ich beteuerte, immer noch jämmerlich heulend, ich sei Junggeselle. »Gerade deswegen«, lautete seine höhnische Erwiderung. Er drängte mich durch den Ausgang, und schwer fiel die Tür hinter mir ins Schloß.

Ein Gemisch von Schnee und Regen trieb mir der Wind klatschend ins Gesicht.

Ich stand seelisch und körperlich gebrochen an der Kirchtür, mit viel zu engen Lackstiefeln und einem fremden Kind. Von Theobald und unserer Droschke war nichts mehr zu sehen.

»Der Schuft!« Ich verfluchte ihn, seine blonde Frau, die Wirtin, die Anna, den Küster und den verdammten Moëtgeschmack im Mund. Ich zermarterte mein armes Gehirn, was ich anfangen sollte. Ich wurde immer mehr durchnäßt. Ich kroch unter das Portal; hier war ich wenigstens vor dem Unwetter einigermaßen geschützt. Ich klapperte vor Frost. Mir wurde übel.

Plötzlich fühlte ich mich von einer kralligen Hand am Arm gepackt, eine keifende Weiberstimme riß mich aus meinem Sinnen.

»Hann ech Se endlich, Sie jemeine Minsch! Sie also hann onser Traudsche verführt? Natürlich, nachdem et eso weit es, dröckt mer sech. Ech well et Ehne scho zeige!«

Ein übles, schmutziges Weib stand vor mir. Ich starrte sie verständnislos an und sagte zitternd: »Ich verstehe Sie nicht, gute Frau.«

»Verstehen Sie nicht? E arm Mädsche in et Onjlöck stürze, dat verstonn Se! Mettjekumme, ech well et Ehne schon klar mache!«

Sie riß mich die Kirchentreppe hinab und zog mich mit sich. Mir war nun alles gleichgültig geworden. Ich verteidigte mich nicht mehr, gab jedes Sträuben auf und stolperte hinkend, willenlos, wie im Traum neben der Alten her, das Kind noch immer auf dem Arm. Unermüdlich keifte das Weib weiter. Ihre Tochter wäre von der Kirche nach Hause gekommen ohne das Kind, sie hätte es auf eine Bank gelegt, und nachher wäre es weggewesen – so habe sie erzählt. – Ich hätte dem armen Mädchen den Plan eingegeben, so das Kind los zu werden. –

Sie wäre eine alte, ehrliche Frau und wollte keine Scherereien mit der Polizei haben. Ein Glück, daß sie mich noch erwischt hätte.

Ich verstand nichts von alledem. Ich hatte nur den Wunsch, bald irgendwo zu sein.

Wir durcheilten Straßen, durch die ich nie gekommen. Endlich machten wir vor einem schmutzigen, vielstöckigen Mietshause halt. – Blöde erwartete ich, was nun vor sich gehen solle.

Die Alte riß mir das Kind aus den Armen; mit einigen kräftigen Püffen war ich im Haus. Ein Duft von schlechtem Fett, Kindern und feuchter Wäsche umfing mich. Irgend jemand rief: »Heini, die Ahl hätt em.«

Ich hörte Gejohle hinter mir und schleppte mich wie besinnungslos die Treppe hinauf. Man stieß mich in ein qualmiges Zimmer, wo ich halbtot auf dem ersten besten Stuhl zusammenklappte.

»He es de jemeine Minsch«, hörte ich aus dem Nebel meine Begleiterin kreischen.

Klatsch-päng – bekam ich eine Ohrfeige, die mich mit dem Stuhl umwarf.

Ich machte Anstalten, aufzustehen, ein Tritt von einem derben Stiefel vereitelte mein Beginnen. Ich brüllte um Hilfe. Ich flehte um Gnade.

Ein Hüne mit einem brutalen, viereckigen Gesicht, in einer gestrickten Jacke schleuderte mich in die Ecke eines alten Ledersofas, setzte sich mir drohend gegenüber und paffte mir rücksichtslos den Rauch einer nichtswürdigen kurzen Pfeife ins Gesicht. Um den Tisch herum standen ungezählte, nie gewaschene Kinder, die mich neugierig und schadenfroh angrinsten.

»Also du des däh Kääl?« brüllt mich mein Gegenüber an.

Ich stammelte: »Nein.«

Drohend hob er die Faust.

Ich flüsterte: »Ja.«

»Du wirs also ons Traudsche hierohde?« fuhr er fort.

Ich starrte, wie hypnotisiert, auf die furchtbare Faust. Mein Kopf drohte zu zerspringen, meine Backe schmerzte, – auch hatte der Tritt eine empfindliche Stelle getroffen. Dazu stieß mir noch fortgesetzt Moët auf.

»Ja oder nein?«

»Ja, ja, ja«, stöhnte ich in meiner Angst, »alles, was Sie wollen.«

Im Nebenzimmer begann das Göhr zu schreien. Das Weib keifte dazwischen. Der Mann am Tisch schimpfte weiter. Worte schlugen an mein Ohr, deren Sinn ich nicht verstand. Mein Begriffsvermögen war zu Ende. Ich sank völlig erschöpft in mich zusammen. –

»Dat es ja jar nitt der Hujoh«, hörte ich auf einmal eine fremde weibliche Stimme dicht neben mir. Man rüttelte mich auf. Ich glotzte um mich. Der Hüne stand drohend vor mir, neben ihm ein junges Mädel. Das alte Weib saß am Tisch mit dem Kind auf dem Arm.

»Dat es ja jar nitt der Hujoh«, wiederholte das Mädchen.

Ich bekam wieder Mut.

Weinerlich bestätigte ich: »Sie haben recht, ich bin wirklich nicht der Hugo.« – Obgleich ich tatsächlich nicht mehr wußte, wer ich überhaupt noch war.

Der Hüne schlug mir den Hut auf den Kopf, riß mich vom Sofa und schrie: »Wat häs du dann he verlore, du Flahbes, eraus sag ech, du hörs net en ons Famellje!«

Die Alte keifte dazwischen: »Wie kütt dä Kääl an ons Keng?«

Ich versuchte, langsam zur Tür zurückweichend, die Leute in einigen kurzen Sätzen aufzuklären, wie ich an das Kind gekommen sei, als plötzlich die junge Mutter, die sich inzwischen der Entblätterung des Kindes zugewandt hatte, gellend ausrief: »He dat es ja jar nitt onser Jösefke, he dat es e Mädsche!«

Die Alten und sämtliche Kinder drängten sich um den Säugling, um sich von dieser neuen, seltsamen Tatsache zu überzeugen.

Ich wollte die Verwirrung benutzen und mich still und anspruchslos drücken: bereits hatte ich die Klinke in der Hand, als man allgemein meiner gedachte.

Brutal wurde ich gepackt und ins Zimmer zurückgerissen.

»Mer sollt zur Pollezei schicke!« schrie die Alte, die mir rücksichtslos das schlecht verpackte Kind unter den Arm schob.

Brüllen. Kreischen. Johlen. Die Faust tanzte mir vor der Nase. Von allen Seiten wurde ich gezwickt und geschoben.

Da kam mir in höchster Not ein rettender Gedanke.

Mit dem Rest meiner Kräfte begann ich einen schauerlichen, gliederverrenkenden Tanz auszuführen, dazwischen brüllte ich:

»Huaooh, huuuuuuuaooooh, Kresoooooot, Yohimbiiiiiiiiiiin, huuuuuuuaooohh ….!!« Schaum trat mir vor den Mund.

Man stob entsetzt auseinander und flüchtete ins Nebenzimmer.

Ich schleuderte das Balg auf das Sofa, erreichte die Tür und flog in gewaltigen Sätzen die Treppe hinunter. Ein Handbesen, geschickt geschleudert, traf mich noch ins Kreuz.

Ich gewann die Straße und raste dahin.

Ich geriet in die städtischen Anlagen, wo ich völlig erschöpft auf einer einsamen Bank trotz Regen und Wetter niedersank.

Mitten in der Nacht wurde ich vor Kälte wach. Meine Uhr war fort. Ich hatte einen außergewöhnlich übeln Geschmack im Munde.

In der Nähe sah ich durch das Gebüsch schimmernd ein flackerndes, einsames Licht. Ich stolperte mit steifen Gliedern darauf zu und fand eine verlaufene Droschke mit einem angetrunkenen Kutscher, den ich zu meiner Freude als den trefflichen Hubert Quadpflaume erkannte. Hubert Quadpflaume war in vorgerückter Stunde mit seinem Wagen gewöhnlich vor Bols zu finden und hatte mich manches liebe Mal unter erschwerenden Umständen nach Hause transportiert.

Fröhliches, gegenseitiges Erkennen. Lange habe ich an seiner Brust geweint.

Trotzdem er so betrunken war, daß er mich fortwährend Emil nannte, fand ich mich nach einiger Zeit vor meiner Wohnung.

Nachdem es unserem eifrigen, unermüdlichen Klingeln, Klopfen und Johlen gelungen war, allenthalben in der Nachbarschaft Köpfe in die Fenster zu bringen, die mich reichlich mit häßlichen Schmähungen bedachten, öffnete meine Wirtin endlich und meinte gutmütig: »Ich hab' jeglaubt, es wär' nebenan!« – Ich konnte nur noch milde grinsen.

Als ich endlich in meinem Bett lag, fand ich lange keinen Schlaf. Es ging mir fortwährend der Gedanke im Kopf herum, was ich meinem Patenkind eigentlich schenken sollte.

Die vorzügliche Kaffeemaschine

Jeden Mittag giftete sich der Vater über den Kaffee, den ihm die Mutter nach dem Essen brachte.

Dieses labberige Gesöff sei kein Kaffee, es sei wohl braun und auch heiß, aber trotzdem kein Kaffee. Er danke auf die Dauer dafür.

Die Mutter verteidigte sich und sagte, sie habe drei Lot hineingegeben und gründlich ziehen lassen. Außerdem sei zu starker Kaffee nicht gesund.

Das war jeden Mittag dieselbe Geschichte.

Tante Rösele Blätterteig, die immer im Wohnzimmer auf einem erhöhten Sitz am Fenster saß und beharrlich graue Socken zweimal rechts und zweimal links strickte, mischte sich regelmäßig in diesen Disput. Warum wolle man nicht auf sie hören und einmal ihr Rezept versuchen: den gemahlenen Kaffee in einen alten Wollstrumpf tun und durch diesen dann das kochende Wasser gießen? Das gäbe einen vorzüglichen Kaffee.

Den könne sie von ihm aus eimerweise trinken, schnauzte der Vater die Tante an, er danke dafür. Er sei die Sache aber jetzt endgültig leid. Wenn es noch nicht einmal möglich sei, zu Hause eine anständige Tasse Kaffee zu bekommen, pfeife er auf die ganze Haushaltung.

Die Mutter weinte und sagte, sie könne ihm keinen anderen Kaffee vorsetzen. Sie habe getan, was sie tun könnte. Den besten Kaffee genommen, der in der Stadt zu haben wäre, zwei Mark achtzig das Pfund. Dreiviertel Lot habe sie auf eine Tasse genommen. Er liebe sie nicht mehr, er solle es ihr doch gleich ins Gesicht sagen.

Diese leidige Kaffeegeschichte drohte das Eheglück der Eltern ernstlich zu gefährden.

Der Vater war sehr cholerischer Natur. Eines Tages hatte er im Zorn die gefüllte Tasse, dazu noch die feine Tasse mit der Aufschrift »Dem Hausherrn« gegen die Wand geworfen und geschworen, von nun ab seinen Kaffee im Kaffeehause zu trinken.

Die Mutter wollte zuerst ins Wasser gehen.

Übermorgen war der Geburtstag des Vaters. Das war der rechte Tag zur Ausführung dieses Entschlusses. Dann würde man sie tot aus dem Wasser ziehen und die Leiche dem Vater ins Haus bringen, und er würde jetzt einsehen, was er verloren und wie unrecht er ihr stets getan habe. Zu spät, zu spät, würde er aufstöhnen und sich über sie werfen.

Die Tränen liefen ihr über die Backen, als sie sich das alles so vorstellte.

Es sollte anders kommen.

Die Mutter hatte einmal ein Bild gesehen: »Die Lebensmüde«, eine Frau, ganz in schwarz gekleidet mit einem Spitzentuch um den Kopf, die im Begriff stand, von einer Brücke in den Fluß zu springen.

Ganz in schwarz, ja, so wollte sie auch sterben, mit einem Spitzentuch um den Kopf. So hatte sie auch im Theater die Rebekka West gesehen. Das gab dem Tod etwas Tragisches.

Nun fiel ihr aber auf einmal ein, daß sie kein Spitzentuch hatte. Das war doch zu dumm. Es war eigentlich eine Schande, daß sie kein Spitzentuch besaß. Alle ihre Freundinnen hatten welche. Nichts hatte sie, wie den altmodischen Wollschal, wenn sie zum Theater oder Konzert ging. Sie ärgerte sich so darüber, daß sie ganz und gar von ihrer Selbstmordidee abkam.

Dann sprangen ihre Gedanken über zu dem Wollschal, und es fiel ihr ein, daß dieser auch mal wieder gewaschen werden müsse. Ende der Woche würde ohnehin gewaschen, dann könne das gleich mit geschehen. Nur müsse man der Waschfrau recht auf die Finger sehen, daß sie ihn nicht zu heiß wüsche, und er einliefe oder verfilze. Gott ja, man hatte so seine liebe Last mit fremden Leuten! Auch die Schlafzimmergardinen hätten es nötig, gewaschen zu werden, fiel ihr noch weiter ein.

So reihte sich eine häusliche Sorge an die andere und entfernte sie immer mehr von ihrem düsteren Vorsatz.

Dann gedachte sie der sechzig Pfund Preißelbeeren, die sie seit einigen Tagen schon im Hause hatte, und die unbedingt jetzt eingekocht werden mußten.

Gott ja, Fruchtzucker und praktische Einmachgläser waren noch zu besorgen. Da wollte sie sich aber mal sofort auf die Beine machen.

Schleunigst kleidete sie sich zum Ausgehen an und stürzte, an nichts anderes als ihre Preißelbeeren denkend, in die Stadt.

Die Einmachgläser hatte sie gekauft. Sie war gerade im Begriff, den Laden zu verlassen, als ihr Blick auf ein großes Plakat fiel, das an einem Gegenstand aus Nickel angebracht war. »Die beste Kaffeemaschine der Welt! In fünf Minuten ein vorzügliches Täßchen Kaffee!« las sie und wie ein schwarzes Gespenst tauchte ihre häusliche Tragödie in ihrer ganzen Furchtbarkeit urplötzlich vor ihr auf. Aber gleichzeitig durchzuckte sie auch ein Strahl freudiger Hoffnung angesichts des vielversprechenden Plakats da vor ihr.

»Wir garantieren für diese Kaffeemaschine«, sagte ihr der Ladeninhaber, »es ist das beste, was zurzeit auf dem Markte ist. In fünf Minuten haben Sie ein vorzügliches Täßchen Kaffee, gnädige Frau, ohne irgendwelche Mühe. Schauen Sie her, hier dieser Behälter wird mit Spiritus gefüllt, hier hinein kommt der gemahlene Kaffee. Dieser Zylinder ist mit Wasser zu füllen, dann wird hier angezündet, und in wenigen Minuten durchzieht der würzige Duft des Kaffees Ihre Stube. Frau Geheimrat Schnaube hat vergangene Woche zwei dieser Maschinen gekauft, sie ist ganz entzückt davon. Achtundzwanzig Mark ist kein Preis für diese Maschine. Reinnickel, wird nie gelb.«

Der Mutter erschien diese Kaffeemaschine als Rettungsanker in ihrer häuslichen Misere. Sie würde sie ihrem Gatten zum Geburtstag schenken und ihn mit einer vor seinen Augen hergestellten vorzüglichen Tasse Kaffee versöhnen.

Sie kaufte also diese Wunderkaffeemaschine um achtundzwanzig Mark.

»Beobachten Sie genau die Gebrauchsanweisung«, schärfte man ihr im Laden nochmals ein, »vor allen Dingen geben Sie immer Obacht, daß dieser Hahn hier zu, jenes Ventil aber stets offen ist. Auch der Ablauf hier muß immer offen gehalten werden.«

Es war doch ein Glück, daß sie diese Maschine gefunden hatte. Ihre Absicht, ins Wasser zu gehen, fiel ihr wieder ein. Es wäre doch eigentlich schade um sie gewesen, außerdem – wer hätte dann die Preißelbeeren eingemacht und sich um die Wäsche gekümmert? Schon aus diesen Gründen durfte sie sich als gute Hausfrau in dieser Woche nicht töten. Nun würde ja noch alles gut werden.

Der Geburtstag des Vaters. Die Mutter hatte mit besonderer Sorgfalt den Geburtstagstisch aufgebaut. In der Mitte stand die Kaffeemaschine mit dem Plakat, das sie sich im Laden mit ausgebeten hatte, auf der einen Seite ein Rodonkuchen, auf der anderen ein Mandelkranz, wie ihn der Vater so gern mochte. Dann zwei Geraniumtöpfe, eine lange Gesundheitspfeife, ein Paar Plüschpantoffel, die die Tante mit einem Fuchskopf, dessen Augen aus roten Perlen gemacht waren, bestickt hatte. Weiterhin zwei Pulswärmer, auch eine Arbeit der Tante. Rudi hatte einen Starenkasten bebrandmalt, der als Staubtuchbehälter im Hause Verwendung finden sollte. Adele hatte etwas kunstgepunzt: eine echt rindslederne Hausmütze, die zwar nicht sehr bequem war, indessen sehr kleidsam sein sollte. Freilich war sie nicht ganz fertig damit geworden, das hatte sie dem Vater morgens bei der Gratulation weinend gestanden. Der jüngste Bub Erich hatte einen Lampenschirm geklebt: Venedig mit seinen Palästen, deren Fenster ausgeschnitten und mit rotem Seidenpapier beklebt waren.

Der Vater konnte angesichts dieser herrlichen Sachen, Zeichen der Liebe der Seinen – obgleich er wohl den einen oder anderen Gegenstand lieber nicht gehabt hätte – nicht gut anders, als sich freudig überrascht und gerührt stellen.

Sonniger Friede. Mildes Plätschern trauter Familienharmonie.

Jedes Kind bekam einen Kuß, der nach Zigarre schmeckte. Die Mutter bekam auch der Kinder wegen einen Kuß. Das machte sie mutig.

»Jetzt soll Männe aber auch immer sein gutes Täßchen Kaffee bekommen und nicht mehr unzufrieden sein«, hatte sie gesagt und ihren Arm um den Nacken ihres Mannes geschlungen und war so mit ihm durch das Zimmer gegangen. Dem Vater war das ziemlich lästig, er sagte aber nichts um des lieben Friedens willen.

Das Mittagessen war vorbei.

Jetzt kam der große Moment, wo die neue, vorzügliche Kaffeemaschine in Funktion treten sollte.

Die ganze Familie stand um den Tisch herum, nur der Vater saß im Lehnstuhl, dicht vor der Kaffeemaschine.

Er mußte sich die neue Pfeife anzünden, obgleich er viel lieber eine Zigarre geraucht hätte. Man zog ihm die Pulswärmer und die neuen Pantoffeln an. Adele setzte ihm die neue Hausmütze auf, die ihn wie ein Helm kniff. Er ertrug alles wie ein Lamm. Er wollte keinen Mißklang in dieses Familienidyll hineinbringen. Er mußte stark an sich halten, denn er war nun einmal sehr cholerischer Natur.

Die Mutter hantierte aufgeregt an der Kaffeemaschine herum. Wie war es doch nur? Hier den Spiritus einfüllen, dort kam der Kaffee hinein und dort das Wasser. Oder war es anders? Wo hatte sie nur die Gebrauchsanweisung?

Die Tante schüttelte den Kopf und nörgelte, weil die Mutter sie nicht mitgenommen hatte, als sie die Maschine kaufte. »Wird schon was rechtes sein. Dieses neumodische Werk. Ich habe kein Vertrauen zu so was. Hast dir mal wieder etwas anhängen lassen. Es geht nichts über den Wollstrumpf«, brummte sie vor sich hin.

Die Mutter guckte sie wütend an und sagte unwirsch, sie solle doch erst einmal abwarten.

Der Vater sog an der Gesundheitspfeife und sagte nichts.

Ja und dann mit den Ventilen und Hähnen, wie war das nur damit? Was hatte der Mann im Laden gesagt? Die arme Mutter wurde immer verwirrter, sie stieß die Spiritusflasche um, die sich zur Hälfte auf den Tisch und über die Hose des Vaters ergoß.

Der Vater sog an der Gesundheitspfeife und sagte nichts. Er bekam nur dicke Adern auf der Stirn. Dann nahm die Mutter sich ein Herz. So mußte es richtig sein. Sie goß den Rest des Spiritus in den oberen, das Wasser in den unteren Behälter und gab den gemahlenen Kaffee hinein. Hier mußte angezündet werden, das hatte sie behalten. Das Streichholz machte »Zisch« und erlosch. Sie verbrauchte eine ganze Schachtel Streichhölzer; es gelang ihr nicht, die Maschine anzuzünden.

Plötzlich stand der ganze Tisch in Flammen. Sie hatte ein glimmendes Streichholz auf den Spiritusfleck auf der Tischdecke fallen lassen.

Der Vater sprang erschreckt auf und stieß sich dabei die Pfeife in den Hals. Er war blau vor Wut, sagte aber noch immer nichts.

»Diese modernen Sachen, ich hab' es ja immer gesagt«, murmelte die Tante.

Der Mutter gelang es endlich, die Flammen zu ersticken.

Mit zitternden Händen machte sie sich wieder an der Maschine zu schaffen.

Oder mußte hier angezündet werden?

Der Vater hatte sich wieder im Lehnstuhl aufgebaut. Seine Geduld war beängstigend.

Ja, hier an diesem Hahn mußte gedreht und dann angezündet werden.

»Wwubb, wwubb«, schlug eine blaue Flamme aus der Maschine heraus.

Alles flüchtete vom Tisch weg.

Die Mutter stürzte in die Küche nach einem Eimer Wasser und setzte kurz entschlossen die ganze Maschine unter Wasser.

Die gemütliche Stimmung war so ziemlich zum Teufel.

»Ich habe den Spiritus, glaube ich, in den falschen Behälter getan«, preßte die Mutter bebend hervor; »ich habe das verwechselt. So jetzt weiß ich es wieder. Das werden wir gleich haben, in fünf Minuten dampft der Kaffee auf dem Tisch.« Sie versuchte krampfhaft ihre Sicherheit zu bewahren. Sie nahm die Maschine und ging damit in die Küche.

Der Vater sagte noch immer nichts. Die Augen waren blutig unterlaufen. Er gab dem kleinen Erich einen Tritt lediglich, daß er mit dem Lampenschirm auf das Klavier flog. Die kunstgepunzte Mütze schlug er der Adele um den Kopf. Er sagte nichts dabei.

Nach kurzer Zeit kam die Mutter mit der Maschine wieder ins Zimmer. Sie brachte reines Tischzeug mit, und bald sah der Tisch aus, als ob nichts geschehen sei.

Der Vater ließ sich wieder im Lehnstuhl nieder. Die Kinder verkrochen sich hinter die Schränke. In der Maschine summte und brodelte es ganz behaglich. Kaffeeduft erfüllte das Zimmer.

Die Mutter blickte triumphierend um sich.

Der Vater war heute ein Wunder der Selbstbeherrschung. Er war nicht wiederzuerkennen. Es kämpfte zwar noch immer sichtlich in ihm. Er bemühte sich indessen, sogar Interesse für die Kaffeemaschine zu zeigen und betrachtete sie aus nächster Nähe.

Pfitsch, zischschschsch …! Ein starker Strahl glühend-heißen Kaffees spritzte plötzlich aus der Maschine hervor, dem Vater mitten ins Gesicht.

Im Nu war sein Kopf eine große Brandblase, die mit dem Vater trotz seines verzweifelten Zappelns wie ein Luftballon an die Decke stieg.

Die Mutter kletterte auf einen Stuhl, um den Vater an den Beinen herunterzuziehen. Aber der Stuhl fiel um und sie schwebte jetzt, die Hände um die Beine des Vaters gekrampft, gleichfalls in der Luft. Laut heulend stürzten die Kinder herbei und klammerten sich an die Beine ihres geliebten Mütterleins, als plötzlich die Kaffeemaschine mit furchtbarem Knall zerplatzte und durch die Gewalt der Explosion die Wand des Zimmers nach außen gedrückt wurde. Durch die entstandene Öffnung wurde die ganze aneinander hängende Familie ins Freie geschleudert.

Heiß trafen die Sonnenstrahlen die Luftballonbrandblase und gaben ihr einen rapiden Auftrieb. Mit außergewöhnlicher Schnelligkeit stieg die ganze Familie in die Luft und war bald den Blicken entschwunden.

Nie wieder hat man etwas von ihnen gesehen oder gehört.

Das Haus brannte vollständig nieder.

Im Schutt fand man außer der verbeulten Kaffeemaschine einige verbogene Haarnadeln und Korsettstangen und ein Gebiß: das waren die Überreste der Tante Rösele.

O Gott, bei Benders ist Hausputz!

Alljährlich im Frühjahr bekam Frau Meta Bender, wie jede echte gute deutsche Hausfrau, ihren Koller: den Hausputzkoller.

Das war immer eine schlimme, eine äußerst schlimme Zeit für das Haus und die Lieben von Meta Bender. Die sonst wirklich ziemlich umgängliche und gütige Frau war während dieser Zeit nicht wiederzuerkennen, sie war wie umgewandelt, grausam, rücksichtslos und brutal.

Ich halte diesen Hausputzkoller für eine ganz bestimmte psychologische Erscheinung, und zwar für eine entgleiste Frühlingsregung, die sich nur noch an der Politur von Mahagonimöbeln, an frisch gestärkten Gardinen, in Atmosphären von schwarzer Seife und Bohnerwachs zur höchsten Ekstase begeistern kann. Ja, ja, so was muß es schon sein.

Es ist ein Zustand, der vor den Nervenarzt gehört, wirklich, denn die fast unheimliche Willenskraft der Aktivität, die die von dem Koller betroffenen Hausfrauen entwickeln, trägt absolut ein pathologisches Gepräge.

Vater Rizinus Bender hatte ohnehin zu Hause verflucht wenig zu sagen. Höchstens schlug er mal, wenn es ihm zu viel wurde und seine Frau gerade nicht im Zimmer war, sehr vorsichtig mit der geballten Faust auf den Tisch und sagte bestimmt, aber sehr leise, daß er es leid wäre und daß er der Herr im Hause wäre. Heute beim Frühstück wäre das Graubrot trocken gewesen, und er würde in jeder Richtung, in jeder Richtung gründliche Remedur schaffen.

Und die alte Tante Hülsenkuff mit dem Holzbein und dem großen Kropf, die bei Benders das Gnadenbrot genoß, und auf welche das Wort »Remedur« einen enormen Eindruck machte, bat zitternd Vater Bender, nicht zu weit zu gehen, und außerdem höre sie seine liebe Gattin kommen.

Dann dämpfte Rizinus schleunigst seinen Zorn und machte die Wutfaust schön flach und ergeben.

Wenn er schon in friedlichen, normalen Zeiten nicht recht wagte, den Ansichten und dem Tun seiner Gattin wirksamen Widerstand entgegenzusetzen, wie viel weniger hätte er daran gedacht, gegen die gigantische Unerbittlichkeit des Hausputzkollers irgendwelche Front zu machen. Das war ein starres Verhängnis, dem er als absolut hilfloser Zwerg gegenüberstand.

In banger Erwartung sah er alljährlich dem Nahen des Frühlings entgegen. Wie ein Damoklesschwert hing der Gedanke an den großen Hausputz über seiner Seele.

Der arme Mensch wurde von Tag zu Tag sichtlich unruhiger; er irrte durch die Wohnung. Keine Pfeife, keine Zigarre wollte ihm mehr schmecken. Bis dann mit dem ersten abgehangenen Bild und den leeren, gardinenlosen Fenstern der Schrecken des Hausputzes seinen Einzug hielt in sein friedliches Heim.

Heuer sah er mit ganz besonders gemischten Gefühlen dem dräuenden Ereignis entgegen. Frau Bender hatte so ganz nebenbei verlauten lassen, daß sie dieses Mal eine besonders eingehende und gründliche Reinigung vorzunehmen gedächte. So alle paar Jahre wäre das dringend nötig. Sie hätte bereits genügendes Hilfspersonal engagiert.

Da war ja Entsetzliches zu erwarten.

Und eines Tages war es dann losgegangen.

Herr Bender hatte nach dem Frühstück harmlos im Wohnzimmer gesessen und die Zeitung gelesen, als plötzlich seine Frau, gefolgt von drei bis an die Zähne mit Eimern, Besen, Putztüchern und sonstigen seltsamen Geräten bewaffneten, ihm gänzlich unbekannten, gar nicht sehr liebreizend aussehenden weiblichen Wesen entschlossen und mit schweren Schritten in das Zimmer trat. Die Begeisterung der Krieger, die unter dem Einfluß einer großen, göttlichen Idee in die Schlacht ziehen, lag auf ihren Stirnen.

Wie gebannt starrte Rizinus aus seinem Sessel diesem Aufzug entgegen.

Vor allem wurden sämtliche Türen und Fenster geöffnet und Durchzug hergestellt.

Wie ein Feldherr vor dem Angriff gab Mutter Bender bestimmt und kalt ihre Befehle.

Auf den Ruf »Franz«, den sie gellend ausstieß, kam ein breitschulteriger Mann in Arbeiterkleidung, in den besten Jahren und mit einer Leiter. Das gleiche Leuchten einer eigentümlichen Ekstase lag auf seinem Gesicht.

Die Leiter wurde an die Wand gelehnt und der Mann, den die Frauen »Franz« nannten, kletterte behende hinauf. Bild auf Bild wurde heruntergeholt.

Gierig griffen die roten beefsteakähnlichen Hände der drei Frauen nach den Kunstwerken.

Mutter Bender stand wie aus Bronze mit übereinandergeschlagenen Armen mitten im Zimmer und erinnerte an Napoleon.

Von Rizinus Bender nahm kein Mensch Notiz.

Jetzt hatte der Mann, den man Franz nannte, die Leiter ausgerechnet schräg über den Sessel Rizinus' gestellt. Geduckt, zitternd zog sich der Hausherr in seinem Sessel zusammen.

»Päng, päng, klirr, klirr!« Der Franz hatte schwitzige Hände und der schöne Farbendruck »Genesung« war ihm entglitten. Rizinus Bender hatte ihn jetzt wie einen Halskragen übergestülpt.

»Hoppla«, meinte Franz, nahm gelassen ein anderes Bild von der Wand und reichte es den Frauen. Niemand nahm Notiz von diesem Vorfall oder machte gar Anstalten, den armen Rizinus zu befreien.

Mama Bender stand wie aus Bronze mit übereinandergeschlagenen Armen mitten im Zimmer und erinnerte an Napoleon.

Wie unter dem Bann einer furchtbaren, dämonischen Macht vermochte Vater Bender sich nicht zu rühren. Seine Augen verfolgten mit Grausen das Tun dieser furchtbaren Menschen.

Plötzlich stieß Frau Bender einen hellen Schrei aus. Alle stürzten sich mit Sturmgebärden auf das Vertikow und trugen dieses Möbel mit lautem Jauchzen aus dem Zimmer auf den Hausgang. Manches schöne Nippes, das auf dem Muschelaufsatz stand, fiel zu Boden und zerbrach.

Wie ein wilder Taumel kam es über die Fünf. Mutter Bender verlor jede Beherrschung und wütete gegen die Möbel, so wild wie ihre Mannen.

Möbelstück auf Möbelstück wurde ergriffen und draußen auf dem Flur barrikadenartig aufgestapelt.

Und mit jedem Möbelstück, auf welches sich die Fanatiker stürzten, wuchs in ihren Augen ein wildes Feuer von übermenschlicher Begeisterung.

Rizinus lag starr in seinem Sessel, »Genesung« um den Hals.

Dann plötzlich wurde sein Sessel gepackt, ohne Rücksicht auf ihn hinausgetragen und auf einen polierten Tisch gestellt. Man stellte ihn zu sehr an die Kante. Der Sessel kam ins Rutschen und fiel nebst Rizinus herunter. Der Sessel brach ein Bein. Rizinus nicht, er stieß sich nur schauerlich die Hüfte, was eine gewisse Reaktion aus der starren Lethargie zur Folge hatte und ihm Kraft gab, sich in die gute Stube zu flüchten.

Das Geräusch von Wassersalven, die in das Wohnzimmer gefeuert wurden, drang an sein Ohr. Dazwischen vernahm er kurze, scharfe Kommandorufe seiner Gattin. Ab und zu ein Klirren, Knacken und Brechen als Zeichen, daß solch ein Feldzug seine Opfer fordert.

Einen ganzen Tag saß er klopfenden Herzens in der guten Stube und horchte auf das Toben draußen.

Das wußte er aus früheren Jahren, daß während der Hausputzepoche nicht gekocht wurde, und daß er zur Stillung seines Hungers lediglich auf Brot und amerikanisches Büchsenfleisch angewiesen war.

Als die Nacht niedersank und es ruhig im Hause wurde, schlich sich Herr Bender mit einer Büchse *Corned Beef*, nicht ohne furchtbare Stürze über die im Flur aufgebauten Möbel in sein Schlafzimmer.

Laute Stimmen weckten ihn bei Morgengrauen schon aus dem Schlaf. Er fuhr auf, und sein verschlafener Blick ruhte voll Entsetzen auf den gräßlichen Frauen und dem Manne mit der Leiter, die sich anschickten, ihre furchtbare Mission auch in diesem Zimmer zu erfüllen.

Frau Bender stand wie aus Bronze mit übereinandergeschlagenen Armen mitten im Zimmer und erinnerte an Napoleon.

Dürftig bekleidet rettete sich mit knapper Not Vater Bender in die gute Stube.

Und mit jedem neuen Tag wuchs der Fanatismus der Truppen seiner Frau. Von Zimmer zu Zimmer wurde er getrieben. Der Hausgang, das Treppenhaus, der Vorgarten, die Straße war angefüllt mit Möbeln. Ausräumen, ausräumen! war die Devise.

Benders hatten neun Kinder. Eins nach dem andern war bei dem Tohuwabohu des Hausputzes zugrunde gegangen. Auf Anton war ein Kleiderschrank gefallen und hatte ihn platt gedrückt, daß er nur noch als Lesezeichen zu verwenden war. Erich war, eingeklemmt zwischen ein Bett und einen Säulenofen, verhungert. Die Kleineren waren in dem Gewirr spurlos verschwunden. Der Jüngste, Pepi, war vom Vakuum-Reiniger, den man auch zur Unterstützung herbeigerufen hatte, aufgesaugt worden.

Schrecken, o Schrecken!

Das Klavier, das auf der Bleiche stand, fletschte die Tasten. Man hatte seinen Bauch geöffnet und auf Befehl Knallbonbons die Saiten herausgenommen, damit sie mit Schmirgel gereinigt wurden. Endlich mal.

Entsetzen füllte das Haus.

Auf das Dach flüchtete sich in seiner Bedrängnis und Not Vater Bender, wo er an den Schornstein geklammert die unglückliche Tante Hülsenkuff fand, die sich mit ihren letzten Kräften hier hinauf gerettet hatte.

Die wilden Truppen, die im Hause tobten, hatten es auf ihr Holzbein und den Kropf abgesehen. Ersteres sollte abgeseift und frisch lackiert und letzterer bronziert werden. Lieber tot, als das zugeben, war der Entschluß der Tante. Und sie hatte sich aufs Dach geflüchtet.

Im Hause aber wütete Mutter Benders Wille zum Hausputz.

Dann geschah das Schreckliche, das dem Tun der Wahnwitzigen ein jähes Ende bereitete.

Der Maschinist, der den Vakuum-Reiniger bediente, ging auf einen Augenblick weg, um gegenüber einen Schnaps zu trinken. Mutter Bender benutzte seine Abwesenheit und stürzte sich auf den Apparat. Sie drehte an den Ventilen, stellte die Regulierung auf die höchsten Ziffern und entfesselte in ihrer wilden Ekstase die ganze ungebundene Kraft der Maschine.

Ein furchtbares Brausen und Sausen erhob sich, das von Sekunde zu Sekunde anschwoll. Mit Sturmwindskraft und Schnelligkeit saugte die Maschine die Luft in sich hinein. Bilder und Spiegel wurden von der Wand gerissen. Gardinen flogen durchs Zimmer und verschwanden im Schlund des entsetzlichen Saugers. Dann wurde plötzlich Mutter Bender, wie von unsichtbarer Hand gepackt. Sie mochte sich sträuben und mit den Gliedern strampeln, nach einem Stützpunkt verzweifelt die Hände strecken, vergebens, der Vakuum-Reiniger sog sie heran und verschlang sie.

Die drei Putzfrauen und den Franz traf das gleiche schreckliche Geschick.

Franz eilte, als er Frau Bender im Vakuum-Reiniger verschwinden sah, herbei, und es gelang ihm noch, das linke Bein der Frau zu fassen. Aber, wie er sich auch stemmte mit allen Kräften, und die drei Putzfrauen sich an ihn klammerten, sie wurden alle hineingerissen in die entsetzliche Maschine.

Tante Hülsenkuff hatte sich auf dem Dach erkältet und starb an einer Influenza.

Vater Bender war trotz allem Zureden nicht zu bewegen, das Dach zu verlassen –

Was Tante Gottmeih Schlüngel in der Stadt passierte

Das war immer eine ungemein peinliche Geschichte, wenn Tante Gottmeih Schlüngel aus Dülken zu ihren Verwandten in die Stadt auf Besuch kam.

Es war wirklich im höchsten Grade unangenehm, sich mit dieser keineswegs schicken oder in irgendeiner Weise interessant oder dekorativ wirkenden Person mit auffallenden Gebärden und spontanen Verwunderungsepilepsien öffentlich sehen zu lassen und seine Verwandtschaft mit ihr vor aller Welt zu dokumentieren.

Gerade jetzt, als der Vater, der Kanzleirat auf irgendeinem Bureau war, den Kronenorden vierter Klasse bekommen hatte, als Adalbert, der Älteste, Referendar geworden war, als man also anfing, etwas zu bedeuten und sich fast zur Gesellschaft rechnen konnte, kam diese höchst kompromittierende Tante recht ungelegen.

Außerdem war es aus mit der ganzen Bequemlichkeit. Die Tante war enorm anspruchsvoll und erwartete und verlangte, daß sich alles um ihre Person drehe.

Aber was war zu tun? Die Tante war sehr begütert, schon bei Jahren, und der Vater der nächste Erbe.

Wie eine dumpfe Gewitterstimmung lag es jedesmal auf der Familie, wenn der Brief aus Dülken angekommen war, der den Besuch Gottmeih Schlüngels anzeigte.

Der Vater kaute wütend an seiner Zigarre, knöpfte sich ruckweise, ostentativ den Rock zu und lief wie ein wildes Tier durch das Zimmer.

Irgendeine Kleinigkeit, etwa daß die Kinder einen Zigarrenstummel in das Goldfischglas geworfen hatten, oder aber daß es im Wohnzimmer wieder mal nach Küche roch, nach Wirsing oder Sauerbraten, oder daß Adalbert zufällig verschwiemelt aussah, oder daß Ami, der Pinscher, etwas an das Klavier gemacht hatte, brachte dann die Wut des Vaters in der entsprechenden Richtung zur Entladung. Dabei war es doch nur der angekündigte Besuch, der ihn so giftete, was er sich aber der Kinder wegen nicht merken lassen wollte.

Die Mutter war weniger delikat und machte ihrem Ärger über den unwillkommenen Besuch in der deutlichsten Weise, in gehässigen Spitzen gegen den Vater, der derartig zweifelhafte und lästige Blutsverwandte habe, Luft.

Der Brief aus Dülken hatte immer den schönsten Familienzwist zur Folge.

Adalbert, der Referendar, betrachtete den Besuch der Tante als ein ihn besonders treffendes Verhängnis. Mit zornesbebender Stimme schrie er, daß er den Teufel täte, auch nur einen Schritt mit der Tante vor die Tür zu setzen. Er hätte Verpflichtungen der Gesellschaft gegenüber. Er persönlich. Seine gesellschaftliche Position würde er aufs Spiel setzen, und dazu hätte er wegen dieser zufällig mit dem Vater verwandten Hinterwäldlerin nicht die geringste Lust. Er hätte auch seine Ehre. Die Stimme schlug ihm über. Und ob man sich wohl einbilde, daß Leutnant von Gallenstein, der jetzt immer so liebenswürdig seinen Gruß erwidere, ihn auch in Begleitung dieser unmöglichen Tante aus dem Gebirge wiedergrüßen würde? Schneiden würde ihn von Gallenstein, das wäre schon mal pottsicher – und er hätte recht. Und Adalbert tat enorm männlich.

Das machte aber auf den Vater nur geringen Eindruck, und er dämpfte Adalberts Männlichkeit um Beträchtliches.

Die Mutter nahm natürlich Partei für ihren Ältesten, ein Umstand, der auch nicht besonders dazu angetan war, beruhigend auf die Erregung des Vaters einzuwirken.

Die Eltern schrien so lange aufeinander ein, bis die Mutter, nicht als die klügere, sondern als die kurzatmigere, aus dem Zimmer lief, die Tür ins Schloß knallte und nach kurzer Sammlung draußen in der Küche über das Dienstmädchen, die sanfte, wenig schlagfertige Lina herfiel. Vom nicht staubgeputzten Salon an bis zu den Beziehungen Linas zum Biermann wurden dem armen Ding seine Schandtaten vorgehalten. Diese Attacke auf das wehrlose Dienstmädchen gipfelte in dem hingeschnauzten Befehl, die Einmachgläser vom Kleiderschrank im Fremdenzimmer wegzunehmen und die in diesem Zimmer stehende Nähmaschine auf den Flur zu setzen. Das Fremdenzimmer würde wieder benutzt.

– – – – – – – – – – – – – – –

Die Tante war angekommen.

Es war wirklich eine höchst unangenehme Person. Das mußte man schon sagen. Die Abneigung der Familie war erklärlich.

Peinlich wachte sie darüber, daß auch »Umstände« wegen ihr gemacht wurden, daß sie in genügender Weise respektiert und geehrt wurde, und daß man sie auch überall hinführte, wo etwas los war.

Gott, wenn die Erbschaft nur nicht gewesen wäre!

Die Eltern hetzten sich mit ihr fast zu Tode durch alle Kinematographentheater, alle Konzerte, Museen, durch die Anlagen, Warenhäuser und den Zoologischen Garten. Die Tante war nicht klein zu kriegen. Es war unheimlich.

Adalbert hatte bisher Dusel gehabt. Es war ihm immer noch gelungen, sich der Gefahr, sich der Tante widmen zu müssen, zu entziehen.

Bis eines Tages das Verhängnis kam.

Die Tante war noch nie in einem richtigen, großen Theater gewesen. Sie hatte in der Zeitung herumgeschnüffelt und war dabei auf die Anzeige des Theaters gestoßen, das an diesem Abend als letzte Vorstellung in der Saison ein modernes russisches Drama zur Aufführung brachte. Da mußte sie hin. Sie war nicht mehr zu halten. Alle Vorstellungen, daß es sich um ein sehr trauriges und merkwürdiges Stück handele, was ihr nicht gefallen würde, waren vergebens.

Da der Vater durch die höchst ehrenvolle Einladung seines Chefs zu einer Skatpartie in dessen Wohnung – eine Absage wäre einer Pensionierung gleichgekommen – allerdringlichst verhindert war, die Mutter an einem Influenzaanfall darniederlag, so bekam Adalbert vom Vater den bestimmten Auftrag, sich der Tante für diesen Abend anzunehmen und sie ihrem Wunsche gemäß in das Theater zu führen.

Adalbert schäumte vor Wut, ersann tausend Ausflüchte, schützte die wichtigsten Verabredungen vor, um dieser entsetzlichen Sache zu entgehen. Der Vater war unerbittlich. Es half ihm nichts, er mußte mit der Tante ins Theater.

Dazu war noch heute der Abonnementsabend und die letzte Vorstellung der Saison, wo alles im Theater war, was eben was war. Die Folgen waren nicht auszudenken – er würde sich absolut unmöglich machen.

Adalbert wurde sofort fortgeschickt, zwei Billetts im Vorverkauf zu besorgen. Er tat es, nahm aber mit Vorbedacht für die Tante einen Platz im Parkett, für sich einen auf dem zweiten Rang. Er sagte, es wäre nichts anderes mehr zu haben gewesen.

Aber was hat ihm alle Vorsicht geholfen?

Er machte, als er mit der Tante das Theater betrat, einen schüchternen Versuch, sich meuchlings zu drücken und die Tante ihrem

Schicksal und gütigen Logenschließern zu überlassen. Die Tante war aber nicht so einfach zu schlabbern; wohlbewußt, daß sie sich auf unsicherem Boden befand, klammerte sie sich fest an ihren Führer.

Er hätte die Frau kalten Herzens erwürgen können.

An der Garderobe verlangte sie seine Unterstützung bei dem Ablegen ihres höchst lächerlichen und vorsintflutlichen Spitzenmantelets mit Jetbesatz. Dann mußte er ihr die Bänder der Trikottaille, die indiskret herausbaumelten, hineinstopfen, dann blieb die Frisur an ihrem herzlieben Kapotthut hängen, was auch seine Hilfe erforderte. Sehr viele Mal mußte er den Pompadour, der ihr immer entglitt, sich natürlich öffnete und seinen vielseitigen Inhalt verstreute, aufheben.

Es war eine gräßliche Situation.

Er wagte gar nicht aufzuschauen, um nicht den spöttischen, vernichtenden Blicken der Leute zu begegnen. Aus war es mit ihm, aus mit seiner gesellschaftlichen Position.

Dabei hatte Tante Schlüngel die liebe Angewohnheit, fortgesetzt laut und umständlich zu fragen.

Es hatte zum letztenmal geklingelt und die Vorstellung bereits begonnen, als die Tante mit ihrer Toilette fertig war. Mit einem kühnen Schubs hatte Adalbert seine liebe Verwandte aus Dülken aus dem hellerleuchteten Gang in den verdunkelten Zuschauerraum gestoßen und sich selbst schleunigst auf seinen Platz im zweiten Rang in Sicherheit gebracht. Das war ohne zweifel gemein von ihm, aber begreiflich.

Gottmeih Schlüngel drängte sich völlig verwirrt in die erste beste Reihe, zwang die Leute aufzustehen, um dann, in der Mitte angekommen, zu konstatieren, daß in dieser Reihe kein Sitz mehr frei war. Sie schlurfte zurück, streifte die Programms, Operngläser von den Schößen der Leute, was allgemeine Mißbilligung von seiten der Betroffenen fand. Zum Überfluß entfiel ihr auch der Pompadour wieder, und sein neckischer Inhalt verstreute sich auf dem Boden. Auch das erregte ziemlichen Verdruß. Hartnäckig suchte sie trotz allgemeinen Protestes ihren Kram zusammen. Man murrte allgemein.

»Bssssst, bssssst, bssssst«, klang es von allen Seiten.

Jetzt versuchte sie, gewaltsam gegen die feindlichen Knie ankämpfend, in eine andere Reihe einzudringen. Hier fand sie endlich einen freien Sitz, auf dem sie sich ächzend und Adalbert verfluchend niederfallen ließ.

Wo hatte sie nur die Garderobemarke hingesteckt? Das fiel ihr auf einmal ein. Ein nervöses Durchstöbern der Taschen und des Pompadours begann. Man schaute sie wütend an. Gott, wo war nur die Nummer! Endlich fiel ihr ein, daß sie Adalbert haben mußte. Ihre Ruhe und Andacht war durch diese Sorge erheblich gestört.

Was auf der Bühne, die ziemlich dunkel war, vor sich ging, war ihr völlig unverständlich. Mehrere alte Frauen sprachen monoton durcheinander, dazwischen wurde hinter der Bühne gräßlich geschrien.

»Warum sitzen wir denn nun hier?«

»Fragen sie ihn. Wissen wir es denn?«

»Er wird es nicht sagen.«

»Er wird's nicht sagen. Er spricht überhaupt nicht«, – so unterhielten sich die alten Frauen, die selbst über sich völlig im unklaren zu sein schienen. Na, dann konnte es ihr ja auch egal sein, warum das alles war, dachte sich die Tante. Die Verwandten schienen doch recht gehabt zu haben, als sie ihr von dem Besuch des Theaters abrieten. Denn in dem dunklen Theater zu sitzen und diese unklaren Auseinandersetzungen anzuhören, war wenig amüsant.

Sie döste eine Weile vor sich hin, als sie plötzlich aufgestört wurde. Ein Herr schob sich bis zu ihr durch und machte sie höhnisch darauf aufmerksam, daß sie auf seinem Platz sitze und daß sie diesen Platz zu seinem Bedauern verlassen müsse.

Sie versuchte Einwendungen zu machen, mußte aber schließlich dem hartnäckigen Menschen den Platz räumen. Verzweifelt drängelte sie sich wieder durch die Reihe. Unwillige, hämische Bemerkungen fielen über sie her.

»Bssssst, bsssssst. Ruhe, sitzen, bssssst«, schallte es von allen Seiten.

Eine entsetzliche Verwirrung kam über sie. Sie wußte nicht mehr ein noch aus. Nur heraus aus diesem Theater! Sie verlief sich bei diesem Versuch auf die andere Seite des Parketts, befand sich plötzlich in einer Parkettloge, geriet in ihrer Not in den Orchesterraum und sogar auf die Bühne, über die sie zweimal wie ein gehetztes Wild, einen Ausweg ins Freie suchend, hin und her lief. Das Stück war so tiefsinnig und rätselhaft, daß das Publikum meinte, das gehöre dazu.

Auf einmal befand sie sich auf dem ersten Rang, wo sie in einem freien Sessel ermattet zusammenbrach. Die Dunkelheit im Raum und das gleichförmige Geplätscher des Dialogs schläferten sie ein; bald war sie fest eingeschlafen.

Die Vorstellung war zu Ende, noch immer saß die Tante schlafend auf dem ersten Rang.

Die Logendiener kamen und deckten Schutztücher über die Sitze. Sie übersahen in der Eile und dem Halbduster die schlafende Tante und bedeckten sie mit einer schweren Decke –

* * *

Als im nächsten Herbst das Theater wieder für die neue Saison hergerichtet wurde, fand man in der ersten Rangloge Nr. 14 auf Platz 4 eine mumifizierte Leiche, die ein Billett, nur gültig für Parkett, bei sich hatte, was dem Logendiener einen Verweis eintrug. Tante Gottmeih Schlüngel war unter dem Tuch erstickt.

Und Adalbert?

Er hatte von seinem Platz aus mit Entsetzen das Tun der Tante verfolgt, dann in seiner völligen Verzweiflung sein Programm, seine Handschuhe, eine Streichholzschachtel, eine Mark und zwanzig in Nickel und das Opernglasfutteral seines Nachbars verschlungen und war plötzlich nach dieser Diät tot zusammengebrochen.

Es war auch so besser für ihn, denn Leutnant von Gallenstein hätte ihn jetzt sicher geschnitten.

Das ganze Vermögen der Tante fiel laut Testament an einen Herrn Pluncke Daunenkörper in Liblar.

Man kann sich die Wut der Eltern Adalberts vorstellen. Eine Gemeinheit war es immerhin. Nicht?

Der Einbruch

»Bei Dembecks haben sie vergangene Nacht eingebrochen und das ganze Silber gestohlen«, hatte Knatterbulls Dienstmädchen, die Anna, morgens aufgeregt berichtet.

»Das ganze Silber – lächerlich. Pah, das ganze Silber!« hatte Vater Knatterbull höhnisch gebrummt »Wieder so eine alberne Renommage von diesen Leuten! Die drei Patenlöffel und das Dutzend Britanniabestecks nennen die ihr Silber. Das sieht denen mal wieder so recht ähnlich.«

»Über die Gartenmauer sind sie geklettert, haben die Küchenfenster eingedrückt und sind so ins Haus gekommen«, hatte die Anna weiter erzählt. »Das Mädchen von Dembecks, das Finchen, hat gemeint, die Diebe müßten doch sicher mit den Verhältnissen vertraut gewesen sein und gewußt haben, wo was zu holen war. Es wäre doch merkwürdig, daß man bei uns nicht eingebrochen hätte. Die Juwelen von Frau Dembeck hätten sie, Gott sei Dank, nicht gefunden.«

»Der ihre Juwelen!« Vater Knatterbull hatte einen Lachkrampf bekommen, an dem er bald erstickt wäre. Er konnte gar nicht wieder zur Ruhe kommen, immer wieder prustete er los: »Frau Dembecks Juwelen: die Elfenbeinbrosche vom Niederwalddenkmal und der Siegestaler!«

Dann hatte er die Anna angeschnauzt, sie solle sich mit diesem dämlichen Geschwätz zum Teufel scheren und sie möge sich nach einer anderen Stelle umtun, am ersten könne sie ihre Papiere haben. Er dulde keine Klatschereien. Ein für allemal wolle er von dieser eingebildeten Bagage von nebenan nichts mehr hören.

Trotzdem wurde bei Knatterbulls von nichts anderem gesprochen, als von dem Einbruch bei Dembecks.

Wenn Herr Knatterbull auch Dembecks von Herzen das Malheur gönnte, ärgerte es ihn doch maßlos, wie diese Leute keine Gelegenheit vorübergehen lassen konnten, sich wichtig zu machen, und selbst ein solches Ereignis benutzten, ihm einen freundnachbarlichen Hieb zu versetzen.

Das war ja wahr: ein dummes Licht warf es auf Knatterbulls, daß die Diebe Dembecks vorgezogen hatten.

Früher waren Dembecks und Knatterbulls dicke Freunde gewesen. Dann war aber eines Tages, wie das bei derartigen intimen Familienfreundschaften immer zu gehen pflegt, der große Krach gekommen. Eine Bagatelle war die Ursache gewesen. Knatterbulls hatten in Dembecks Sitzbadewanne, die sie sich immer auszuleihen pflegten, eine Beule gemacht und behauptet, die sei schon vorher, die sei überhaupt immer in der Wanne gewesen. Diese Meinungsverschiedenheit hatte sich so zugespitzt, daß man sich gänzlich verkrachte und heute auf das erbittertste haßte. Man ließ keinen Anlaß vorübergehen, sich gegenseitig in der bösartigsten Weise zu kränken.

Außer dem ganzen Silber hatten Benders der Polizei noch als gestohlen angegeben: den Pelz der gnädigen Frau – Herr Knatterbull hatte nur das Wort »Möbelplüsch« vor sich hingezischt – einen sehr kostbaren

Gebetsteppich, einen echten Buchara – »einen Buchara! Diese widerlichen Protzen! Möchte man da nicht reinschlagen?« Herr Knatterbull kochte vor Wut – eine überaus wertvolle Bronze – »sicher der Kegelpreis von Herrn Dembeck: der Trompeter von Säkkingen mit einer Standarte, auf der ›reserviert‹ steht«, argumentierte der gehässige Nachbar – eine sehr teure Standuhr – »wird schon der amerikanische Wecker gewesen sein«, hieß es bei Knatterbulls.

Dann hörte man, Dembecks hätten sich für fünfzehntausend Mark gegen Einbruch versichert.

Herrn Knatterbull hatte wieder der Zorn gepackt, als er dieses hörte. Er hatte der Anna befohlen, jeden Tag eine von den leeren Sektflaschen, die die Vorbewohner des Hauses im Keller zurückgelassen hatten, ostentativ oben auf den Ascheneimer zu legen, bevor sie ihn morgens zum Abholen auf die Straße stellte. Diesen Protzen wollte er es doch einmal zeigen! »Für fünfzehntausend Mark versichert!« Er hatte eine brüllende, schauerliche Lache ausgestoßen.

Der Herr von der Versicherungsgesellschaft war auch bei Knatterbulls gewesen und hatte versucht, den Vater zu bewegen, sich ebenfalls gegen Einbruch versichern zu lassen. Der Vater hatte nichts davon wissen wollen. Er hatte die Brust herausgedrückt, daß die Deckkrawatte wagerecht stand und pathetisch erklärt, er sei selbst Manns genug, sein Eigentum zu schützen.

Die Einbrüche in dem Viertel mehrten sich in unheimlicher Weise. Eine allgemeine Nervosität hatte sich der Anwohner bemächtigt. Es verging fast keine Nacht, in welcher nicht in der Nähe eingebrochen wurde. Es lag System in der Arbeit der Einbrecher: methodisch wurde Haus für Haus gebrandschatzt. Außer Knatterbulls waren fast alle Häuser, nur mit wenigen Ausnahmen, heimgesucht worden.

Alle Anstrengungen der Polizei, die Täter zu entdecken, oder auf frischer Tat zu ertappen, waren ohne Erfolg.

Wie ein Alb lag es auf den Häusern, die bisher von den nächtlichen Besuchern verschont geblieben waren.

Frau Knatterbull hatte ihren Mann beschworen, es müßte etwas geschehen. Eine Beruhigung wäre es doch schon, wenn man wenigstens versichert wäre.

»Dann müßten wir uns für zwanzigtausend Mark versichern lassen, um es diesen Dembecks mal zu geben, aber das wird mir zu kostspielig«, hatte Vater Knatterbull losgeschimpft. »Geh mir weg mit Versicherungen. Ich will nichts davon wissen. Man ist immer geleimt. Wird wirklich gestohlen, so kann man nicht nachweisen, was einem gestohlen wurde. Kann man es zufällig nachweisen, und die Gesellschaft müßte zahlen, so hat man natürlich vergessen, die letzte Prämie einzuschicken, und die ganze Versicherung ist hinfällig. Bei der Feuerversicherung geht es einem gerade so. Brennt es mal glücklich, nachdem man im Laufe der Jahre so viel an Prämien bezahlt hat, daß man sich glänzend zwei Häuser hätte vollständig einrichten können, so wird nachher festgestellt, daß das meiste durch das Wasser der löschenden Feuerwehr, aber nicht durch das Feuer zerstört wurde; dann hat man wieder das Nachsehen.«

Vater Knatterbull hatte sich in eine ziemliche Wut hineingeredet, die sich jetzt, da er sonst gerade niemanden anders hatte, gegen seine Frau kehrte. Sie solle sich überhaupt nicht in Sachen mischen, die sie nichts angingen. Er wisse selbst, was er zu tun habe. Er wäre nicht umsonst Gefreiter der Landwehr. Er werde sein Eigentum schon zu schützen wissen. Dabei hatte er die Knie durchgedrückt und mutig mit den Augen gerollt.

Dann hatte er alles, was im Hause an Waffen war, zusammengeschleppt: zwei Rappiere, ein Florett, ein Zündnadelgewehr, ein Gewehr mit Feuersteinschloß, ein Beil, ein mexikanisches Lasso, drei Revolver (einer war ohne Hahn), ein Seitengewehr, einen malaiischen Kris, ein Schwert, eine Lanze und einen Flitzebogen. Der alte Soldat war in ihm erwacht. Die ganze Familie mußte antreten. Er hatte sich seine Kriegervereinsmütze aufgesetzt, seine Abzeichen angesteckt und den Seinen in kernigen Worten seinen Plan der Selbstverteidigung gegen die Einbrecher entwickelt.

Darauf wurden die Waffen verteilt. Die Mutter hatte die Lanze bekommen und den Revolver ohne Hahn (sie fürchtete sich so entsetzlich vor Schießwaffen). Die großen Jungens, Friedrich und Wilhelm, wurden mit den Gewehren und den Rappieren bewaffnet. Dem jüngsten, dem Toni, hatte er auf sein dringendes Bitten den Flitzebogen gegeben. Die stocktaube Tante Briebelflutsch, eine arme Verwandte, die mit dem Dienstmädchen auf dem Speicher schlief, mußte sich mit dem Seitengewehr und einem Ankersteinbaukasten begnügen, damit sie auch etwas für die Fernwirkung hatte. Anna, das Dienstmädchen, bekam das Florett und den malaiischen Kris – den wollte sonst niemand, da man ihn nirgends anfassen konnte, ohne sich selbst weh zu tun – die Anna wußte das nicht. Der Vater behielt für sich das Beil, das Lasso, das Schwert und die zwei Revolver.

Mittags und abends nach dem Essen war Instruktionsstunde im Garten auf der Bleiche. Der Eifer des Vaters hatte auch die Familie angesteckt. Der *Furor Teutonicus* und der Voreltern Liebe zum Waffenhandwerk war erwacht. Selbst die sanfte Mutter und die gütige, taube Tante hatte es gepackt.

Die Haushaltung wurde sichtlich vernachlässigt. Die Mutter lief den ganzen Tag aufgeregt mit der Lanze durch das Haus und kam zu nichts. Die Anna ließ alles drunter und drüber gehen und übte sich von früh bis spät im Florettfechten. Oft sprang die Mutter vom Essen auf, nahm ihre Lanze aus der Ecke und wirbelte sie um den Kopf. Dabei ging einmal die Hängelampe in tausend Stücke; jetzt war aber alles egal. Oder der Vater stürzte plötzlich in den Garten, schleuderte das Lasso nach der ahnungslosen, die Wäsche ausbreitenden Waschfrau und brachte sie in geschicktem Wurfe zu Fall. Daß die Waschfrau dieses mißverstand und ihm ein nasses Laken um den Kopf schlug, tat seinem Eifer keinen Abbruch. Die Kinder waren nicht mehr zu bändigen. Kaputte Spiegel, Fensterscheiben, Vasen zeugten von ihren Waffenübungen. Selbst die Büste der Königin Luise im guten Zimmer lag eines Tages zerschmettert vor dem Nußbaumständer.

Zwei Häuser von Knatterbulls ab war zuletzt eingebrochen worden. Jetzt konnte man die Diebe jede Nacht erwarten.

»Wir sind gerüstet. Ha, ob sie diese Nacht kommen? Ich freue mich auf den Strauß mit den Halunken. Ich werde ihnen zeigen, was ein alter Soldat kann. Ich bin noch selber Manns genug, mein Eigentum zu schützen. Was?« Der Vater drückte die Brust, die Knie, überhaupt alles, was eben ging, in beängstigender Weise heraus und schaute stolz um sich.

»Der echte Held!« flüsterte die Familie.

Pochenden Herzens ging man abends zu Bett. Man schlief unruhig, bei dem geringsten Geräusch im Hause schreckte man auf, griff zu den Waffen und lauschte in die Nacht.

Dann weckte eines Nachts Vater Knatterbull zitternd seine Frau, und bat sie, doch auch einmal zu hören, es schiene, als ob jemand auf der Treppe wäre.

Die Mutter fuhr entsetzt auf, und beide lauschten an der verschlossenen Tür in das Haus.

Richtig. Tapp, tapp, tapp. Das waren Tritte, die die Treppe hinuntergingen.

Die Einbrecher waren im Hause.

Die Jungens wurden geweckt. Die Mutter ängstigte sich um die taube Tante, die oben auf dem Speicher allein mit der Anna wäre.

»Keine Sentimentalitäten jetzt«, knurrte der Vater, der aufgeregt mit seinen Waffen hantierte und nicht zurecht kam.

»Hört auch einmal, Wilhelm und Friedrich, vielleicht haben wir uns doch getäuscht«, stöhnte er zaghaft. Er sah gar nicht mehr so mutig aus.

»Tapp, tapp, tapp«, klang es von der Treppe herauf. Ohne Zweifel, da war jemand.

»Pst, pst, ganz leise, kein Geräusch«, flüsterte der Vater, der so mit Waffen bepackt war, daß er sich nur mit Mühe fortbewegen konnte. Das Lasso hatte er über die Schulter geworfen, das Schwert unter den einen Arm, das Beil unter den anderen Arm geklemmt. Dazu in jeder Hand einen Revolver. Er war in wollenen Unterhosen. Der Vater legte keinen Wert auf eine markierte Taille. Die Unterhosen waren viel zu weit, auf das Einlaufen hin gekauft und hatten die beharrliche Tendenz, nach unten zu rutschen. Kühne Hupfer gestattete dieses Kostüm nicht.

Die Mutter hielt in einer Hand die Lanze, in der anderen die Kerze. Aus der Nachtjackentasche schaute der Kolben des Revolvers ohne Hahn.

Der Vater gab Befehl, die Tür zu öffnen.

Die Mutter mußte vorgehen, um zu leuchten, dann kamen die großen Jungens und zuletzt der Vater mit dem Toni.

Deutlich hörte man jetzt die schluffenden Schritte unten im Hausgang.

»Leise, leise, pst, pst, wir müssen sie überraschen«, zischte der Vater. Dann rief er plötzlich leise: »Halt!« Einige unvorsichtige Schritte bewirkten, daß ihm die Unterhosen auf die Füße rutschten. Friedrich und Wilhelm mußten das Beil, Schwert und die Revolver halten, damit er sich seine Hosen wieder hochziehen konnte.

Jetzt ging unten im hause eine Tür. Die Diebe waren in der Küche.

Man war am ersten Treppenansatz angekommen, als sich der Vater mit den Beinen in das Lasso, das sich aufgerollt hatte, verwickelte, stolperte und Beil und Schwert fallen ließ, die mit ziemlichen Krach die Treppe hinunterpolterten. Die Mutter stieß einen gellenden Schrei aus, da ihr das Beil auf den Fuß gefallen war.

Der Vater schnauzte die Mutter wütend an, sie habe nicht ordentlich geleuchtet. Jetzt wäre alles verloren.

Merkwürdigerweise nahmen die Einbrecher keinerlei Notiz von dem Lärm: Schubladen wurden in der Küche aufgezogen, Schranktüren geschlagen, mit Porzellan geklappert.

Angstvoll, bebend horchte die wehrhafte Familie nach unten.

Der Vater war vom Mißgeschick verfolgt. Kaum hatte er sich mit Mühe und Not aus den Umstrickungen des Lassos befreit und war einige Stufen die Treppe hinabgestiegen, als ihn die hinterlistige Unterhose, die wieder völlig abgerutscht war und sich um seine Füße geschlungen hatte, zu Fall brachte. Er kam ins Stolpern und riß im Fallen Frau und Kinder mit sich in die Tiefe. Nur Toni war es gelungen, sich am Treppengeländer festzuhalten. Ein wilder Knäuel von Menschen und Waffen kugelte mit einem tollen Radau die Treppe hinunter in den Hausflur. Die Kerze erlosch. Ein Revolver entlud sich von selbst. Stöhnen, Ächzen.

In der Todesangst, gerade jetzt in dieser hilflosen Situation überrascht zu werden, kam man im dunkeln immer mehr durcheinander.

Seltsam, daß sich die Einbrecher aber auch nicht im geringsten an das, was im Hause passierte, störten und ruhig in der Küche weiter hantierten. Das mußten ganz verwegene Gesellen sein.

Der Vater hatte sich so in die Unterhose und das Lasso hineingewühlt, daß er weder Arme noch Beine bewegen konnte und hilflos, auf die Mutter fluchend, daß sie die Kerze habe ausgehen lassen, in der Hausflurecke lag. Die Mutter hatte suchend im dunkeln nach der Kerze getastet und dabei dem Vater versehentlich in die Augen gefaßt. Der Vater stieß nur noch unartikulierte Wutschreie aus. Friedrich und Wilhelm wälzten sich auf dem Boden und balgten sich um dasselbe Gewehr.

Jetzt öffnete sich plötzlich die Tür der Küche und ein schwacher Lichtschein fiel in den dunklen Hausflur und beleuchtete matt die gestrandete Armada. In dem Rahmen der Küchentür zeigte sich jetzt eine weiße, vermummte Gestalt, in der Hand eine Kerze.

»Ssssst«, zischte Tonis Pfeil durch die Luft, und mit furchtbarem Aufschrei sank die Gestalt zusammen. Der hatte sein Teil weg, der Elende.

Wieder tiefe Dunkelheit, in die schauerlich das Stöhnen und Keuchen der ringenden Menschen und das Röcheln des Gefallenen hineinklang.

Dann endlich gelang es der Mutter, Licht zu machen. Auch der Vater kam wieder aug die Beine. Man näherte sich vorsichtig dem Gefallenen und mußte zum größten Entsetzen konstatieren, daß der vermeintliche Einbrecher die stocktaube Tante Briebelflutsch war. Der Pfeil steckte ihr in der linken Niere.

Sie richtete sich, als das Licht ihr ins Gesicht fiel, mit furchtbarer Anstrengung noch einmal auf und stöhnte matt: »Ich wollte nur mal irgend ... irgend wohin ... wohin ... hin.« Dann fiel sie in eine tiefe Ohnmacht.

An Toni ließ der Vater seinen ganzen Zorn aus. Der arme Bengel ist nie in seinem Leben so verhauen worden, wie in jener Nacht.

Die Tante hatte, Gott sei Dank, eine gute Konstitution und erholte sich wieder von ihrer Verletzung.

Der Vater versicherte sich am anderen Tage sofort gegen Einbruch, abonnierte bei der Schließ- und Wach-Gesellschaft, schaffte sich zwei auf den Mann dressierte Doggen an, gab einen großen Teil seiner Ersparnisse für Fußangeln, Selbstschüsse, Stacheldrahtgeflecht, Fenster- und Türsicherungen und Alarmglocken aus. Da doch, wie er mit einem wütenden Seitenblick auf die Seinen knurrte, mit so undisziplinierten Elementen im Ernstfalle nicht zu rechnen sei. Er danke bestens dafür.

Onkel Willibald will baden

Dem Onkel Willibald hatte ein uralter Schäfer in der Lüneburger Heide gesagt, das Geheimnis des Langlebens wäre, sich nie zu waschen. Er selbst wäre seines Wissens so ungefähr hundertdreißig Jahre alt, und seit hundert Jahren wäre kein Wasser an seinen Körper gekommen. Bei einigen alten Bauern in der Eifel fand Onkel Willibald die gleiche Gepflogenheit. Ihr hohes Alter und ihre Rüstigkeit bewies, daß sie mit ihrer Theorie nicht so ganz Unrecht hatten. Onkel Willibald hatte weiter von einem alten alten Landstreicher aus dem Thüringischen erzählen hören, der sich auch seit Jahren nicht gewaschen hatte, dann aufgegriffen wurde und polizeilicherseits ein Bad verabreicht bekam und, obwohl kerngesund, danach sofort in Siechtum verfiel und starb. Das gab zu denken.

Onkel Willibald war praktischer Philosoph. Er hatte das Prinzip, sein Leben auf der Grundlage persönlicher Erfahrungen einzurichten. Er war stolz, wenn er im Volke so eine schlichte Lebensweisheit fand, einen nützlichen Brauch; gleich war diese neue Erkenntnis auch für ihn maßgebend und bestimmend. Indessen war die letzte Entdeckung nur so lange sein Evangelium, bis er wieder auf etwas neues stieß.

»Ich bin ein verflixt heller Kopf. Ich halte die Augen offen!« sagte er und warf sich selbstgefällig in die Brust.

Er galt allenthalben für einen Sonderling. Seine Verwandten sagten, er wäre verrückt. Mit Möllmanns, seinen nächsten Verwandten, wohnte er im gleichen Hause, Möllmanns auf der ersten, er auf auf der zweiten Etage; im Unterhaus war das Kolonialwarengeschäft von Wiehbendülle. Möllmanns sprachen hinter dem Rücken Onkel Willibalds sehr respektlos über ihn. Ihm ins Gesicht waren sie dagegen widerlich devot und hofierten ihn in schmachvoller Weise. Sie gaben seinen fixen Ideen Recht, soweit sie kein Geld kosteten. Onkel Willibald war begütert, und Möllmanns die nächsten Erben.

Der Onkel hatte eine eigene Haushaltung, der seine Köchin Amöne vorstand. Amöne war eine Eskimo, die versehentlich nach Deutschland geraten war. Geld zur Rückreise fehlte ihr, sie nahm kurz entschlossen die in der Zeitung ausgeschriebene Stellung bei Onkel Willibald an.

Als er von der Reise zurückkam, auf welcher er den alten Schäfer und die Eifelbauern getroffen hatte, und als er das mit dem Landstreicher erfuhr, beschloß er, sich von Stund an nicht mehr zu waschen und dem Beispiel dieser Leute zu folgen. Seine Köchin, die er seit Jahren hatte, verließ ihn darauf Knall und Fall. Andere folgten, aber schon nach wenigen Tagen gingen auch sie wieder. Keine war zu halten. Onkel Willibald war verzweifelt. Da erschien eines Tages Amöne, und die blieb.

Der Onkel begann, nach einiger Zeit sich selbst nicht mehr zu mögen. Es war schon schlimm.

* *
*

Er reiste eines Tages in die Bretagne und fand dort in dem am Meere gelegenen Dorfe Öuf à la Coque unter den Einwohnern einen außergewöhnlichen Wasserfanatismus. Von früh bis spät lagen diese Leute im Meer. Und zu Hause wurden die Seebäder noch durch Duschen und

Abwaschungen ergänzt. In Öuf à la Coque gab es vierzig Einwohner über hundertundachtzig Jahre, die alle noch Rad fuhren und Rollschuh liefen. Eine hundertundfünfundsiebzigjährige Frau leistete erhebliches auf dem Drahtseil. Das gab zu denken.

Onkel Willibalds Grauen vor sich selbst wuchs von Tag zu Tag. Er merkte zu seinem Schrecken, wie er mählich körperlich und auch geistig verkam. Die Lebensweise des uralten Schäfers war nichts für ihn.

Die Leute in Öuf à la Coque wiesen ihm den richtigen Weg. Die kannten das Geheimnis des langen Lebens. Wasser, Wasser war die Parole!

Im Zuge zurück in die Heimat, lernte er den berühmten Wasserheilmenschen Knobbe kennen, der ihm sein Buch »Wie ich ein Hüne wurde« schenkte, in dem er sein Wasserheilverfahren überzeugend darlegte und unzählige verblüffende Resultate aufführte.

Sofort schrieb Onkel Willibald an die größten Geschäfte für Badeeinrichtungen und bat um Prospekte.

An Amöne, die auch eine Anhängerin der Theorie des uralten Schäfers war, nicht aus Überzeugung, sondern aus heimatlicher Überlieferung, wuchs Moos, und auf dem verfilzten Kopf nisteten Rotkehlchen.

Onkel Willibald entließ sie. Er bekam einen Abscheu vor ihr, außerdem fehlten ihm zwei Teelöffel.

Die Kataloge kamen zu Stößen ins Haus. Natürlich galt es erst zu probieren, ehe man sich zur Anlage einer kostspieligen Einrichtung entschloß. Auch Möllmanns rieten ihm an, es vorläufig mal mit einer billigen Sache zu versuchen.

Da gab es die Reisewanne »Plitsche-Platsche« aus Segeltuch. »In fünf Minuten ein erquickendes Bad«, »Das Ostende des kleinen Mannes«, so wurde diese herrliche Wanne zum Preise von dreißig Mark angepriesen. Mit Dusche zwanzig Mark mehr. Als Dampfbad einzurichten fünfzig Mark mehr. Mit prima Aluminiumgestell hundert Mark mehr. Eine Kaffeetasse Wasser genügt zum erfrischenden Vollbad!

Onkel Willibald ließ sich eine »Plitsche-Platsche«-Reisewanne, das Ostende des kleinen Mannes mit Dusche und Dampfbadeeinrichtung kommen. Als die Kiste glücklich ausgepackt war, lag vor ihm ein Stück Segeltuch, ein Bündel Stangen, ein kleines Öfchen, eine Schachtel mit Schrauben, Muttern und komischen Dingen und ein Gießkannenausfluß. Eine Gebrauchsanweisung war beigefügt.

Zwei Wochen quälte sich Onkel Willibald Tag und Nacht mit dem Tuch und den Stangen und dem Öfchen ab, ohne seine Badeeinrichtung zusammen zu bekommen. Die Schrauben hatte er bereits verloren. Die Muttern waren unter die Möbel gerollt. Immer wieder vertiefte er sich in die Gebrauchsanweisung, er bekam es nicht zusammen.

Bis er eines Abends endlich glaubte, das Problem gelöst zu haben. In dem, was er aufgebaut hatte, konnte man schon baden.

Schnell Wasser herbei. Das Öfchen angesteckt. Der Krahnen aufgemacht: das war ein köstliches Bad. Onkel Willibald dehnte und streckte sich, grunzend vor Behagen. Er merkte dabei nicht, wie sich die mit Gummi verklebten Nähte der Segeltuchwanne lösten. Jetzt eine Dusche! Er zog an der Schnur. Die Dusche funktionierte nicht. Er zog stärker. Räng, päng! Das Gestell brach zusammen. Die Nähte des Segeltuchs waren jetzt völlig aufgeweicht. Aus der Wanne war ein flaches Tuch geworden. Onkel Willibald rang mit dem Stangengewirr, glitschte auf dem nassen Segeltuch aus, kam zu Fall und wälzte sich hilflos am Boden. Mit dem linken Bein geriet der Unglückliche in den brennenden Ofen und schwenkte diesen strampelnd in der Luft. Das ausgelaufene Wasser stand im Zimmer, wurde aber bald von den Dielenritzen eingesogen.

Bums, bums! Schauerlich klang es durchs Haus. Möllmanns, die unter Onkel Willibalds Baderaum ihr Schlafzimmer hatten, war ein großes Stück Zimmerdecke ins Bett gefallen, gefolgt von einem Guß Wasser.

Das war ein Spektakel im Hause. Mit einem Gipskranz von der Deckenverzierung um den Hals, stürzte Vater Möllmann im Nachthemd, gefolgt von Weib und Kind, nach oben.

Das undefinierbare Gewirr am Boden, vom Mond beleuchtet, machte Möllmann graulen. Mit Schwierigkeit erkannte man erst nach einer Weile als den Kern des Gewirrs den Onkel. Er schrie plötzlich jäh nach einem Ofen auch für das rechte Bein, da er daran fröre.

Trotz diesen Ungemachs ließ der Onkel seine Bademanie nicht fallen. Mit »Plitsche-Platsche« war es nichts. Man sollte in so was nicht sparen. Er verschenkte die Bruchstücke des transportablen Bades an einen blinden Indianer.

Jetzt wollte er eine ordentliche Badeeinrichtung haben, die was kosten durfte.

Für Unsummen legte er sich die patentierte, häufig preisgekrönte Badeeinrichtung »Atlantic« mit Emaillewanne, Gasofen und allen Schikanen der modernen Technik zu.

Auch die so ungemein hygienische Wellenbadschaukel »Meeresersatz« und die patentierte Sitzwanne »Karl der Große« war mitgeliefert worden.

Fränze, die neue Köchin, hatte in dem Baderaum die eingemachten Gurken in Gläsern stehen. Sie war sehr sittenstreng. Sie deckte über die Gurkengläser aus Vorsicht Tücher, damit sich die unschuldigen Gurken an Onkel Willibald im Bade nicht versahen.

Onkel Willibald hatte nicht gern Handwerker im Hause. Er bat seinen Freund Philipp Motternich, der früher bei der Eisenbahn war und für alles eine geschickte Hand hatte, ihm bei dem Aufbau der Badeeinrichtung zu helfen.

Acht Tage lang quälten sich die beiden von früh bis spät an der Montierung des Bades. Sie gerieten schon gleich im Anfang, da jeder alles besser wissen wollte, wie der andere, in Streit. Dann sengte aus Versehen Onkel Willibald beim Anschluß des Wasserleitungsrohres mit der Lötlampe Philipps halben Bart ab. Es kostete Willibald Mühe, seinen wütenden Freund, der behauptete, Willibald habe das absichtlich getan, zu beruhigen. Als Willibald nun noch beim Einschlagen eines Hakens mit dem Hammer Philipps Daumen traf, wurde es Philipp zu viel, und er verließ in der feindlichsten Stimmung den Onkel.

Onkel Willibald besah sich, was sie bisher installiert hatten, und kam zur Überzeugung, daß alles wohl gerichtet und sein Bad nun gebrauchsfertig wäre.

Eine genaue Anweisung über die Inbetriebsetzung war am Ofen angebracht.

So, hier war der Gashahn *a*. Der mußte geöffnet werden. Da war der Gashahn *b*, und dann gab es noch den Hauptgasabsperrhahn *c*. Von diesen beiden Hähnen stand nichts auf der Gebrauchsvorschrift, ob sie zu schließen oder zu öffnen waren. Der Hahn *d* sollte nach der Anweisung unbedingt offen bleiben, während der Hahn *f* unter allen Umständen geschlossen werden mußte. Die Ventile *g* und *m* mußten im Auge gehalten werden. Das war sehr wichtig. Der Brenner *k*, ein schreckliches Röhrenwirrwarr mit vielen kleinen Löchern, sollte in der Pfeilrichtung gedreht werden. Das alles und noch mehr stand auf der Instruktion, die Onkel Willibald immer und immer wieder las. Er wurde durch die Unmenge von Hähnen und Ventilen völlig verwirrt. Er hantierte, hin und her hupfend, an dem Badeofen. Er erinnerte an einen Musikalclown, der sich an einem Gestell mit Glocken produziert.

An welchen Hahn und welches Ventil er auch rührte, immer wurde die Dusche in Tätigkeit gesetzt, und er meuchlings von einem kalten Guß getroffen. Die Dusche reagierte auf alle Hähne. Es gelang ihm endlich, die Dusche abzustellen.

Er zog den Brenner heraus, öffnete die Gashähne und hielt ein brennendes Streichholz so lange an die kleinen Löcher, bis das verglimmende Streichholz ihm die Fingerspitzen verbrannte. Der Brenner trug seinen Namen mit Unrecht, er brannte nicht.

Hätte er doch Philipp nicht auf den Daumen geschlagen. – Der hätte die Sache in Ordnung gebracht! ärgerte sich jetzt Onkel Willibald.

Plötzlich kam ihm die schreckliche Erkenntnis, daß der Ofen überhaupt nicht an eine Gasleitung angeschlossen war. Eine derartige Leitung lag nicht im Hause.

Dieser Philipp, dieser Nichtswisser! Das hätte er doch wissen müssen! schnaubte Onkel Willibald.

Was war zu machen? Gebadet mußte jetzt werden. Gut, badete er kalt. Das war noch viel gesünder, als ein warmes Bad. Gewiß, viel abhärtender. Knobbe schrieb auch kalte Bäder vor. Die Gasleitung konnte man gelegentlich für alle Fälle anlegen lassen.

Er öffnete den Hauptwasserhahn der Wanne. »Plätscher, plätscher«, ging es munter in die Wanne. Es konnte eine Weile dauern, bis die Wanne gefüllt war.

Vielleicht vor dem Vollbad noch ein Wellenbad in »Meeresersatz«! Gesagt, getan. Das Wellenbad war schnell gefüllt.

»Plätscher, plätscher« – lustig sprudelte es aus dem Hauptkrahnen in die Wanne.

Der Onkel nahm ein Wellenbad. Hei, war das fein und köstlich! Feste, feste, dachte der Onkel, je stärker der Wellenschlag, je heilsamer.

»Plätscher, plätscher« – die Wanne war mittlerweile fast voll gelaufen. Im Sicherheitsablauf steckte ein Zigarrenstummel.

Die Wellenschaukel stand schon einige Male auf der Kippe. Den Onkel packte ein wilder Taumel.

Dann war es geschehen. Die Wanne kippte um, und Willibald lag darunter, eingeklemmt von den Seitenwänden. Wie eine Schildkröte kroch er ächzend durchs Zimmer. Alles Abmühen und Strampeln hatte keinen Erfolg. Er kam nicht los.

»Plätscher, plätscher« – die Badewanne lief jetzt über; das Wasser stand fußhoch im Zimmer.

Der Onkel stieß die Tür ein. Er mußte zu Menschen, die ihm helfen konnten. Allein konnte er sich nicht befreien.

Er kroch die Treppe hinunter mit großen Schwierigkeiten. Grauen und Entsetzen packte die Leute bei seinem Anblick.

»Ein Untier naht, eine Riesenschildkröte! Flieht, rettet euch!« Alles floh in wilder Panik.

»Plätscher, plätscher«, die zweite und erste Etage stürzten ein.

Der bekannte Löwenjäger Fürchtegott Pöhzlapp selbst wagte nicht, dem Untier entgegenzutreten.

»Plätscher, plätscher« – das Haus fiel zusammen.

»Plätscher, plätscher« – die ganze Stadt ertrank.

Onkel Willibald strandete auf einem hohen Berge. Er war mittlerweile abgemagert und fand sich eines Tages von der Wanne befreit.

Er tat einen heiligen Schwur, nie wieder zu baden.

Das verliehene Buch

Es war ein prächtiges Buch mit Goldschnitt und Damasteinband, das in der guten Stube auf dem Tisch lag.

Es war ein sehr langweiliges Buch mit schlechten, sehr schlechten Illustrationen.

Es war der Stolz der ganzen Familie.

Nur der Vater durfte das Buch in die Hand nehmen. An Festtagen setzte sich der Vater sonntagsangezogen in die gute Stube und las der Mutter und den Kindern mit sonorer Stimme und falscher Betonung aus dem feinen Buch vor. Würdevoll und prätentiös wusch er sich vorher die Hände. Häufig unterbrach er das Vorlesen und erklärte die Abbildungen. Die Kinder machten verständige Gesichter und große, kluge Augen; sie kniffen sich heimlich gegenseitig in die Beine. –

Herr Mehlenzell war ein Bekannter des Vaters; er hatte einen Kolonialwarenladen und schrieb an.

Man brauchte viel im Haushalt, und das Gehalt des Vaters war klein.

Herr Mehlenzell bat eines Tages den Vater, er möchte ihm das prächtige Buch leihen. Der Vater erbleichte; er konnte nicht gut »nein« sagen.

»Auf ein paar Tage. – Bestimmt, selbstverständlich haben Sie es nächsten Sonntag zurück«, hatte Herr Mehlenzell gesagt.

Man sprach in der Familie nur über das Buch. Die Mutter meinte, man hätte es ihm nicht geben sollen. Der Vater war sehr ernst. »Bestimmt haben Sie es Sonntag zurück, hat Herr Mehlenzell gesagt«, verteidigte sich der Vater. »Wir wollen sehen«, brummte die Mutter.

Wo das Buch in der guten Stube gelegen hatte, war ein viereckiger Fleck auf der Tischdecke; der Plüsch war da nicht so verschossen.

Der Sonntag kam. Man war schon sehr früh aufgestanden. Es wurde Mittag; Herr Mehlenzell hatte das Buch nicht gebracht. Der Vater saß mit der Mutter in der guten Stube und war sehr ernst. Keinem hatte das Essen so recht geschmeckt. Um die Kinder kümmerte sich niemand. Man ließ sie im Garten über die Bleiche tollen und ungestört die unreifen Stachelbeeren essen. – Der Vater trank eine halbe Flasche Rum. Die Mutter hatte verweinte Augen. Die gute Stube wurde abgeschlossen.

Der Vater mußte Montag und Dienstag im Bett liegen. Die Mutter vernachlässigte den Haushalt. Die Kinder verwilderten.

Hundertundvierzig Mark bekam Herr Mehlenzell noch. Man durfte nicht wagen, ihn an das Buch zu erinnern.

Es war unheimlich im Hause, wie wenn jemand gestorben wäre. Den Vater sah man viel mit der Rumflasche hantieren. Die Familie ging zurück. –

Der dritte Sonntag kam und das Buch war noch immer nicht da.

Es konnte so nicht mehr weiter gehen.

Nach dem Mittagessen schrie der Vater nach seinem schwarzen Rock und den Manschetten, rasierte sich und ging zu Mehlenzells.

Frau Mehlenzell öffnete selbst.

Er fragte nach Herrn Mehlenzell.

Frau Mehlenzell war mürrisch und fragte, was es sei. Ihr Mann wolle nach dem Essen nicht gestört sein; was es sei.

Es sei sehr dringend, er müsse mit Herrn Mehlenzell sprechen, beharrte der Vater.

Frau Mehlenzell ging brummend in ein Zimmer und ließ den Vater auf dem Korridor stehen.

Frau Mehlenzell hatte die Tür nicht fest hinter sich zugemacht. Herr Mehlenzell schimpfte, man solle ihn ungeschoren lassen. Was denn der Hungerleider wolle? Dann wurde von innen wütend die Tür zugeschlagen.

Nach einer Weile kam Frau Mehlenzell zurück; ihr Mann hätte nicht viel Zeit, er möge sich kurz fassen. –

Herr Mehlenzell lag auf dem Sofa und rauchte eine Zigarre. Er stöhnte den Vater an und blieb ruhig liegen.

Er wolle ihm auf die Rechnung etwas abbezahlen, fing der Vater schüchtern an.

Herr Mehlenzell richtete sich auf und bat den Vater, doch Platz zu nehmen; er schob ihm auch das Zigarrenetui hin.

»Über wieviel darf ich quittieren, bitte?«

»Über zwanzig Mark.«

Herr Mehlenzell nahm das Zigarrenetui wieder an sich.

Im Nebenzimmer übte jemand sehr auf dem Klavier.

»... und dann, was ich sagen wollte«, quetschte der Vater hervor, »ich möchte mal nach dem Buch fragen, ob es Ihnen gefallen hat und ob Sie es vielleicht aushaben?«

»Welches Buch?«

»Sie wissen doch – das Buch von mir, das schöne Buch, was ich Ihnen vor drei Wochen geliehen habe.«

»Ach so, ja. Jetzt fällt es mir ein. – Ja, wo habe ich das?«

Dem Vater standen dicke Angstperlen auf der Stirn.

»Warten Sie einmal, da muß ich meine Frau fragen. Haben Sie denn das Buch so nötig?«

Herr Mehlenzell verließ murmelnd das Zimmer.

Im Nebenzimmer spielte man zum siebenten Male »Mädchen, warum weinest Du«.

Der Vater ging an die halb geöffnete Tür und schaute hinein. Lenchen Mehlenzell saß am Klavier.

Man hatte auf einen Stuhl Bücher gelegt, damit Lenchen hoch genug saß.

Der Vater war einer Ohnmacht nahe; Lenchen saß auf dem prächtigen Buch!

Der Vater war sonst nicht roh. Er stürzte aus dem Hinterhalt auf das nichtsahnende Kind und warf es von seinem Sitz, ergriff das Buch und floh.

Zu Hause. – Das Buch wurde geprüft, es hatte gelitten. Man hatte auf dem Deckel etwas geschnitten, etwas Fettiges, scheinbar Wurst. Es mußte häufig gefallen sein, die Ecken waren verbogen und die Seiten saßen teilweise lose im Rücken.

Mit zitternder Hand blätterte der Vater in dem Buch.

Seite 1, 2, 3, 4, 5, 6, 7, 8, 9, 10, 11, 12, 40 – der Vater wurde stutzig ... 41, 42, 43, 44, 13, 14, 15, 58, 59, 60, 61, 16 – der Vater wurde grün im Gesicht ... 17, 18, 19, 20, 21, 22, 23, 24, 25, 105, 106, 107, 108 – dem Vater fiel sein Glasauge aus dem Kopf ... 109, 110 – jetzt wurden die Seiten kleiner, sehr seltsam ... 111, 112. Seite 110 schloß »Wanderburschen, wandert zu in die weite Welt hinaus«, und es ging weiter aus Seite 111 »mit der weißen, aristokratischen Hand durch das gewellte Haar und ging erregt auf Leonie zu.« In Vaters Buch kam keine Leonie vor. Der Vater bekam einen eiförmigen Kopf.

Der Vater erschlug die Mutter.

Aus dem Buch fiel eine Ansichtskarte an Frau Mehlenzell aus Saarbrücken und ein Zettel mit den denkwürdigen Worten: »2 Paar Socken, 3 Kragen, 1 Taschentuch, 1 Vorhemdchen, 1 Paar Manschetten.«

Der Vater sprang am Fenster hinaus und brach das Genick.

Die Kinder verdarben. –

Schauderhaft, höchst schauderhaft. –

Von öffentlichen Dingen und so

Die Promenade

Paris hat seinen Bois, London seinen Hyde-Park, wo sich die elegante Welt zu bestimmten Stunden zu treffen pflegt. Banausingen hatte »die Kastanienallee«, auf der sich der Bürger, der etwas auf sich hielt und das *Savoir vivre* erfaßt hatte, zwischen 12 und 1 Uhr mittags erging.

Auf und ab pendelte man zu dieser Stunde auf der Kastanienallee, auf und ab.

Sobald man die Promenade betrat, verschwand das Alltagsgesicht; man setzte eine feierliche Miene auf und schritt ernst und gemessen wie ein Ereignis daher. Der Größe des Augenblicks war man sich voll und ganz bewußt, voll und ganz.

Man kannte einander, oder zum wenigstens wußte man, wer der andere war. Man äugte krampfhaft umher, und sobald man einen Bekannten erblickte, grüßte man tief und auffallend. Vor Leuten, mit denen man per »Du« war, denen man am Stammtisch respektlos zurief: »Altes Rindvieh, bist du auch da, wie geht's?« schwenkte man, wenn man sie zur offiziellen Stunde auf der Allee traf, mit der gequälten Grandezza eines Hidalgo den Hut.

Mußte man viel grüßen, so wurde man beneidet und blähte sich in dem Bewußtsein, eine bekannte Persönlichkeit zu sein.

Hatte man einen neuen Anzug oder sonst ein neues Kleidungsstück an, hatte man zum Namenstag einen Pelzkragen, einen Stock mit silberner Krücke oder eine feine Meerschaumzigarrenspitze bekommen, versäumte man nicht, diese Kostbarkeiten, geschwollen vor Einbildung, seinen staunenden, neidischen Mitbürgern vorzuführen.

Frisch Verlobte schoben, ostentativ aneinandergehangen, mit enormem Selbstbewußtsein über die Allee.

Eine bedeutende, außerordentliche Rolle spielte auf der Promenade »der Leutnant« – der Leutnant vom Bezirkskommando, an welchem außer ihm noch ein überreifer Major als Kommandant und ein Feldwebel wirkten. Sonst lag kein Militär in der Stadt. Die Bürger sprachen mit maßlosem Stolz von »der Garnison«.

Die ungeteilte Bewunderung und das ehrfurchtsvolle Interesse der Bürger war auf die Person des Leutnants konzentriert, als dem Idealrepräsentanten des militärischen Gedankens.

Es war die Sehnsucht jedes Bürgers, einmal in seinem Leben mit dem Leutnant auf der Promenade auf und ab zu gehen, auf und ab. – Anatol Brustkorb hatte irgendwie den Leutnant kennen gelernt.

Eines Sonntags sah man Anatol, violett im Gesicht vor heiliger Erregung, Seite an Seite mit dem Leutnant auf der Promenade. Seite an Seite, angeregt plaudernd. Anatol sprach forciert laut in der Perspektive auf die anderen Leute.

»Weibäh, Weibäh«, schnarrte er. Der gute Anatol mit dem Gesicht voller Mitesser. »Weibäh, Weibäh! Färdäh, Färdäh!« vernahm der horchende, staunende Bürger aus Anatols Munde.

Als nun noch der Leutnant im Laufe des Gesprächs seinen Arm in den Anatols schob, wurde es zu viel für Anatol. Sein Kopf schwoll an zur Größe eines Sofapuffs. Ein Ohr sprang ab. Er barst. –

Die Bürger fanden es begreiflich. Es war ein erhabener Tod –

Ein ehrfurchtsvolles Schauern und Raunen durchlief die Promenade, wenn »die Partie«, Uhda Kammillenbritsch, die Tochter des Kommerzienrates, mit hocherhobener Nase und läppischem Geschwenk daherkam. Die Mitgifthyänen schnupperten und reckten die Hälse –

»Wie die das anstellen? Jeden Augenblick einen neuen Hut, jetzt wieder ein neues Jackettkleid. Ich kann das nicht«, meinte Frau Apotheker Meta Schnurze und schaute haßerfüllt Frau Krammelhust und Tochter nach. »Ich kann das nicht, weiß Gott!«

»Jetzt kommt der junge Doktor Löschkarton schon zum zweitenmal mit Tilly Scherzhaft auf die Promenade. Sind die denn verlobt? Arm in Arm gehen sie nicht. Ich weiß nicht, ich würde es nicht dulden, wenn es mein Kind wäre«, erregte sich Frau Bullerwurst.

»Der Leutnant hat Absichten auf Uhda Kammillenbritsch«, zitterten die heiratsfähigen Bürgersöhne, wenn der Leutnant beim Gruß die Hand länger wie sonst an der Mütze behielt und besonders ostentativ die Brust herausdrückte. »Weiß Gott, er hat Absichten.«

»Der junge Hinterkopf hat sich den Schnurrbart englisch schneiden lassen, der Fatzke, der will was besonderes rausbeißen«, meinte der Rat Schnödelkrum.

»Jetzt trägt die kleine Selma Suppenzapf einen Nerzpelz. Einen Nerz! Der fehlte der noch«, kopfschüttelte Frau Bruthitz.

»Mitkriegen tut die auch keinen mehr, wenn sie sich noch so viele Straußenfedern auf den Hut macht«, meinte Frau Mina Quellzisch und guckte sich nach Frieda Robbenzahm um.

So konstatierten flüsternd die feinsinnigen Bürger und Bürgerinnen und nickten im gleichen Augenblick den also Apostrophierten grüßend zu. Es waren feine, wohlerzogene Leute, die die Tradition liebten und jede Überraschung als taktlos verschrien.

Die Promenade galt ihnen als eine heilige Institution, deren Erhabenheit unantastbar dastand. Ein ernstes, würdevolles Hin und Her feierlicher Marionetten.

* * *

Toni Schamlos war ein Rüpel, ein richtiger Rüpel, alle Leute waren dieser Ansicht.

Eines Tages war er da gewesen. Niemand wußte so recht, woher er gekommen war und wovon er lebte. Er mußte sein Auskommen haben, denn er lebte nicht schlecht. Irgend jemand hatte in Erfahrung gebracht, daß sein Vater Regierungsrat und sein Bruder Leutnant war. Er war also ein Mensch, mit dem man verkehren konnte. Man wunderte sich sehr, daß er nirgendwo Besuche machte. Nicht bei Kommerzienrats, nicht bei Amtsrichters, bei Assessors und Doktors. Nirgendwo. Er lebte ganz für sich und kümmerte sich um niemand. Das verdroß die Bürger. Er hatte stets ein maliziöses Lächeln um den Mund, wenn er durch die Straßen kam. Er schaute vor sich hin und lächelte. –

- - - - - - - - - - - - - -

Dann kam der Sonntag, an dem sich das Entsetzliche ereignete.

Rat Schnödelkrum war immer einer der ersten auf der Promenade. Er ging sehr stramm, drückte die Knie bedeutend durch und hustete tief von unten herauf. Exakt setzte er die Fußspitzen nach auswärts, trat immer mitten auf die Trottoirplatten und vermied es peinlich, auf den Strich zu treten, wo die Platten aneinanderstießen.

Assessor Bleffke, der auch immer recht zeitig auf der Allee war, versuchte den Rat zu überholen, um ihn zu grüßen. Seine Beine waren zu kurz; er kam ihm nicht bei. Dazu kam, daß ihm das Schuhbändel an einem Schuh losgegangen war und am Fuß herumbaumelte. Er tat, als ob er es nicht bemerkte, mußte aber aufpassen, daß er nicht auf das Bändel trat und hinschlug. –

Was hatte Rat Schnödelkrum auf einmal? Er mochte etwa die Mitte der Allee erreicht haben, als er plötzlich Halt machte und mit dem größten Interesse nach irgend etwas scharf schaute, nach irgend etwas am Fuß einer dicken Kastanie. Dann hustete er tief von unten herauf und schaute sich wie suchend um.

Seltsames Gebaren! Nun schüttelte er einigemal den Kopf und ging sinnend, langsam, mit schleppenden, nachdenklichen Schritten weiter, nur wenige Schritte, machte Kehrt und ging zum Baum zurück.

Assessor Bleffke hatte mit ansehnlichem Erstaunen das Gebaren Schnödelkrums verfolgt und beeilte sich seinerseits, zu sehen, was das Interesse des Rats in solchem Maß in Anspruch nahm. »*Nil admirari*«, war sonst der Wahlspruch Bleffkes, der den Leutnant nicht mochte. Es mußte etwas Außergewöhnliches sein, was ihn nun gleichfalls wie Schnödelkrum an dem Baum festhielt. Erst stutzte er, dann verlangsamten sich seine Schritte, schließlich blieb er stehen und schaute gespannt nach dem Baum hinüber. Erst versuchte er verzeihend zu grinsen, dann aber wurde er ernst und sein Gesicht bekam einen seltsamen, nervösen, fast angstvollen Ausdruck. Er machte einen Schritt nach vorne, trat auf das Schuhbändel und fiel platt auf das Gesicht: wie tot blieb er liegen. –

Es war ein schöner Tag. Die ganze Stadt war auf den Beinen. Mehr und mehr füllte sich die Promenade.

Was hatten nur die Leute? Ernst und würdig, wie sonst, schob der Strom der Bürger und Bürgerinnen über die Allee – bis zu jener Stelle, die Rat Schnödelkrum und Assessor Bleffke bereits festgehalten.

Kamen die Leute in die Nähe der geheimnisvollen Kastanie, verlangsamten sich ihre Schritte, ihre Gesichter nahmen einen verblüfften Ausdruck an, der dann bald einer seltsamen Starre wich, sowie man dicht am Baum angelangt war. Krampfhaft waren alle Augen auf etwas am Fuße der Kastanie gerichtet. Den umgefallenen Assessor beachtete niemand.

Eine furchtbare Spannung sprach aus aller Augen.

Dichter und dichter wurde der Kreis um den Baum. Die neu ankamen, befragten flüsternd die zunächst Stehenden. Einige hastig zugeraunte Worte ließ sie in die gleiche, unheimliche, rätselhafte Starre verfallen.

Wie ein Bann lag es auf den tüchtigen Leuten von Banausingen.
Was ging vor sich?

Schnödelkrum stand noch immer an der gleichen Stelle vor dem Baum. Hypnotisiert stierte er immer auf einen Punkt. Sein Gesicht war hektisch gerötet. Seine Brust hob und senkte sich in entsetzlicher Weise. Ein furchtbares Ringen in seinem Innern, und keuchend, ächzend stieß er hervor: »Weum, weum gehört düses Stöckerl? Weum, frage ich, weum?« –

An dem dicken Kastanienbaum stand schlicht und bescheiden ein dünnes Spazierstöckchen, mutterseelenallein, als ob es jemand soeben dort hingestellt hätte, um es gleich wieder abzuholen.

»Weum gehört düses Stöckerl?« schrie, stöhnte Schnödelkrum qualvoll. –

Der Besitzer des Stöckchens war nirgendwo zu sehen.

»Bubenspääähhße«, quetschte jemand grimmig hervor.

»Weum, weum?« Dringender, flehender klang des Rates Stimme, – »weum ...« Und plötzlich, mit einem gräßlichen Aufschrei, mit einem gigantischen Schwung stellte sich Schnödelkrum auf den Kopf und tanzte ruckweise emporschnellend in dieser unwürdigen Lage einen entsetzlichen Tanz; dröhnend schlug der Kopf auf dem Pflaster auf. Höher, höher flog die Gestalt. Ovaler, ovaler wurde der Kopf. Die ganze Gestalt nahm eine ovale Form an, drückte sich zusammen, sackte sich. Noch ein grandioser Sprung und Schnödelkrum hing mit einem Knie hoch oben in der Kastanie.

Bescheiden, schlicht lehnte das Stöckchen noch immer am Baum.

Die Starre der Menge war einer furchtbaren Raserei gewichen.

Mit den Schirmen stachen sich die Bürger selbst in die Augen. Andere krochen am Trottoirrand herum und versuchten von den Basaltsteinen Stücke abzubeißen, wieder andere hackten sich mit rostigen Beilen die Finger ab, manche zogen die Schuhe aus und ließen sich Siegellack auf die nackten Füße tropfen.

Ein Delirium hatte die Leute ergriffen.

Bescheiden, schlicht lehnte das dünne Stöckchen noch immer am Baum, mutterseelenallein – –

Niemand blieb verschont; keiner konnte es verwinden. Alle gingen an Nervenzerrüttung zugrunde. Nur dem Leutnant war es gelungen, sich nach Hause zu retten, als ihm aber plötzlich die erleuchtende Idee kam, man hätte doch einfach die Feuerwehr alarmieren sollen, trank er vierzehn Flaschen Likör und fünf Flaschen englische Sauce und starb auch. Es war schade um ihn, er hätte es sicher zum Hauptmann gebracht.

Zwei Bürger, die an diesem Tage nicht auf der Promenade waren – der eine hatte die Influenza, der andere Blinddarmentzündung – erlagen ihren Leiden.

* * *

Über die einsame, menschenleere, grasbewachsene Allee spazierte still vor sich hinlächelnd Toni Schamlos. –

Der überaus vornehme Friseur

Er hatte einen wohlgepflegten Vollbart und sah aus wie Herr Sudermann.

Er trug immer einen schwarzen Gehrock mit großen Seidenrevers und lange, schmale Lackstiefel.

Er war der erste Friseur der Stadt. Vor seiner Tür hatte er mehrere goldene Wappenschilder mit Keulenmännern, die ein Zeichen dafür waren, daß er schon erlauchte Bartstoppeln beseitigen durfte. Auch besaß er eine Brillantbusennadel: die Initialen des regierenden Fürsten mit der Krone darüber. Mancher höhere Staatsbeamte beneidete ihn um dieses Zeichen allerhöchsten Wohlwollens.

Es gehörte zum guten Ton, sich bei ihm behandeln zu lassen.

In jeder Stadt gibt es sogenannte »*First-Class*-Geschäfte«, die ihren Ruf meist ohne eigenes Verdienst, durch die Suggestion der Tradition zu wahren wissen.

Da haben wir das Herrenmodengeschäft, sprich: »lätest fäschen«, den Schneider, sprich: »täler«, den Schuster, sprich: »buuts«, bei welchem sich der Kavalier, der etwas auf sich hält, zu bedienen hat.

Die exklusive, zurückhaltende Tendenz derartiger Standard-Läden künden schon die Schaufenster.

Liegt in einer großen Auslage aus poliertem Mahagoni lediglich ein zusammengeknülltes Seidentuch, ein Hosenträger, ein seidener Strumpf und eine Glasflasche mit englischen Drops, so befindest du dich vor dem einzigen Ort, wo du als Mann von Geschmack und Distinktion dir deine Krawatten, Unterwäsche und so zu kaufen hast.

Ein einsamer Lackschuh, ein schwarzer Leisten und ein Paar seidene Schuhbänder – nicht zu vergessen, eine Flasche englischer Drops – wahllos in einer Vitrine aus Zitronenholz verstreut, zeigen dir an, daß hier der maßgebende Schuster wohnt.

Bei dem alleinseligmachenden Schneider – ich warne dich indessen inständigst, den Mann niemals so zu nennen – wirst du außer der Flasche Drops nur ein buntes Stück Flanell für eine Weste im Schaufenster finden.

Für die Geschäfte in erstklassiger Damengarderobe gelten die gleichen Grundsätze. So macht auf mich stets das Schaufenster des sogenannten feinsten Damenmodemagazins der Stadt einen großen Eindruck. Auf einem Ständer langweilt sich ein einsamer, uninteressanter Hut, der so angebracht ist, daß man noch gerade ein wenig darunter schauen kann, um das Wort »Paris« zu lesen. Weit und breit sonst nichts in der Auslage oder höchstens nur wieder eine Flasche mit englischen Drops, die in allen Fällen auf harmlose Gemüter unbedingt wirkt. –

Er war also der erste Friseur der Stadt.

Er hielt sich meistens in dem Raum vor dem Rasiersalon auf und machte lediglich in einer herablassenden Form, vorsichtig abwägend, die Honneurs. Vom einfachen Aufgucken von der Zeitung an bis zum eigenhändigen Helfen in den Paletot und Geleiten bis zur Tür zog er in entsprechender Weise, auf jeden Fall individuell zugeschnitten, die Register seiner Höflichkeit.

Letzterwähnte Nuance stellte den Superlativ seiner Herablassung dar und wurde von ihm nur äußerst selten in Anwendung gebracht.

Hatte jemand keinen klangvollen Namen oder Titel, so kümmerte er sich persönlich gar nicht um ihn. Höchstens, daß er mal flüchtig von der Zeitung aufschaute oder, wenn er besonders gut gelaunt war, die Zigarette einen Moment aus dem Mund nahm. Weiteren Ovationen wurden diese Armen, die von seinen Gehilfen kurzerhand mit Herr »Direktor« angeredet wurden, seinerseits nicht gewürdigt. Das war er seinem Geschäft und seinen anständigen Kunden gegenüber schuldig.

Selbst Leute, die sonst wirklich etwas bedeuten, wie Assessoren, Rechtsanwälte, Amtsrichter, Bankdirektoren grüßte er nur mit einer leichten Verbeugung, indem er mit müder, diskreter Stimme ihren Titel nannte, den, wie ein Echo, seine acht Angestellten in weißen Tropenuniformen laut wiederholten.

Erst vor Uniformen und Regierungsräten ging er aus seiner Reserve heraus, die in eine gewinnende Liebenswürdigkeit ausarten konnte, wenn es sich dann noch um den Träger eines alten, feudalen Namens handelte.

Noch eine wohlüberlegte Höflichkeitsnote war die: ostentativ herbeizueilen, um jemanden beim Anziehen des Paletots behilflich zu sein, es indessen mit mathematischer Sicherheit stets so einzurichten, daß er zu spät kam und den Betreffenden erst erreichte, wenn dieser seinen Mantel schon anhatte.

Einen gewissen, ehrlichen Respekt hatte er vor anerkannt schwer reichen Leuten, die selbst von den Offizieren zuerst gegrüßt wurden, vor Leuten mit furchtbar vielen Nullen, die im Auto vor seinem Geschäft vorknatterten und deren Persianapelze seinen Garderobeständer demütig erzittern ließen. –

Ich hatte eine ganz unbegrenzte Devotion, eine fast religiöse Hochachtung vor diesem Manne, dem ich, kein Träger eines besonders exklusiven Namens und ohne viele Nullen, nicht das geringste Interesse einflößte. Ich mußte zufrieden sein, überhaupt in seinem Salon verkehren zu dürfen.

Die geistreichen, schöngeistigen Philosopheme eines Freundes, der für Wilde und Brummel schwärmte, glatt rasiert war, den Zeigefinger mit einem großen Topasring aus dem *Cinquecento* geschmückt hatte und in einer fast krankhaften Weise überall den Dandy witterte, hatten noch das ihrige getan, meinen Respekt vor dem vornehmen Friseur in das Unangemessene wachsen zu lassen.

»Schau dir nur diesen Mann an«, hatte mein Freund gesagt, »diese ruhige Eleganz, diese fast raffinierte Einfachheit seiner Erscheinung, kein Detail unterstrichen, alles auf die Gesamtwirkung berechnet, auf eine Harmonie von Nuancen und Linien. Sein distinguiertes, abgemessenes Benehmen. Seine vornehme Ruhe.«

Weil mein Freund viel klüger war wie ich, dieses auch durch einen akademischen Grad bewiesen hatte, so gab ich ihm rückhaltlos recht.

»Ich bin sicher, dieser Mann hat sich das außergewöhnliche Milieu dieses Friseurladens als bewußte, ganz raffinierte *mise en scéne* seiner Person ausgewählt.«

Schon der Alte hatte den Laden gehabt, dachte ich mir, sagte es aber nicht.

»Hast du beobachtet, wie er wirkt, gegen die hohen, innen mit Samt ausgeschlagenen, strengen Glasschränke aus poliertem Holz mit goldenen Empireemblemen? Gegen die ihres Wertes sich sehr bewußten Kristallflakons, die in vornehm großen Abständen in diesen Schränken stehen? Könnte er im roten Jagdfrack auf einem Vollblutpferd, im grauen Gehrock eine elegante Mailcoach lenkend, im schwarzen Frack, eine seltene Orchidee angesteckt, auf dem Fest einer Herzogin, im weißen Tennisdreß, das Rakett schwingend, eine bessere Figur abgeben?«

Dann hatte er, hingerissen von seiner Begeisterung, enthusiastisch ausgerufen: »Dieser Mann befindet sich hier in diesem Rasiersalon lediglich einer Laune, einer satanistischen Lust willen, als Sammler und Liebhaber menschlicher Farcen. Er will die Menschen studieren, in ihrem jämmerlichen Naturzustand, ohne Maske, ohne Aufmachung, wenn sie sich wie hier auf Gnade und Ungnade anderen in die Hände geben. Liegt nicht ein eigentümlicher Reiz darin, Autoritäten in würdelosen, beschämenden, nivellierenden Situationen zu sehen? Ehrwürdige, ernste Männer in weiten weißen Mänteln, die ihnen etwas von einer französischen Amme geben!«

Mein Freund mochte wohl recht haben mit dieser neuen Hypothese. In der Tat, es war eine eigenartige Sensation, sich auszumalen:

Goethe beim Friseur, halb eingeseift, den Kopf krampfhaft zurückgebeugt, die edle Nase in den Händen des Friseurgehilfen, bittend, man möge ihn nicht gegen den Strich rasieren. Oder den Turnvater Jahn, der sich aus seinem langen Liebegottbart einen Kranzbart schneiden lassen will und den Schnurrbart englisch zustutzen läßt. Oder Schleiermacher, der peinlich darüber wacht, daß man ihm den Scheitel durchzieht und mit Pomade festlegt. Oder Kant, der sich Koteletten und eine Fliege wachsen lassen will. Oder Friedrich Rückert, der etwas gegen seine Schuppen tun will!

Von der Fülle der sich häufenden Gesichtspunkte war ich völlig konfus geworden.

Auf jeden Fall aber hatten die Anregungen meines Freundes so auf mich gewirkt, daß ich den vornehmen Friseur fast wie ein höheres Wesen betrachtete. Mit heiligen Schauern betrat ich sein Geschäft und drückte mich ganz klein und bescheiden, mit einer tiefen Verbeugung scheu an ihm vorbei.

Einen ähnlichen, nicht ganz so ausgesprochenen Respekt habe ich nur noch vor Oberkellnern und Portiers großer internationaler Hotels, vor Müttern mit heiratsfähigen Töchtern, vor Bezirksfeldwebeln, vor satisfaktionsfähigen Ehemännern hübscher Frauen und vor Zollkontrolleuren. –

Dann geschah eines Tages das Furchtbare.

Ich hatte sämtliche acht Gehilfen beschäftigt vorgefunden und mich still in dem letzten leeren Rasiersessel mit einer sehr zerlesenen Nummer einer illustrierten Wochenschrift aufgebaut und mit dem denkbar größten Interesse eine darin abgebildete gräfliche Hochzeitsgesellschaft beguckt, deren Namen von links nach rechts zu lesen waren, als ich plötzlich jemanden hinter mich treten fühlte, einen weißen Frisiermantel umgehangen bekam und aufschauend im Spiegel voller Grauen und Entsetzen den vornehmen Friseur in eigener Person erblickte, wie er sich anschickte, selbst Hand an mich zu legen.

Der Angstschweiß trat mir auf die Stirn. Ich wollte abwehren und sagen, ich könnte warten, Stunden, Tage, Wochen, Monate, er möchte sich nicht profanieren. Meine Kehle war wie zusammengeschnürt, die Zunge klebte mir am Gaumen. Ich brachte kein Wort heraus.

Die heiligen Hände seiften mich ein, rasierten mich, auch gegen den Strich, was ich gar nicht vertragen konnte; ich wagte nicht, mich zu mucksen. Dann wurde mir der Bart geschnitten, wie ich ihn absolut nicht mochte. Brillantine, Öl, Pomade wurde mir überall hingeschmiert. Das Kopfhaar wurde gestutzt zu einer Frisur, die ich verabscheute. Ich wurde champooniert, mit Bay-Rum, Eiswasser, Birkenbalsam gewaschen, mit Sachen, bei deren Geruch es mir immer gleich schlecht wurde. Eine Flasche nach der anderen entkorkten die weißen Hände, versahen sie mit meinem Namen und stellten sie in ein Gefach.

Es rang und kämpfte in mir. Ich wollte etwas sagen: mein Idol anflehen, die Hände von mir zu lassen, auf sein Piedestal erhabener Göttlichkeit zurückzukehren. Nur ein ohnmächtiges Keuchen brachte ich hervor.

Furchtbar arbeitete es in meinem Inneren. Mein Brustkorb erweiterte sich. Die Rippen bogen sich gerade, so daß ich ausschaute wie ein Christbaum oder ein Garderobeständer. Meine Ohren fransten aus. Die Knöpfe an meinem Anzug zerflossen zu einer übelriechenden Masse. Mein Schirm sprang mit einem schrecklichen Satz aus dem Schirmständer in das Zimmer, spannte sich von selbst auf und flog wehklagend, wie ein gespenstiger Vogel, durch den Raum.

Alle übrigen Anwesenden: Gehilfen und Kunden waren längst über alle Berge. Erst hatten sie starr vor Staunen dem Unerhörten zugeschaut, als der vornehme Friseur an meinen Stuhl getreten war; als er aber begonnen hatte, ernst zu machen, waren alle Hals über Kopf voll namenlosen Entsetzens weggestürzt. Nur ein alter Geheimrat, der in der ersten Aufregung auf den brennenden Ofen geklettert war, war übrig geblieben. Er klebte an der heißen Ofenplatte fest und ließ sich bräunen, bruzzelte gar lustig, wie ein Bratapfel.

Der ganze Laden revoltierte. Alles ging drunter und drüber.

Flaschen platzten mit lautem Knall, ihr Inhalt verfärbte sich, verdickte sich dann zu einem zähen Brei, aus welchem behaglich feixende Mehlwürmer krochen. Von den Spiegeln lief das Quecksilber in Bächen herunter; fußhoch stand es bereits im Zimmer. Mein weicher Hut verwandelte sich in einen steifen Hut, der anschwoll, platzte und als flügellahme Fledermaus ungeschickt herumflatterte.

Alles um mich begann sich zu drehen. Ich wurde durch die Schaufenster auf die Straße geschleudert. Die Häuser spuckten ihre Fenster auf das Pflaster. Kometen schleppten ihre Schweife durch die Straßen, wirbelten einen tollen Staub auf, verhedderten sich in Stackets und rissen sich die Stoßlitze ab. Elektrische Straßenbahnwagen liefen verwirrt über Straßen, wo keine Schienen lagen und versuchten sich voller Angst in Hauseingänge zu flüchten – – –

Da traf mich, Gott sei Dank, der Schlag.

Von Männern, die an Schaltern sitzen

Vor nichts in der Welt habe ich einen so gewaltigen Respekt, wie vor jenen Männern, die hinter Schaltern thronen.

Es ist merkwürdig damit!

Solche Männer mögen uns in der elektrischen Bahn gegenübersitzen, oder am gleichen Tisch ihr Bier trinken, oder im Dampfbad neben uns schwitzen – ihre harmlosen Gesichter werden uns nicht beunruhigen oder auch nur den geringsten Eindruck auf uns machen. Wir werden ihnen vielleicht mit den Ellenbogen in die Seite rennen, oder ihnen auf die Füße treten, oder ihnen mit der brennenden Zigarre in das Gesicht laufen und uns nur matt entschuldigen. Unsere Ehrfurcht ist gering.

Aber es wird anders, wenn diese Menschen hinter ihrem Schalter sitzen.

Sie erscheinen uns jetzt wie die Priester eines starren Prinzips, einer kosmischen Institution, die hinter der Schalterwand wie in heiligen Tempelnischen sitzen, abgesondert von der Welt. Nach ihrem ewigweisen Dünken lüpfen sie ab und zu ein wenig den Vorhang, der sie den fürwitzigen Augen der profanen Menge entzieht, um der Herde Begehr, die sich an dem geweihten Orte drängt, zu erkünden.

Es gibt trotzige Menschen, die selbst vor Assessoren und Leutnants keine unbedingte Hochachtung haben, sich der Autorität der Schaltermänner aber demütig beugen.

Es ist eine Tatsache, daß das einfältigste, unbedeutendste Gesicht unter der Suggestion der *Splendid isolation*, hinter einem Schalter aufgebaut, einen Zug von starrer Größe und Ehrfurcht heischender Überlegenheit erhält.

Aus Herrn Patriz Mönkemöller wird Napoleon, aus Herrn Tobias Sodbrand Cäsar, die nichtssagenden Züge Clemens Bartliebs straffen sich zu der Monumentalität Friedrichs des Großen.

Man hat vor dem Schalter das unbedingte Gefühl: Gnade, Gnade, Gnade ist es, wenn dieser Mann deiner Bitte willfährt.

Ich habe alles Mögliche getan – trotz der größten Anstrengungen und vernünftigen Reflexionen bringe ich es nicht fertig, meine außerordentliche, direkt krampfhafte Beklommenheit vor jedem Schaltermenschen zu überwinden.

Ich muß ehrlich sagen, ich mache lieber noch einmal mein Einjähriges, oder lasse mich impfen, oder spiele mit einem eingewachsenen Nagel am großen Zeh Fußball, als gezwungen zu sein, mich zur Erledigung einer Angelegenheit an einen Schalter begeben zu müssen.

Wer die schreckliche Tragödie meines Lebens kennt – und ich muß sie verkünden – wird meine Schalterbeamtenidiosynkrasie verstehen und auch verzeihen.

Ich hatte die Bekanntschaft einer sehr schönen Dame gemacht – in der Hundeausstellung vor einem preisgekrönten Wurf deutscher Doggen. Die Dame war sehr fein angezogen und trug einen Topfhut von einem halben Meter Höhe mit langen wallenden Straußenfedern. Sie konnte mit dem Hut in vieles nicht hinein oder höchstens in der Kniebeuge. Sie sagte, sie wäre eine Gräfin.

Ich war stolz auf meine Bekanntschaft. Ich meine wohl, daß man das sein konnte. Außerdem war ich verlobt mit der höchst uninteressanten, schon bejahrten, dafür aber um so unerfreulicheren Tochter eines recht wohlhabenden Mannes, eines Herrn Pröbster, der eine vorzüglich gehende Gießkannenfabrik betrieb.

Ich war mit der Gräfin übereingekommen, postlagernd zu korrespondieren. Sie hatte betont, daß sie mir ihre Adresse nicht geben könnte und etwas von einem alten Grafen gemurmelt. Ich wagte auch nicht, verdächtige Briefe zu Hause zu empfangen. Ich wohnte bei meiner Tante Selma Huckepack, die die Sache mit der Gießkannenfabrikantentochter eingeleitet hatte, und sich heftig darum sorgte, daß ich mir diese gute Partie nicht verdarb.

Beim Abschied in der Hundeausstellung stellte die Gräfin mit Entsetzen und Tränen fest, daß ihr ihre Börse (sie sagte mit spitzen Lippen: »Bööörse«) abhanden gekommen wäre. Ich wagte, ihr zwanzig Mark anzubieten, welche die scharmante Frau errötend und sich ein wenig sträubend annahm.

Ich sollte ihr unter: O. D. M. Sch. 48 (das hieß »O du mein Schnukelchen – 48 war der Gräfin Schuhnummer) schreiben, während ich ihre Briefe unter N. K. N. K. 72645 (»Na Kleener, na Kleener« war das Lieblingslied der feingeistigen Schönen und 72645 die Nummer ihres Badeabonnements) abholen sollte.

Ich hatte bereits zwei Briefe unter den angegebenen Buchstabens losgelassen und nahm an, daß nun mittlerweile auch eine Antwort der Gräfin meiner harrte.

Ich war im Grunde doch ein ekelhaft biederer Mensch, und die Schalen abgestandener, philisterhafter Moralbegriffe hingen mir noch an. Eine starke Anwandlung eines Moralischen befiel mich plötzlich auf dem Wege zur Post, gepaart mit einer unheimlichen Unruhe, mein loses Tun würde herauskommen. Nur einer meiner Bekannten brauchte mich auf der Post zu beobachten! Postlagernd zu korrespondieren, hatte immer einen verdächtigen Beigeschmack! Es war das erstemal in meinem Leben, daß ich es tat.

Je mehr ich über alle Möglichkeiten nachdachte, die mir aus meinem Leichtsinn erwachsen konnten, um so nervöser und verhetzter wurde ich.

Zitternd und bebend wie ein Verbrecherdilettant drückte ich mich in die Post. Jetzt nur schnell, schnell, damit ich wieder fortkam Ich drängte mich kopflos in eine dichte Ansammlung von Menschen, die ein Schalterfenster umlagerten. Viele dieser Leute hatten lange, schmale Bücher in der Hand, in welchen Packen rosafarbener Karten steckten. Sie warteten ergeben, und ihre Mienen waren ohne Hast.

Anders wurde es, als ich mich in blindem Drängen in die Menge schob. Das verdroß die Leute, und ein unwilliges Murren erhob sich. Ein Mann mit einem Athletenvereinszeichen am Rock trat mich auf die Füße, schlug mir mit der Faust meinen steifen Hut unendlich tief in den Kopf, obgleich der Hut wirklich ganz gut saß, und versprach, mir auch noch in den Bauch zu treten. Da ich das nicht so sehr gerne mochte, ließ ich mich von feindselig harten Ellenbogen zurückschubsen. Da stand ich nun verdöst von dem erhaltenen Schlag und stierte auf den Rücken eines vor mir stehenden Mannes, dem der Rockaufhänger heraushing und die Krawatte munter zu Kopf stieg.

Warum stand ich nun eigentlich hier und vor mir ein Mann mit dem Aufhänger am Hals und der klimmenden Krawatte? Was hatte das zu bedeuten?

Langsam schob sich die Menge vor, unendlich langsam. Ab und zu löste sich jemand von der Schar, der sein Geschäft erledigt hatte. Schauerlich langsam. So stand ich still und ergeben drei Wochen. Von Zeit zu Zeit wurde das Schalterfenster aufgeschoben und wieder zugeknallt. Man hörte das Geräusch von Geldzählen, ergebenes Murmeln, dann eine sehr laute, herrische Stimme, die unfreundlich und scharf sagte: »Können Sie nicht lesen?« oder »Glauben Sie, wir hätten unsere Zeit gestohlen?« Dann schlich sich immer jemand klein und bescheiden beschämt von hinnen, sichtbar gealtert.

Ich stand völlig im Bann einer unglaublichen Schüchternheit. Ich wagte gar nicht, zu protestieren, wenn sich neu Ankommende einfach vor mich stellten. Ich war geduldig und wartete – mein Bart und Haupthaar wuchs. Und es vergingen weitere drei Wochen.

Jetzt erst fing ich an, Obacht zu geben, und ließ niemand mehr vor mich. Ich kam dem Schalter langsam näher.

Ich hatte mit der Resignation eines Philosophen um mich gestiert und zu meiner Freude plötzlich bemerkt, daß neben dem so bedrängten Schalter sich eine Reihe anderer Schalter anschloß, an denen niemand stand.

Schnell hatte ich meinen Platz verlassen und war zum ersten besten dieser Schalter geeilt. Er war mittels einer gerippten Glasscheibe geschlossen. Man sah, wie sich jemand dahinter bewegte, den Arm in Kopfhöhe hob und senkte. Ich stellte mich dicht an das Fenster und bewegte mich hin und her. Dann begann ich nach einiger Zeit laut zu husten und mich zu räuspern. Nach zwei Wochen nahm ich mir endlich ein Herz und klopfte an das Fenster, erst leise, dann heftiger und ging schließlich mutvoll in ein kräftiges *Cakewalk*-Tempo über. Räng, päng! Das Fenster flog nach oben, und ein wutverzerrtes, schlecht rasiertes Antlitz, mit dem lähmenden Blick der Medusa und Brotkrumen am Kinn ließ mich zusammenklappen und eine metallene Stimme drang schauerlich auf mich ein: »Können sie nicht lesen?« Räng, päng! Das Fenster wurde wieder zugefeuert.

Es dauerte lange, bis ich wieder zu mir gekommen war. Wäre ich nur an dem ersten Schalter geblieben, ich wäre längst darangekommen! Ich versuchte mein Heil an den anderen, ebenfalls freien Schaltern, wagte aber nur durch Husten meine Anwesenheit auszudrücken. Aber ohne Erfolg, kein Fenster tat sich auf. Verzweifelt war ich von Fenster zu Fenster geeilt, etwa acht Tage lang, als endlich ein Mann mit einer Beamtenmütze und einem Uniformrock, der offen stand und eine Zivilweste aus Cheviot und eine Deckkrawatte sehen ließ, von irgend woher zu mir kam, mich streng anguckte, einen Rotstift hinter dem Ohr wegnahm und mich anschrie: »Können Sie nicht lesen?« Noch ein strenger Blick traf mich, und der Mann verschwand wieder.

Nachdem ich mich halbwegs gesammelt hatte, bin ich dann reumütig zu dem ersten Schalter geschlichen und habe geduldig gewartet, bis etwa vierzig Menschen vor mir erledigt waren. Darüber vergingen zwei Wochen.

Je mehr ich mich dem Schalterfenster näherte, um so nervöser und aufgeregter wurde ich. Ich wiederholte krampfhaft für mich fortgesetzt die Chiffre.

Eine alte Frau, die vor mir stand und eine Marke kaufen wollte, hatte ihren Groschen fallen lassen und suchte ihn verzweifelt zwischen den Füßen der Leute. Die Stimme aus dem Schalter schrie befehlend: »Der Nächste!« Das war ich. Ich stotterte los: »En Ka, En Ka, En Ka 72645.« Scharfe, fragende Augen trafen mich. »En Ka, En, Ka, Ka, Ka«, ich stotterte, vergaß die Zahl – hinter mir sagte jemand mitleidig: »Ein armer Taubstummer« – und ich stieß in meiner Not hervor: »postlagernder Brief!«

»Können Sie nicht lesen?« ertönte das metallene Organ des Mannes am Schalter. Des Mannes Augen quollen aus dem Kopf, die Adern schwollen an zu Würsten, in der Ecke fiel ein Schirm um, irgendwo spielte jemand falsch Klavier, und der Schaltermann brüllte wieder los: »Können Sie nicht lesen? Der Nächste!« Ich wurde fortgeschoben und stand da wie ein gebrochener Mann.

Da kam eine gute Seele, ein Greis, seines Zeichens Hühneraugenoperateur und Warzenentferner, der mich damals, in meiner Jugend gesehen hatte, wie ich an dem Schalter wartete. Der hat mich auf den Schoß genommen und hat mich getröstet und mich belehrt, postlagernde Briefe holte man am Postamt vier. Das könnte ich auf einem klitzekleinen Plakat dort hinter der Tür lesen.

Ich aber sah in diesem Ungemach auf der Post eine Strafe des Himmels ob meines lasterhaften, nichtswürdigen Benehmens und schwor bei allen Heiligen, mich um die Gräfin und diese unsaubere Korrespondenz nicht mehr zu kümmern.

Auf der Straße wurde ich von der Polizei aufgegriffen, die mich im Auftrage meiner Tante und des Gießkannenfabrikanten fortgesetzt suchte, und nach Hause geschafft.

* * *

Ich bin ein guter Mensch, zu gutmütig. Ich würde ein friedliches Leben leben, wenn ich mich nun nicht zu solch unmöglichen Kommissionen hätte bestimmen lassen.

Der Gießkannenfabrikant bat mich eines Tages, 124 Mark bei der Versicherungsgesellschaft »Volldampf« für ihn einzukassieren und dann noch Theaterbilletts für seine Familie zu besorgen. Für die Versicherungsgesellschaft bekam ich einen Ausweis.

Ich ging. Ich rannte zu meinem Unglück noch meinem Freund Engerling Daumentrost in den Hals. Seine Frau hatte soeben ein Kind gekriegt; er bat mich dringend, die Anmeldung bei dem Geburtsamt zu übernehmen. Dabei drückte er mir die entsprechenden Dokumente in die Hand und raste, Dankesworte ausstoßend, weg.

Ich war eben ein gutes Luder! Na, dann auch noch zum Meldeamt.

An der Kasse der Versicherungsgesellschaft mußte ich lange warten. Es war ein großer Schalter und Gitterwände in dem Kassenraum. Ich konnte sehen, wie viele Männer an hohen Pulten saßen, sich die Nase bohrten, oder sich die Nägel schnitten, oder Apfelsinen schälten, oder einfach dösten. Sie guckten mich alle streng und vorwurfsvoll an.

Als es mir zu lange wurde, habe ich mit dem Papier, welches mir Herr Pröbster mitgegeben hatte, auf dem Schalterbrett geraschelt und mich geräuspert. Dann kam schließlich ein Herr in einer Lüsterjoppe und fragte mich, wie ich hieße und verschwand dann. Er ging zu dem, der in der Nase bohrte und zeigte ihm das Blatt. Der ließ das Bohren und kam langsam zum Schalter. Er wollte auch wissen, wie ich hieße und verschwand dann. Irgend jemand rief: »Herr Feger.« Der Mann, der Apfelsinen aß, kroch von seinem Pult unwillig und verdrossen zum Schalter. »Sie müssen Ihren Namen angeben, Vor- und Nachnamen, Geburtsjahr, Geburtsort«, brummte er mich an. Er hatte etwas von der Apfelsine zwischen den Zähnen, er saugte zischend, es loszubekommen. Dann bohrte er sich mit einem gespitzten Bleistift im Mund. Er ging darüber wieder an seinen Drehstuhl, bohrte und bohrte und besah sich ab und zu die Bleistiftspitze, ob seine Bohrung erfolgreich war. Dabei machte er mit der Zunge klatschende Geräusche. Plötzlich schlug eine Uhr. Der Mann, der das Papier genommen hatte, kam zurück und sagte, jetzt wäre Kassenschluß, und Herr Kohlrabi wäre an der Unterschrift, und ich möchte wiederkommen, und sie hätten sich meinen Namen notiert.

Ich bin kopfschüttelnd und verwirrt weggegangen und zum Meldeamt geeilt.

Ich hätte das wirklich lieber lassen sollen, denn wenn man nichts weiß über ein Kind – ob Junge oder Mädchen – wenn man nicht die allergeringsten Angaben machen kann, da einem der Vater versehentlich anstatt der richtigen Papiere Metzger- und Gasrechnungen und ein altes Mietsbuch in die Hand gedrückt hat, so ist man für diese Mission ziemlich ungeeignet. Erst wurde ich von Schalter zu Schalter gehetzt von »für Sterbefälle« zu »für Wasserleitung«, von »für Straßenreinigung« zu »für Armenpflege«, bis ich endlich an den Schalter »für Geburten« kam und mich entsprechend blamierte, Schmähreden und Anschnauzer einheimste und bald, wie mit einem Brett vor den Schädel geschlagen, draußen stand.

Und dennoch hatte ich nach allen diesen Enttäuschungen noch die Courage, zur Theaterkasse zu gehen.

Die Theaterkasse war schwer bedrängt von Menschen. Mein Schalterkoller befiel mich wieder prompt und verwirrte mein Denken. Der Verkehr an dem Schalter war so geregelt, daß sich die Leute vor der Kasse durch einen komplizierten Gang von eisernen Spiralen winden mußten. Auf diese Weise konnte sich niemand vordrängen. Von dem Zickzack-Gehen war ich völlig blöde im Kopf geworden und, als ich endlich am Schalter stand, faselte ich dem Mann etwas vor von dem Kind meines Freundes Engerling – und der Brief läge unter En Ka, En Ka, und Herr Pröbster bekäme 124 Mark. Der Mann wurde ungehalten, machte mit der Hand eine auffordernde Bewegung, ich möchte mich fortscheren, rollte auch mit den Augen und runzelte die Stirn. Als er mich noch anschnauzte, wie ich hieße und ob ich verrückt sei, kam eine maßlose Wut über mich. Ich packte den Mann beim Kopf, zog ihn durch das Fensterchen und riß den Schieber herunter. Pfitsch, ein Blutstrahl, der Kopf rollte zu Boden. Mit gräßlichem Blick schauten mich die Augen noch einmal an und eine furchtbare Angst, ein qualvolles Entsetzen packte mich. Flucht, Flucht, war mein einziger Gedanke. Ich stürzte los, aber die Geländer der Verkehrsspiralen hemmten meinen Weg. Im Zickzack raste ich auf und ab, die Geländer lang und wieder zurück, und ich fand nicht heraus. Und ich rase noch immer auf und ab und werde wohl von der Feuerwehr abgeschossen werden müssen.

Die Bahnhofsmission

Unsere gute Tante Berta trug stets Zeugstiefel und war sehr fromm. Außerdem war sie nicht unvermögend, aus welchem Grunde sie in unserer Familie ein erhebliches Ansehen genoß. Sie hatte sich seit Jahren angewöhnt, die Sonntage bei uns, ihren Lieblingsverwandten, zu verbringen, teils weil bei uns nicht schlecht gekocht wurde, teils weil sie ihrem Dienstmädchen keine Sonntagsarbeit zumutete. Im übrigen widersprachen wir ihr nie. Mein Vater sagte stets: »Erbtanten haben immer recht, wenigstens solange sie leben, und müssen gut, sogar direkt üppig gefüttert werden.« –

Es gab keinen Missions-, Kirchenbau- oder dergleichen Verein, die ihre ersprießliche Tätigkeit in der Hauptsache in Kaffeekränzchen zu entfalten pflegen, in dem sie nicht eine führende Rolle spielte.

Eines Sonntags eröffnete sie uns nun bei Tisch, daß ihr das Stricken von Pulswärmern und Jacken für die unglücklichen Ureinwohner von Borneo als Ausdruck einer aktiven Frömmigkeit keine vollkommene Befriedigung mehr gewähre. Mein Vater erbleichte; das Wort »Stiftung« durchzuckte sein Hirn; meine Mutter stellte das Eingemachte weg. – Sie habe mit einigen gleichdenkenden Damen einen Verein zur Rettung gefährdeter Mädchen, verbunden mit einem Asyl gegründet. Ein besonderes Augenmerk sollte auf den Schutz allein reisender Mädchen geworfen werden, zu welchem Zwecke sich abwechselnd ein Vereinsmitglied, mit einer gelben Rosette geschmückt, am Bahnhofe aufzuhalten hatte.

Da die Geldfrage durch die Stiftung einer anderen Dame, deren Verwandte vielleicht nicht gut kochten oder widersprachen, erledigt wurde, beruhigte sich mein Vater und legte der Tante zwei saftige Bruststücke eines idealen Kapaunen auf den Teller.

Der Verein hatte nun schon seit drei Wochen seine Tätigkeit aufgenommen, und die blütenweißen Bettchen des Asyls standen immer noch unberührt.

Man war erstaunt, so wenig Unsittlichkeit in der Welt vorzufinden.

Am meisten versprach man sich von der Bahnhofsmission, und allabendlich versammelte sich der Verein im Asyl, um die Damen des Bahnhofdienstes zu erwarten, in der sehnlichsten Hoffnung, nun endlich die bereits gezückten Fittiche der christlichen Liebe über dem ersten Schützling ausbreiten zu können.

Aber jeden Abend die gleiche Enttäuschung. Ausgefroren, staubbedeckt, mit müden Beinen und verdrossen erschien dann zu später Stunde die Erwartete. Allein. Man hörte resigniert den Bericht über die Erlebnisse des Tages, der so ganz jeder in das Gebiet des eigentlichen Vereinszweckes fallenden, interessanten Note entbehrte.

Einige abgestandene Mädchen vorgeschrittenen Jahrgangs, die leider auch nicht mehr die geringste Aussicht hatten, moralisch gefährdet zu werden, wandten sich wohl ab und zu Auskunft heischend an die Rosettengeschmückte und wurden auch in den meisten Fällen mit großer Geschicklichkeit in die falschen Züge oder auf einen unrichtigen Bahnsteig gewiesen. Man war enttäuscht und im Inneren wütend über die herrschende Sittlichkeit. Man bereute bereits die Gründung, von der man sich erheblich mehr versprochen hatte. Die Erwartung, so mancherlei Pikantes im Namen der christlichen Liebe zu erleben, hatte sich nicht erfüllt.

Es herrschte allgemeine Verdrossenheit und Amtsmüdigkeit, um so mehr, da einigen Damen in Ausübung des Bahnhofdienstes mancherlei Mißgeschick widerfahren war.

Der Stifterin des Vereins war gleich im Anfang im dichten Gedränge, in welches sie sich mit einem Fanatismus für die gute Sache gestürzt hatte, das Portemonnaie gestohlen worden. Eine andere Dame wollte einer alten Frau, die zwar sittlich nicht in Gefahr war, es jedoch durchsetzen wollte, ihren mit Messing beschlagenen Koffer quer durch die Coupétür zu schaffen, behilflich sein. Hierbei war ihr das ziemlich schwere Gepäckstück natürlich mit einer Messingecke auf den Fuß gefallen, was ihren Enthusiasmus immerhin um erhebliches dämpfte.

Ein besonders eifriges und vor allem äußerst sittenstrenges Mitglied – die betreffende Dame, eine Witwe, war durch ihren studierenden Sohn binnen kurzer Frist dreifache Großmutter geworden, woran sie allmonatlich durch drei Postanweisungen, die sie an drei verschiedene Adressen losließ, unangenehm erinnert wurde – wäre bald eine Märtyrerin der guten Sache geworden. Sie bemerkte eines Abends ein nettes, sauber gekleidetes Mädchen, welches auf dem Bahnhof umherirrte und scheinbar seine Mutter suchte. Ein Herr ging fortgesetzt vor ihm her. Die gelbe Rosette witterte Gefahr und stellte sich dem sauber gekleideten Mädchen als Mitglied des Vereins zum Schutze allein reisender Mädchen vor, was seitens der reizenden Person mit einem »Olle Missionsunke, kümmern Sie sich um Ihren Dreck; ich rett' mir alleene«, beantwortet wurde. Sprach's und verschwand mit dem Herrn.

Meine Tante Berta war die einzige, welche trotz alledem stets mit ganzer Seele bei der Sache war. Sie hatte die Hoffnung noch nicht aufgegeben, und ihrem Einfluß war es zuzuschreiben, daß sich das an der herrschenden Moral krankende Unternehmen noch nicht aufgelöst hatte.

Ihrem Eifer hatte sie die Krone aufgesetzt, indem sie für die streikenden Mitglieder den Bahnhofsdienst fast täglich versah.

* *
*

Zu jener Zeit war ich Referendar am Amtsgericht eines Landstädtchens, etwa anderthalb Stunden Eisenbahnfahrt von meiner Vaterstadt D. entfernt. Ich hatte wieder einmal das Bedürfnis, meine kleine Änne wiederzusehen.

Änne nannte sich euphemistisch Schauspielerin; sie war auch tatsächlich gegen 60 Mark Gage am Stadttheater in K. angestellt. Zwar verdankte sie ihre Karriere weniger ihrem schauspielerischen Talente, als ihren wohlgeformten Beinen. Sämtliche Höschenrollen bis zu dreißig Worten lagen in ihrer Hand.

Sie war ein fesches, kluges Kerlchen, stets im Dalles und mir sehr zugetan.

Offiziell kam ich nur Sonntags nach Hause, pflegte jedoch mit Rücksicht auf meine Lokalkenntnis auch meine »Kleinen-Mädchen-Betriebe« in meiner Vaterstadt vor sich gehen zu lassen.

So hatte ich also mit meiner Änne nach umständlichem Briefwechsel wieder mal in D. ein Rendezvous vereinbart. Da Änne noch im ersten Akte mitzuwirken hatte, und ich in den meisten Fällen, namentlich wenn ich was vorhatte, bis in die Abendstunden durch einen allzu eifrigen Amtsrichter festgehalten wurde, so wollten wir uns erst um 10 Uhr abends auf dem Bahnhof in D. treffen. Änne kam einige Minuten vor mir von K. an und sollte mich an meinem Zuge, der punkt 10 Uhr einlief, erwarten.

Ich hatte mich wahnsinnig auf den Abend gefreut und langer Hand ein kalifornisches Freudenfest mit einigen trefflichen Gespielen und deren Gespielinnen bereitet.

Der bewußte Tag kam heran.

Natürlich dauerte die Gerichtssitzung, in der ich als Protokollführer fungierte, bis nach sieben. Es blieben mir immerhin noch anderthalb Stunden bis zur Abfahrt des Zuges, Zeit genug, um mich umzuziehen und mich noch in köstlicher Weise zu verschönern.

Ich stürmte in Eilmärschen meiner Wohnung zu. –

Ich weiß nicht, was das Schicksal gegen mich hat. Ich brauche nur den Entschluß zu fassen, irgend etwas zu unternehmen, schon stellt sich eine Kette von fortgesetzten Widrigkeiten ein, die die Ausführung in den meisten Fällen unmöglich macht oder doch bedeutend erschwert.

An jenem denkwürdigen Tage begann der Reigen damit, daß mir, als ich noch etwa fünf Minuten von meiner Wohnung entfernt war, eine kleine Mücke ins Auge flog und sich in ihrer Todesangst unter dem Augendeckel verkroch. Ich tastete mich unter einem furchtbaren Tränenerguß an den Häusern vorbei meiner Wohnung zu. Leute, die mir begegneten, mußten unbedingt annehmen, meine sämtlichen Verwandten und lieben Bekannten wären alle auf einmal einer tückischen Seuche zum Opfer gefallen.

Mit Mühe und Not, nicht ohne daß ich mir vorher an der Treppe das Schienbein gestoßen hatte, gelangte ich in mein Zimmer. Nach halbstündiger Tätigkeit gelang es mir, die Mücke, wenn auch tot, zu bergen.

Mittlerweile war es bereits 8 Uhr geworden.

8.30 fuhr mein Zug. Fünf Minuten rechnete man bis zum Bahnhof. –

Schreckliche Entdeckung! Die Stärkewäsche ist noch nicht da. Ich stürze zur Wirtin. Es werden Boten ausgesandt. 8.5. Ich entledige mich vorsichtig des alten Kragens und rasiere mich. Schneide einen ausgewachsenen Pickel an. Furchtbare Blutung, die erst 8.15 gestillt ist. 8.18 erscheint endlich die Waschfrau; zum Überfluß mit der Quittung über Waschgeld für die letzten Monate. Triefend freundliche, längere Klarlegung der Umstände unter Hinweis auf den Ersten. 8.20. Die Waschfrau zieht ab. Ein Kragen mag an den Stellen, die aus dem Rocke hervorragen, noch so weich sein, an den Knopflöchern ist er immer steinhart. Anlegen des Kragens unter groteskem Indianertanz. Endlich ist er zu, aber bereits zerdrückt. Er fliegt in die Ecke. Neuer Indianertanz. Das Hemdenknöpfchen zerspringt. 8.26. Wutanfall. Suche Ersatz in allen Schubladen. 8.28. Kragenfrage erledigt. Der Zug hat gewöhnlich Verspätung. Schnell in die Schuhe. Der Schuhriemen reißt. 8.30 stürze ich aus dem Hause und komme noch gerade früh genug zur Bahn, um die bunten Endlichter des Zuges in der Ferne verschwinden zu sehen. Es war der letzte Zug nach D. – Arme Änne! Adieu, schönes Fest! Änne wußte, daß für mich nur dieser Zug in Frage kam. Was blieb ihr anderes übrig, als, wütend über mein Ausbleiben, mit dem nächsten Zug nach K. zurückzukehren. So nahm ich an.

Ich setzte sie noch durch eine Karte von meinem Mißgeschick in Kenntnis und betrank mich dann gräßlich.

* *
*

Zwei Tage später erhielt ich von Änne folgenden Brief:

Mein lieber Stropp!

Du bist ein ekelhaftes Scheusal. Ich hatte extra die durchbrochenen Strümpfe angezogen und die netten Brüsseler Höschen von Dir. Ich hätte mich ja an dem Abend so gerne gerächt für Deine Tappigkeit. Wenn ich nur jemanden gehabt hätte mit wem. Aus Deiner Karte sehe ich, daß Du wieder einmal Deinen verkorksten Tag hattest, vielleicht ist es noch ganz gut, daß Du den Zug verpaßt hast; wer weiß, was sonst noch alles passiert wäre.

Höre, was ich Merkwürdiges erlebt habe.

Ich hatte mir mit Ach und Krach das Fahrgeld für eine einfache Karte dritter Klasse zusammengepumpt; 10 Pfennig hatte ich noch übrig. Die Rückreise solltest Du mir schmeißen. In D. angekommen, habe ich mich sofort an unserer Ecke aufgebaut. Pünktlich lief Dein Zug ein, wie ich bald heraus hatte, ohne Dich. – Ich hatte eine blöde Wut auf Dich. Kein Fahrgeld zur Rückfahrt! Keine Bekannten in D.! Was tun! Ich rannte auf dem Perron auf und ab und hatte mir fest vorgenommen, mir sofort einen netten Kerl aufzutun. Natürlich der ganze Bahnhof wie ausgestorben. Nur ein Herr, weißt Du, so einer, dem immer die Beine unter dem Bauch wegfliegen, schlurfte über den Perron. Ich ging einige Male an ihm vorbei und ließ meine durchbrochenen Waden sehen. Er schlurfte ruhig weiter. Pfui, was gibt es doch für gemeine Menschen! Verzweifelt habe ich mich auf eine Bank gesetzt, als plötzlich eine Hand meine Schulter berührte, und vor mir stand eine ziemlich verfehlt angezogene, alte Tante mit einer mächtigen gelben Rosette auf der Brust, weißt Du, von so einem Verein, über den Du immer schimpfst und behauptest, die Damen sähen Dich immer so vorwurfsvoll an. Also die gute Frau frug mich mit milder Stimme, ob sie mir helfen könnte. Ich schluchzte einigemal in kläglicher Weise, machte mein Madonnengesicht und stammelte irgend etwas von einer Tante, die mir im Gedränge abhanden gekommen, daß mir das Portemonnaie gestohlen worden wäre; daß ich nicht wüßte, wo ich die Nacht bleiben sollte und daß mich der Herr immer verfolgte: warum wüßte ich nicht. Die Dame war erdrückend lieb und sagte, ich solle mir nur keine Sorgen machen und meine Tränen trocknen, ich wäre in guten Händen. Sie sagte, es wäre selbstverständlich, daß ich für die Nacht ihr Gast sein müßte. Ohne daß ich noch weiter zu Wort kam, legte sie mütterlich den Arm um mich und zog mich mit sich. Wir kamen in ein gemütlich eingerichtetes Haus, wo ein ganzes Rudel alter Damen mich wie einen lieben, lang erwarteten Besuch mit ausgesuchter Liebenswürdigkeit empfing. Ich war einfach platt. Man nahm mir meinen Schirm und das Jackett ab, frug, ob ich keine nassen oder kalten Füße habe. Man brachte mir zu essen, kalten Kalbsbraten und Eier. Man saß um mich herum und bestaunte mich wie ein Wundertier. Dann wurde man auch neugierig und wollte wissen, wer ich wäre. Ich habe nur gemurmelt, es wäre so traurig, und angefangen zu schluchzen. Von Tränen erstickt, habe ich einige Male »armes Mütterlein« gesagt. Dann sagte die Dame, die mich mitgebracht hatte, man solle mich in Ruhe lassen, ich wäre noch durch die Ereignisse des Abends zu erregt, man wolle jetzt die Abendandacht abhalten und mich dann zur Ruhe bringen. Die Geschichte begann mit einem Choral. Die Damen frugen mich nach meinem Lieblingschoral. Ich wußte bei Gott nicht, was ich sagen sollte. Alle die Lieder, die ich kenne, sind eigentlich keine Kirchenlieder, und als ich das einzige einigermaßen fromme Lied, welches mir einfiel, »Gott erhalte Franz den Kaiser«, nannte, sagten sie, das wäre kein Choral oder stände wenigstens nicht in ihrem Gesangbuch. Ich sagte leise, bei mir hätte es drin gestanden. Dann haben sie endlich ein anderes frommes Lied gesungen, von dem sie behaupteten, daß ich es sicher kennen würde. Ich habe ja gesagt, und weil die anderen so furchtbar brüllten, haben sie nicht gemerkt, daß ich nur so mitgebrummt und nur den Mund auf und zu gemacht habe. Ich war heidenmäßig froh, als beschlossen wurde, mich nunmehr zu Bett zu bringen. Die ganze Gesellschaft gab mir das Geleite. Ich bekam auch eine Wärmflasche. Meine schönen Höschen und Strümpfchen wurden begutckt. Ich schämte mich und sagte, das hätte ich in einem Missionsverein gewonnen. Die Damen gaben sich zufrieden und ließen mich dann endlich in Ruhe. Ich schlief wie ein Dachs. Als ich am anderen Morgen gegen 10 Uhr wach wurde, saß schon eine Dame an meinem Bette und frug, ob ich lieber im Bett frühstücken wollte. Natürlich sagte ich ja; – das hat man nicht alle Tage. Als ich dann nachher in das Zimmer kam, waren fast alle Damen vom vorherigen Abend versammelt. Alle schüttelten mir die Hand; eine gütige Matrone legte mir auch die Hände auf den Kopf und verkorkste meine Frisur. Alle erkundigten sich, ob ich auch gut geschlafen hätte. Dann war wieder Andacht. Zuerst wurde gebetet; ich kam immer in die zehn Gebote. Darauf gesungen, wie am Abend. Ich habe wieder gefuscht; niemand hat es gemerkt. Man wollte mich erst nicht weglassen. Ich habe gesagt, ich müsse unbedingt schleunigst nach K. zurück, mein Mütterlein wäre sicher in großer Sorge. Ich bekam noch Butterbrote eingepackt, und man schenkte mir noch einen Stoß Missionsblätter, Traktätchen und fromme Blättlein, die ich Dir zur Strafe schenken werde. Das war ein ergreifender Abschied. Drei Damen brachten mich zur Bahn, die anderen haben an der Haustür gestanden und mir nachgeschaut. Es war einfach rührend. Nun erst der Abschied am Bahnhof. Die Damen lösten mir ein Billett, gaben mir noch für alle Fälle 5 Mark mit und steckten mich unter Segenswünschen und Bibelsprüchen in ein Frauencoupé zweiter Klasse, was mir weniger gefiel, da in dem Nebencoupé, wo nur ein junger Herr saß, bedeutend mehr Platz war. Die guten Damen haben noch lange dem Zuge nachgewinkt. Unterstehe Dich noch einmal und schimpfe über so einen Verein. So gute Leute und so fromm. Ich will jetzt auch fromm werden. Schreibe, ob ich Dich nächste Woche bestimmt treffen kann. Setze Dich dann aber zur Vorsicht schon mittags auf den Bahnhof. Dies ist der längste Brief, den der brave Steuermann je geschrieben hat.

Es küßt Dich

Dein Pusselchen.

* *
*

Acht Tage später erzählte Tante Berta stolz am Familientisch von der ersten Rettung eines sittlich gefährdeten Mädchens.

Ich mußte furchtbar husten.

Die geteerte Straße

Da waren eines Morgens in aller Frühe um sechs Uhr Männer angekommen, die einen vollgepackten Karren und einen auf Rädern laufenden, schwarz verrauchten großen Ofen mit sich führten.

Sie gebärdeten sich laut, klirrten bedeutsam mit ihren Werkzeugen, scheuchten die Bewohner der stillen Straße aus den Betten und ließen sie erschreckt ob des ungewohnten Lärms zu so früher Stunde an die Fenster eilen.

Auch Herr Bender war aufgesprungen, um zu schauen, was da draußen vor sich ginge. Er hatte sich in der Hast am Nachtschränkchen den Zeh gestoßen, was seine Laune über die frühe Störung keineswegs verbesserte. Wütend hatte er gebrummt: »Geht denn diese Malefizbuddelei wieder los? Soll man nie zur Ruhe kommen? Was soll denn das jetzt schon wieder? Kanal, Gas, Wasser, Telephon und elektrische Lichtleitung: das liegt doch alles schon!«

Vater Bender hatte schon recht. Es war in den letzten Jahren ein ununterbrochenes Aufreißen und Zuwerfen und immer wieder Aufreißen und immer wieder Zuwerfen gewesen, bis alle Leitungen, die in eine moderne Stadt gehören, endlich untergebracht waren.

Wie manches unschuldige Kind, wie mancher gebrechliche Greis oder Greisin waren dabei zu Schaden gekommen und waren wie reife Pflaumen jach in die Gräben gestürzt. Wie mancher Versonnene, der abends heimkehrte, hat sich in dem Gewirr von Balken, Geräten und Erdwällen verlaufen und wurde dann verhungert oder an Körper und Geist gebrochen aufgefunden.

Ja, das waren immer schlimme Zeiten, an die die Anwohner mit Schrecken zurückdachten.

Und jetzt sollte es wieder losgehen?

Was sollte denn um Himmels willen nun gemacht werden?

Gerade vor der Wohnung von Benders machten die Männer Halt. Sie redeten laut durcheinander und gestikulierten wild mit den Armen. Sie konnten nicht darüber einig werden, wo sie sich mit ihrem Kram aufbauen sollten. Erst nachdem sie einige Male mit dem Karren und dem Ofen die Straße auf und ab gefahren waren, entschlossen sie sich für den Platz vor der Wohnung von Benders. Natürlich sah das Herr Bender höchst ungern, er krakeelte in häßlicher Weise im Hause herum.

Eine enorme Truhe ohne jeden Altertumswert, mehrere Kisten, Fässer, schwarz und weiß gestreifte Holzblöcke und zwei Gestelle wie Marterl wurden von den Männern von dem Karren geladen und auf der Straße aufgebaut. Gemächlich, ohne Hast.

Dann wurde aus der Truhe mit der ernsten Gebärde der Tat ein Kochkessel hervorgeholt, unter dem fahrbaren Ofen Feuer gemacht und Kaffee gekocht, den einer der Männer, er schien der Anführer zu sein, jedem in seine emaillierte Blechkanne zuteilte. Pakete in fettigem Zeitungspapier zerklafften zu monumentalen Butterbroten. Man lagerte sich und frühstückte gründlich mit dem heiligen Ernst und Eifer einer rituellen Verrichtung.

Mittlerweile war es halb neun geworden, als man begann, sich entschlossen zu recken und laut von »anfangen« zu reden. Der Ofen wurde geschürt mit dem Erfolg, daß bald dicke, ätzende Rauchwolken die Straße füllten und in die Häuser drangen.

Vater Benders Stimmung wurde lebensgefährlich.

Die Männer holten die Werkzeuge aus der Truhe und klirrten damit. Die Marterl, auf deren Votivtafel »gesperrt« stand, und die Holzböcke wurden an das Straßenende geschleppt und dort mitten auf dem Fahrdamm aufgestellt. Alles taten die Männer mit großen, wichtigen Gesten, ohne Überstürzung.

Dann erschien plötzlich ein dicker Mann mit einer Beamtenmütze und einer Pelerine. Er zog gleich ein dickes Notizbuch und einen gelben Maßstab hervor und tat sehr wichtig. Mit seinem gebogenen Spazierstock aus Natureiche, den er vorher am Arm eingehakt getragen hatte, zeigte er auf der Straße herum. Auf sein Geheiß wurde dann alles zusammengepackt, auf den Karren geladen, fünf Häuser weitergefahren und dort wieder aufgebaut.

Der dicke Mann leitete den Transport mit Feldherrngebärde, steckte sich, als die Tat geschehen, aus einer zerknüllten Papierdüte eine Zigarre an und ging, einen letzten Blick über die Männer und ihr Gerät werfend, hoch erhobenen Hauptes von dannen.

Die Männer standen beratend zusammen und kritisierten die Anordnung des dicken Mannes mit der Beamtenmütze. Dann wurde der Kaffeekessel aufgesetzt, neue Butterbrotpakete geöffnet und vor allen Dingen mal gründlich gefrühstückt.

Darüber war es halb elf geworden.

Man hatte sich Zeit genommen mit dem Frühstück, aber schließlich hatte man sich gereckt und allen Ernstes wieder von »anfangen« geredet. Die Männer erhoben sich, machten sich an den Werkzeugen zu schaffen, liefen geschäftig hin und her. Die Marterl und die Holzböcke wurden von dort, wohin man sie zuerst hingestellt hatte, fortgeholt und am entgegengesetzten Ende der Straße aufgebaut.

Unbedingt, auf den Männern lag jetzt der Wille zur ernsten Arbeit.

Plötzlich waren sie dann auf einen Zuruf des Anführers zusammengelaufen. Es wurde laut durcheinander geredet, zwischen den Kisten und den Geräten suchend herumgestöbert und immer wieder kopfschüttelnd der Ofen angeschaut. Es schien etwas zu fehlen.

Nach einer Weile begannen die Männer die Werkzeuge in die Truhe zu räumen und die Sachen zusammenzurücken. Nachdem dieses geschehen war, zogen sie sich die Röcke an und gingen weg.

An diesem Tage sah man die Männer nicht mehr. Aber die Marterl und die Böcke ließen sie stehen. Der Milchmann, der Eismann, der Biermann, der Bäcker und der Doktor, alle schimpften, daß sie mit ihren Wagen nicht in die Straße fahren konnten.

Vater Bender ging auf der Straße auf und ab und inspizierte racheschnaubend das Gerät der Männer.

Am nächsten Tag in aller Frühe um sechs kündete lautes Stimmengewirr die Rückkehr der Männer an. Zwei Säcke mit Kohlen brachten sie auf dem Karren mit. Die hatte man am Tage vorher vergessen.

Umständlich wurden die Werkzeuge ausgepackt, es wurde gestikuliert und vor allen Dingen gründlich gefrühstückt. Dann wurde von »anfangen« gesprochen, aber nicht so recht Ernst damit gemacht. Man müsse auf den Inspektor warten. Das war der dicke Mann mit dem gelben Maßstab. Gegen zehn Uhr begann es zu regnen

Die Männer zogen ihre Röcke an, räumten die Werkzeuge in die Truhe, stellten das Gerät zusammen und gingen weg.

Es regnete zwei Tage, und die Männer ließen sich nicht sehen. Nur bei Anbruch der Dunkelheit kam ein Mann und stellte eine Laterne auf die Truhe.

Dann eines Morgens wieder in aller Frühe kamen die Männer zurück. Und an diesem Tage sollten die geängstigten und mit Spannung wartenden Anwohner den Zweck und die Absicht der Männer erfahren.

Fässer wurden zerschlagen, aus denen eine zähe schwarze Masse hervorquoll, der Ofen wurde geschürt, ein großer Kessel aufgesetzt und aus der schwarzen Masse ein Brei gekocht. Ein blauer, undurchdringlicher Rauchnebel lag in der Straße. Bei Kuhlenkamps, gegenüber von Benders, erstickten eine alte Frau und ein Dackel. Herr Ignaz Windlicht riet, man müsse Watte essen.

Vater Bender rannte mit dem Gewehr durch das Haus und schrie und schwor, er würde die Männer, einen nach dem andern, abschießen. Und man möge ihn halten. Die Familie zitterte, klammerte sich an ihn und hielt ihn zurück. Es wäre aber nicht nötig gewesen, denn Vater Bender hätte nie geschossen, er war viel zu bang.

Der Männer Zweck und Sinn aber war, die Straße zu teeren. Und sie taten es mit großen Besen und mit unvergleichlichem Ernst. Mancher versuchte, durch einen individuellen Pinselstrich seiner Arbeit eine persönliche Note zu geben. Drei Wochen haben die Männer an der

Straße gestrichen, bis die ganze Straße dalag im Spiegelglanz ihres Staub tötenden Teerüberzuges.

Es war sieben Uhr abends, als die Männer fortzogen. Die Straße wurde dem Verkehr übergeben.

Vater Bender, der während der letzten Wochen aus seinem Verdrußkoller nicht herausgekommen war, hatte den Abzug der Männer mit Freuden begrüßt und die Lina weggeschickt, drei Liter Bier zu holen. Sie holte das Bier gleich um die Ecke. Es verging eine Stunde, und die Lina war noch nicht da mit dem Bier. Der Vater wurde ungemütlich. Adam, der Älteste, wurde ausgeschickt, zu schauen, wo die Person bliebe. Auch Adam kam nicht wieder. Das war ja äußerst seltsam. Jetzt mußte das Finchen los, dann der Hubert, der Döres, der Karlemann und schließlich selbst Tante Firlefinzchen. Aber niemand kam zurück. Dann mußte Mutter Bender, die schon im Bett lag, und die Gicht in den Beinen hatte, heraus auf die Jagd nach der Lina. Auch sie kam nicht wieder.

Was ging da vor sich?

Schließlich war es Vater Bender zu dumm geworden. Da mußte er selbst mal nachschauen.

Ein entsetzliches Schauspiel bot sich ihm dar. Im fahlgrünen Mondlicht ein Gezappel und Armwerfen von Gestalten, die alle am Boden gebannt schienen. Hilfloses Recken qualvoller Leiber. Unkluge, die die frisch geteerte Straße betreten hatten und wie Fliegen an einer Leimdüte kleben geblieben waren.

Es war ein schauerlicher Anblick.

Seine ganze Familie fand Vater Bender hier, zappelnd, um Hilfe wimmernd. Noch viele Bewohner der Straße waren von dem gleichen Malheur betroffen. Selbst der Revierschutzmann war unter den Geleimten.

Alle Versuche, die Unglücklichen zu befreien, waren erfolglos. Mehreren Festgeklebten hatte man bei den Befreiungsversuchen die Arme ausgerissen.

Schließlich wurde in der Stadtverordneten-Versammlung beschlossen, die armen Menschen absägen zu lassen. Die Arbeit wurde auf dem Submissionswege dem Schreinermeister Klabau übertragen.

Der Fremde wundert sich über die vielen Leute ohne Füße in jener ruhigen, aber geteerten Straße.

Wenn man so reist

Als ich gen Italien fuhr

Nachdem ich mein zweites Paar Gummischuhe in diesem Jahr verschlissen hatte, eine Grippe, eine Gesichtsrose und zwei Influenzaanfälle überstanden hatte, erwachte in mir mit aller Macht die alte germanische Sehnsucht nach dem sonnigen Süden, dem ewig blauen Himmel Italiens. –

Es ist ein beseligendes Gefühl, bestimmt zu wissen, daß man im richtigen Zug und im richtigen Waggon sitzt.

Amsterdam – Ventimiglia stand auf dem Schild, welches draußen am Waggon angebracht war.

Das war eine Not gewesen, bis ich endlich so weit war.

Erst die nervöse Fragerei bei dem ganzen Bahnhofspersonal, auf welchem Bahnsteig der Zug einliefe, ob ich bis Como, meinem vorläufigen Reiseziel, auch sicher sitzen bleiben könne, ob der direkte Wagen nach Italien vorne oder hinten im Zug sei, ob der Zug voraussichtlich stark besetzt würde, ob Verspätung gemeldet sei, ob er schon Einfahrt habe.

Dann die Angst, der Gepäckträger würde mit meinem Handgepäck nicht rechtzeitig am Zuge sein oder mich nicht finden. Es war eine entsetzliche Hatz.

Dabei mußte ich mich fortgesetzt mit Tante Düne Fletschknaster, Tante Brösele Hupebeih und Onkel Dagobert Klabauter, die es sich nicht hatten nehmen lassen, mir das Geleite zu geben, in zuvorkommendster, liebenswürdigster, erbneffenhafter Weise unterhalten.

Es ist ein lieber, sinniger Brauch, jemanden, der eine Reise tut, zum Bahnhof und an den Zug zu begleiten. Worte von Ewigkeitswert werden in diesen letzten Augenblicken getauscht.

»Also schreibe sofort, wenn du ankommst«, bat Tante Düne zum zweiundachtzigsten Male.

»Setze dich rückwärts, lasse das Billett nicht in den Fensterkasten der Coupétür fallen«, riet mir zum wiederholten Male Dagobert.

»Hast du auch alles?« beunruhigte sich fortgesetzt Brösele Hupebeih.

Ängstlich schaute ich nach dem Gepäckträger aus und antwortete auf alle Fragen mit geistesabwesenden Ja's.

»Ah so, was ich noch sagen wollte«, erinnerte sich plötzlich Tante Fletschknaster, »Benders mußt du auch mal schreiben. Vergiß es nicht.«

»Du hättest dir was zum Essen einstecken sollen«, begann Tante Hupebeih wieder; »hast du auch den Kofferschlüssel gut weggetan und den Gepäckschein?«

»Bei Eisenbahnunfällen empfiehlt es sich, die Beine auf den Sitz zu ziehen«, belehrte mich Dagobert.

In fünf Minuten läuft der Zug ein. Wo der Gepäckträger nur bleibt! Angstvoll schaute ich mich um.

»Ja. Benders werde ich selbstverständlich mal schreiben«, murmelte ich, ganz in Anspruch genommen von der Sorge um mein Gepäck. Der Gepäckträger wird mich doch richtig verstanden haben?

»Vergiß also nicht, sofort eine Postkarte zu schreiben!« Ich grinste Tante Düne an.

»Du hättest dich wärmer anziehen sollen«, bemerkte Tante Hupebeih.

Kein Verlaß ist auf die Gepäckträger!

Ich äuge verzweifelt umher. Ich dränge mich durch die Menschen bis zum Rande des Perrons, lehne mich hinaus, um zu schauen, ob das Einfahrtsignal schon gezogen. »Zurücktreten« wird gerufen und dazu geschellt. Schon biegt der Zug um die Kurve vor dem Bahnhof und fährt fauchend und knatternd in die Halle ein. Man läuft mit dem Zug. Man ist zu weit nach vorn gelaufen. Man rast zurück. Reckt sich den Hals aus nach dem Gepäckträger. Stürmt auf und ab. Wird gestoßen, gedrängt, beschimpft. Immer gefolgt von den guten Verwandten, im Rücken das Keuchen der kurzatmigen Tanten.

Der Gepäckträger hatte schon lange mein Gepäck im richtigen Wagen untergebracht und einen Platz belegt. Ich fand ihn, als ich schon ganz verzweifelt jede Hoffnung aufgegeben hatte. Ich zahlte ihm vor Freude dreißig Pfennig zu viel. »Hast du auch klein?« mischte sich Tante Fletschknaster, leider erst, als ich bereits bezahlt hatte, in diese Angelegenheit.

Nun wurde endgültig Abschied genommen. Zwischen die einzigen noch freien zwei Finger der linken Hand drückte mit Tante Brösele einen dicken, schmerzhaften, mit Draht gebundenen Strauß, den ich bereits vorher mit nicht geringem Mißtrauen betrachtet hatte. Nochmals wurde ich beschworen, das Billett nicht zu verlieren, mich rückwärts zu setzen, sofort zu schreiben, auf den Kofferschlüssel und den Gepäckschein acht zu geben, Benders ja nicht zu vergessen.

Ich versprach alles mit forcierter Herzlichkeit und stieg, vom Schaffner zum letztenmal energisch aufgefordert, ein.

Ich quetschte mich durch den Gang des Zuges, in welchem sich fortgesetzt Leute mit roten, bangen Gesichtern und großen sich quer stellenden Koffern auf und ab mühten. Ich fand in einem sonst völlig besetzten Abteil auf dem einzigen noch freien Platz meine Handtasche.

Der Zug hielt noch immer. Tante Düne klopfte mit dem Schirm gegen das Fenster und machte mir durch Gesten verständlich, daß sie noch etwas zu sagen habe. Ich stolperte unter Entschuldigungen über die Füße der Coupéinsassen zum Fenster und mühte mich ab, das Fenster zu öffnen. Zerrte, zog, ruckte an dem Fensterriemen. Die Tanten gestikulierten erregter. Es mußte etwas äußerst Wichtiges sein, das man mir zu sagen vergessen hatte.

Ich quälte mich entsetzlich mit dem Fenster, die Leute gucken höhnisch. Ich bekam einen roten Kopf.

Endlich gelang es mir, das Fenster zu öffnen.

»Vergiß nicht, Benders zu schreiben!« Das war es, was Tante Düne noch auf dem Herzen hatte.

Ich stand am Fenster und wiederholte mechanisch, nur um etwas zu sagen: »Grüßt nochmals alle, auch Tante Traudchen!«

Wenn der Zug nur endlich fahren wollte!

Die Tanten und der Onkel schauten am Zuge auf und ab, stellten sich dann auf die Zehen und guckten in mein Coupé. »Der Zug ist gut besetzt«, konstatierten sie dann richtig. »Hast du auch alles«, – Tante Brösele hatte ebenfalls das Bedürfnis, noch etwas zu sagen.

Wenn der Zug nur fahren wollte! Die Situation war zu peinlich. Die Leute im Coupé, denen ich auf den Füßen stand und auf den Knien lag, murrten schon. Andere feixten und hörten interessiert dem angeregten Gespräch zu!

Endlich! Der Zug setzte sich in Bewegung.

»Vergiß nicht, Benders zu schreiben«, mit dem Zuge laufend, stieß es Tante Düne ein letztes Mal keuchend hervor.

Tante Hupebeih verstreute bei dem Versuch, das Taschentuch aus ihrem Pompadour zu zerren, dessen ganzen Inhalt über den Perron: Schlüssel, Pfefferminztabletten, Bleistift, Haarnadeln, Taschenkämmchen, Groschenstücke, Perronkarte.

Onkel Dagobert lief auch noch ein Stück neben dem Zuge her und winkte mit dem Schirm.

Er hatte nur nach dem Zuge gesehen und war mit aller Kraft gegen eine Säule gelaufen. Sein Hut flog in hohem Bogen über den Bahnsteig.

Das war der letzte Eindruck, den ich von meinen Lieben mitnahm in die Fremde. –

Meine Handtasche war recht schwer. Ich bin kein Hüne. Ich brauchte lange, bis ich sie im Netz hatte. Die Leute im Coupé grinsten schadenfroh. Ich setzte mich in der Verwirrung auf Tante Bröseles Blumenstrauß, fuhr sofort wieder hoch, da mich ein Drahtende gepitscht hatte. Nun wurde ich aber zornig und warf den Strauß zum Fenster hinaus. Die Leute im Coupé höhnten laut und machten freche Bemerkungen. Ich keilte mich zwischen zwei harte, feindliche Ellenbogen. So sehr bequem saß ich nicht: ich hatte die aufgeklappte Armstütze im Rücken und im Nacken das Kopfpolster. Harte, haßerfüllte Knie und Ellenbogen bedrängten mich mehr und mehr. –

Alle Herzensbildung, alles feine, altruistische Empfinden geht auf der Eisenbahn in die Binsen.

Man sehe sich nur in der Reisezeit den Sturm auf einen Zug an. Ein Schulbeispiel des Banketrotts jeglicher Erziehung. Eine Orgie entfesselter Leidenschaften. Die Herrschaft des Biceps *par exellence*. Glieder werden ausgerenkt, wertvolle Roben zerfetzt, Zigarren in den Hals getrieben, hilflose Greise und Frauen und unmündige Kinder zerstampft.

Die Sieger, d. h. diejenigen, denen es gelungen ist, über Leichen in ein Coupé zu gelangen, begegnen einander mit grenzenlosem Haß und betrachten jeden, der Anspruch erhebt, im gleichen Abteil zu sitzen, als ihren schlimmsten Todfeind. Wagt es dann noch irgendein verhetzter Unglücklicher, der vergeblich am ganzen Zug mit weit heraushängender Zunge und stierem Blick nach einem Platz gesucht hat, einzusteigen, um den letzten theoretisch noch freien Sitz einzunehmen, so trifft ihn der solidarische Zorn sämtlicher Coupéinsassen. Man setzt sich so breit man kann, bläht sich unter Lebensgefahr aggressiv auf, dehnt und streckt die Glieder in dem Bestreben, einen möglichst großen Raum mit seinem Ich auszufüllen.

Erst ganz allmählich besinnt man sich wieder auf seine Erziehung. Die gereizte Stimmung brutalen Egoismus macht langsam milderen Gesinnungen kultivierter Lebensart Platz. Man schämt sich und bereut, daß man dem Flegel, der im Grunde genommen in jedem Menschen steckt, mal wieder die Zügel schießen ließ und sucht die auf den Kampf ums Dasein gestimmten Gebärden durch eine unterstrichene Höflichkeit zu verwischen, benutzt das geschlossene oder geöffnete Fenster zur Anknüpfung verbindlicher Gespräche.

Natürlich gibt es auch absolute Flegel, die im schlichten Tritt gegen das Schienbein ihres Nächsten überhaupt die einzig mögliche gesellige Verkehrsform sehen.

So einer saß mir gegenüber. Ich wäre zum Krüppel geworden, wenn ich noch länger sitzen geblieben wäre. Vollständig zerknüllt und verbogen rettete ich mich in den Seitengang. –

Ich halte die Erfindung des Speisewagens für erheblich wichtiger, wie die der doppelten Buchführung.

Hören wir, wie der geschickte Sonntagsblattplauderer über diese neuzeitliche Institution in seiner launigen Weise plaudert.

Im eleganten Restaurant sitzend, vor sich auf dem blütenweißen, kokett gedeckten Tisch die erlesensten Gerichte, von flinken Kellnern geräuschlos bedient, durch die Lande dahinzusausen – während des Diners umschmeichelt von dem Zauber des sagenumwobenen Rheines mit seinen burgengekrönten Bergen – sich angesichts des majestätischen Stolzenfels an Steinbutt *à la meunière* zu delektieren, die trotzige Marxburg bei *Tournedos à la Rossini*, das verträumte St. Goar bei französischer Poularde zu erleben – Eiscreme schlürfend zur Loreley hinaufzusinnen – den Tee mit *petits fours* im fruchtbaren Hegau und in den Reichslanden das Souper einzunehmen: das ist Kultur, das ist Fortschritt, das ist das zwanzigste Jahrhundert. Vorbei sind die Zeiten ewiger Schinkenbrote, ewiger Koteletten, aus fettigen Tüten gegessen, oder weißglühender Bouillon, hastig an irgendeiner Station in den Bauch gezischt ...

Lassen wir jetzt den geschickten Sonntagsblattplauderer aufhören.

Er hat aber recht, der geschickte Sonntagsblattplauderer. –

Ich habe mich im Speisewagen ergiebig gerächt für die im Coupé erlittene Unbill: drei leere Flaschen Rüdesheimer-Berg standen nachher an meinem Platz.

Wie war es mir auf einmal heiß durchs Herz geschossen, als mir nach aller Hatz zum Bewußtsein kam, daß ich morgen unter italienischem Himmel, unter des Südens immer lachender Sonne wandeln würde, daß ich dem Lande meiner Träume von Minute zu Minute näher kam, dem Lande, wo die Zitronen blühen und die Goldorangen glühen.

Erst hatte ich der Mignon Lied schüchtern vor mich hin gesummt, war dann aber begeisterter geworden und hatte mit sonorem Organ losgelegt: »Dahiiiiin, dahiiiin möcht ich mit dir ...« Man war gekommen und hatte gesagt, das ginge nicht.

Rosenfarben lag die Zukunft vor mir. Was scherten mich die Menschen. »Dahiiiin, dahiiii« – Als man aber wiederkam und sagte, das ginge absolut nicht, wurde ich sentimental und kroch in mein Coupé, welches sich mittlerweile bis auf zwei Insassen geleert hatte.

Ich vergrub mich in einer Ecke und entschlummerte sanft.

Von Italien träumte ich. Von tiefblauen Wassern, in denen sich schlanke Pinien und dunkle Zypressen spiegelten. Von Marmorvillen, versteckt zwischen Lorbeer und Orangen. Von glutäugigen Frauen in buntfarbener Tracht, die des Nordländers Herz betören. Von blauen Mondnächten im Nachen, dem fernen Mandolinen- und Gitarrenspiel, den Sängen der Fischer lauschend.

Dann sah ich mich auf einmal auf einem Ruhebett von Jaspis liegen, auf Pfühlen von indischer Seide. In einer Säulenhalle aus schwarzgeädertem Marmor von blendenstem Weiß mit goldenen Kapitälern stand mein Lager. Schlanke Palmen streichelten die Halle. Der Duft von Asphodelos kroch an mein Bett. Ich schaute hinaus in eine weite Ebene, in ein ungeheueres Feld dieser Märchenblumen.

Plötzlich begann ein liebliches Klingen, erst ganz leise, dann lauter und lauter werdend.

Durch die Ebene heran kam ein seltsamer Zug. Schöne Frauen, wie sie Rosetti malte, trugen je zu zwei zwischen sich längliche Streifen Pergamentes. Sie sprachen mit klangvollen Stimmen Verse, die in farbigen Initialen auf diesen Streifen geschrieben standen. Ein Tönen war es. Eine wundersame Sinfonie. Worte, wie zarter Harfenklang, Worte, wie das Jubilieren erlesener Geigen, Worte, auch wie drohendes Getön von Tuben. Über die Purpurlippen der Frauen quoll der Worte zitternde, gleißende Melodie, gleich köstlichen Juwelen – Worte, gleich Rubinen, voll heißer Sehnsucht – Worte, gleich dem Frühlingsahnen des Smaragds – Worte, wie Opale schillernd in den Geheimnissen Indiens – – – –

Zwei schöne, schlanke Frauen mit Kronen von goldblondem Haar, gehüllt in amethystfarbenen Samt, auf den hohen weißen Stirnen an goldenen Kettchen Skarabäen, traten dicht an mein Lager heran und wiesen mir ihr Pergament und ich las.

Wort für Wort, erst langsam, stockend, dann hingerissen von der Allgewalt der Musik, der Sprache, ließ ich die Worte wie köstlichen Wein über die Lippen gleichen: *Si prega di non sputare nella carrozza* – – – – – *sputare nella carrozza* – – – – – – – – – – – – – – – – – –

Ein Rasseln. Ein Pfeifen. Ich werde hin und her geschüttelt. Träume ich oder wache ich? Greifbar sehe ich das Pergament vor meinen Augen. »– – *non sputare nella carrozza*«, wiederhole ich immer und immer wieder.

»Billett vorzeigen!« – höre ich dicht neben mir rufen. Man schüttelt mich. Ich springe auf. Wie hypnotisiert hängt mein Blick an dem Pergament dort. Die schönen Frauen sind verschwunden, zerflossen die schöne Vision der Marmorhallen, der Asphodeloswiese – nur das Pergament ist geblieben. Ich spreche die Worte vor mich hin, noch immer im Bann der göttlichen Sprache Dantes.

»Na, wird's bald mit dem Billett«, schnauzt jemand auf mich ein, »hören Sie doch endlich auf, das Spuckverbot aufzusagen!«

Ich rieb mir die Augen. Richtig – ich befand mich in meinem Coupé im durchgehenden Wagen. Nach Italien. Das vermeintliche Pergament war ein Emailleschild, auf welchem in deutsch, französisch und italienisch gebeten wurde, nicht auszuspucken.

Es klang aber doch einfach grandios, in seiner Phonetik geradezu überwältigend: »*Si prega di non sputare nella carrozza!*« –

Ich hätte die weiteren zwei Flaschen Rüdesheimer nicht trinken sollen, es wäre besser gewesen. Auch die sieben Kognak waren nicht nötig.

In einem dummen Zustand kam ich morgens gegen fünf in Como an.

Ich rate jedem, der einen guten Eindruck von Como haben will, überhaupt nicht hinzugehen, oder wenigstens in Como nicht zuerst den geweihten Boden Italiens zu betreten, es überhaupt in allen Dingen nicht so zu machen wie ich.

Kennen Sie das Land, wo die Zitronen blühen?

Bei zwei Grad über Null, wenn einem ein scharfer Wind ein Gemisch von Schnee und Regen um die Backen klatscht, in weißen Flanellhosen, Rohseidenjoppe und Panamahut, ohne Paletot draußen herum zu laufen, ist auch in Italien nicht angebracht.

Ich hatte unbedingt an die immerwährenden Sonnentage jenseits der Alpen geglaubt und mich mit meiner Garderobe dementsprechend eingerichtet. Das war sehr dumm von mir gewesen, darum lag ich auch schon am zweiten Tage mit einer schrecklichen Erkältung in Como im Hotel darnieder und stellte Reflexionen darüber an, daß ich in nasse Umschläge verpackt gerade so gut zu Hause im Bett liegen könnte und deshalb nicht nach Como zu reisen brauchte.

Jedem, der im Frühling nach Italien zieht, rate ich, sich so zu kleiden, als ob er zum Wintersport in das Engadin führe. Auf alle Fälle bleibt er so vor unangenehmen Enttäuschungen bewahrt. Auch mag er seinen Bobsleigh-Schlitten und seine Schneeschuhe mitnehmen, denn er hat hierfür im Süden die schönste Verwendung.

Wenngleich offene Kamine, wie man sie in Italien findet, nicht heizen, dafür aber um so ergiebiger qualmen, geben sie einem Zimmer einen unendlich traulichen Charakter. Eingehüllt in Decken, so daß nur die blau-rote Nase naiv herausschaut, sitzt der *fire place*-Enthusiast vor dem Kamin, läßt die Beine in der flackernden Flamme bruzzeln und freut sich, umschmeichelt von würzigen Schwaden, die anstatt in den Schornstein, in das Zimmer kriechen, der heimlichen Märchenstimmung.

Ich schätze Dickens ganz enorm, kann aber seine Verehrung für den altenglischen Kamin, dem er als Stimmungsstimulanz in jedem seiner Romane ein begeistertes Lob singt, nicht teilen. Ich betrachte, seitdem meinem alten Freunde Dlany Trainenteer aus dem Staate Illinois am Kamin des Hotels Gletsch am Rhonegletscher die seltsame Sache passiert ist, jeden Kamin mit einem gewissen Grauen. Dem guten, sehr zerstreuten Dlany waren nämlich die Beine, mit welchen er ganz in Gedanken in den glimmenden Holzscheiten herumgestochert hatte, angekohlt. Als er sich dann endlich, durch den merkwürdig brenzlichen Geruch aufmerksam gemacht, erhob, war er drei Köpfe kleiner geworden. Er konnte einem leid tun, der brave Bursche; alle Hosen mußte er kürzen lassen.

Sehr ratsam ist es, ein kleines Petroleumöfchen mit sich zu führen. Menschen mit einiger Phantasie werden sich im bitterkalten Hotelzimmer, wenn draußen wenig laue Lüfte die verstörten Zypressen zausen, auf das angezündete Öfchen setzen, zwei aus Deutschland mitgebrachte Apfelsinen vor sich hinlegen, italienische Volkslieder singen und sich so ihre Illusion vom Lande des ewig lachenden Frühlings bewahren.

Ich konnte mich nach meinem kurzen Debüt auf italienischem Boden der Überzeugung nicht mehr verschließen, daß meine Kenntnisse in der von mir so begeistert geliebten Sprache Petrarcas, die sich auf die vier Worte: Maccaroni, Bersaglieri, Asti-Spumante, Lincrusta beschränkten, für eine angeregte Konversation doch nicht völlig ausreichten. Dazu kam, daß eigentlich nur die drei ersten Worte meines Sprachschatzes für den regelmäßigen Gebrauch in Frage kamen, da ich das Wort Lincrusta, über dessen Bedeutung ich mir nicht recht klar war, nur mit Vorsicht anzuwenden wagte.

So beschloß ich denn, die Klausur, zu der mich meine Erkältung verurteilte, nutzbringend zu verwenden, um mit Hilfe einer Grammatik weiter in die Feinheiten der italienischen Sprache einzudringen.

Als besonders wichtig und fördernd empfahl der Verfasser des Lehrbuches das Auswendiglernen der jedem Kapitel beigefügten, aus dem Leben gegriffenen Übungssätze und Dialoge.

Die Feinheiten der Sprache erschlossen sich mir in den Sätzen: Hat Emil, der Sohn des emsigen Gärtners, die gute Birne gesehen? Nein, aber Gertraude, die Base des freundlichen Nachbars, hat ein Federmesser. – Hat Hermine, die Muhme des greisen Dichters, das Zobeltier mißachtet? Nein, aber die fröhliche Großmutter des jungen Freundes hat eine Wendeltreppe. – Hat Walter den blinden Pianisten geneckt? Nein, aber die arme Waise hat die dürren Bretter verschmäht.

Ich lernte, daß meine Stirn sichtbar höher und eckiger wurde und hatte nach kurzer Zeit die Genugtuung, zu konstatieren, in welch fabelhafter Weise ich meine Kenntnisse erweiterte. In welch vollendeter Form schleuderte ich einem angenommenen Gegenüber die Frage nach der guten Birne entgegen, um dann schlagfertig mit dem im Lehrbuch vorgeschriebenen Satz über das Federmesser Gertraudens zu antworten.

Ein besonderer Abschnitt gab den nach Italien Reisenden bemerkenswerte Winke und Musterfragen zur Anknüpfung von schöngeistigen, belehrenden Gesprächen mit gebildeten Italienern. Da fanden sich die Sätze: Neigte der ältere Plinius zu Blinddarmaffektionen? – Glauben Sie, daß sich der schiefe Turm von Pisa als Einfamilienhaus eignet? – Sind Christoph Columbus die Impfpocken angegangen? – Welche Halsweite hatte Ariost? – Aß der Herzog Mora gern sehr fett? – War die Prinzessin d'Este eine Freundin von Mehlwürmern? Und noch mancherlei derartige Fragen, die geschickt die seichte konventionelle

Art, mit welcher sonst im allgemeinen Gespräche eingeleitet werden, vermieden und sofort der Unterhaltung eine intellektuelle Note gaben.

Nach acht Tagen war meine Erkältung bis auf eine laufende Nase so ziemlich behoben, ich konnte es wagen, wieder auszugehen.

Was mich am ersten Tage meines Aufenthaltes in Como so verdrossen hatte, war der Umstand, daß ein jeder mich sofort als Ausländer einschätzte und dementsprechend zu leimen suchte. So hatte ich schon nach ganz kurzer Zeit die Taschen voll ungültiger, außer Kurs gesetzter Geldstücke: Schweizer Franken mit der sitzenden Helvetia, Fünflirestücke vor 1863 geprägt, argentinisches und päpstliches Geld – schöne, seltene Münzen, die man, als ich sie in aller Harmlosigkeit ausgeben wollte, mit Hohn zurückwies.

Hauptsächlich war es mein Vier-Wort-Sprachsystem gewesen, welches mich verraten hatte, aber auch an der Kleidung und dem ganzen Auftreten erkannte das geübte Auge des Eingeborenen den Fremden.

Das war ich nun leid. Anpassung, Mimikry war der einzige Ausweg.

Sprachlich fühlte ich mich dank meinem reichen Schatz an Sätzen aus der Grammatik absolut sicher. Also galt es nur das Äußere den Sitten des Landes entsprechend herzurichten.

Alle Männer trugen hierzulande lange, schwarze Pelerinen, deren einer Zipfel malerisch über die Schulter geworfen wurde, dazu verwegene Schlapphüte. Ich mußte mir vor allem eine derartige Pelerine und einen solchen Hut zulegen.

Ich hatte mir in den Kopf gesetzt, dem Besitzer des Ladens, in welchem diese Sachen zu haben waren, mein Verlangen ohne Zuhilfenahme von Gebärden, in seiner, von mir ja jetzt so glänzend beherrschten Muttersprache auseinander zu setzen. Es war aber doch verflucht schwer, wie ich bald bemerkte, von Emils Birne ausgehend, über Gertraudens Federmesser, über Herminens mißachtetes Zobeltier und der fröhlichen Großmutter Wendeltreppe zu der gewünschten Pelerine zu gelangen.

Meine Siegesgewißheit, mit welcher ich den Laden betreten hatte, war schnell verschwunden. Der Mann im Laden, der auf alles, was ich sagte, nichts erwiderte und sich nur fortwährend sehr devot verbeugte, hatte mich zuerst nervös gemacht.

Als ich dann, je mehr ich redete, zur Überzeugung kam, daß aber auch kein einziger der auswendig gelernten Sätze den erlösenden Übergang zu bringen vermochte, trat mir der Angstschweiß auf die Stirn. Ich wurde verwirrt und geriet in die zweite Serie von Sätzen, die laut Grammatik eigentlich nur bei schöngeistigen Gesprächen anzuwenden waren. Die Blinddarmaffektionen des älteren Plinius, die Impfpocken Columbus', die Mehlwürmer der Prinzessin d'Este, alles geriet mir durcheinander. Ich begann zu zittern, das Blut stieg mir zu Kopf, Tränen liefen mir über die Backen, die Fontanellen krachten hörbar. Ich wurde immer blöder, konfuser und begann auf einmal, als ich in italienisch nicht mehr weiter wußte, die zehn Gebote auf deutsch aufzusagen.

»O, Sie sind ein Deutscher«, unterbrach mich der Ladeninhaber in Schweizer Dialekt, »ich hatte Sie für einen Russen gehalten und mich schon gesorgt, wie wir uns verständigen sollten. Womit kann ich Ihnen dienen?«

Gott sei Dank! Der Mann war kein Italiener. Mein bereits völlig erschüttertes Vertrauen auf meine Kenntnisse der italienischen Sprache kehrte langsam zurück.

»Sie sprechen nicht italienisch?« stieß ich hervor.

»Nur wenig, ich kann mir gerade zur Not helfen.« Dann war es ja auch nicht weiter verwunderlich, daß er mich nicht verstand, daß er als Schweizer nicht das nötige Verständnis für den laut Grammatik speziell auf die italienische Volksseele eingestimmten Ton meiner Unterhaltung entgegenbrachte.

In der Pelerine mit dem kokett über die Schulter geworfenen Zipfel und dem Schlapphut sah ich fabelhaft echt aus. Jetzt noch eine bösartige, schwarze Minghetti, wie jeder Italiener sie zwischen den Zähnen hat, angesteckt und eine Nummer des »Corriere della Sera« in die Hand genommen! Nun sollte noch jemand, der mich in den Kolonaden am Dom herumschlendern sah, in mir einen Nordländer vermuten!

Die Kunst des Flanierens, nach Baudelaire die subtilste Sensation des Dandy, die der Italiener, wie überhaupt jeder Romane meisterhaft versteht, werden wir nie lernen. Wir haben nie Zeit. Der Beruf, die Pflicht und was derartige unsympathische Worte noch mehr sind, lassen keine halkyonische Beschaulichkeit aufkommen. Und wenn es dann nicht diese Faktoren sind, die unsere Zeit in Anspruch nehmen, so haben wir Kegeln, oder Skatabend, oder eine offizielle Gesellschaft, oder sonst irgend etwas, das wir für äußerst wichtig halten. Immer lese ich aus den Gesichtern der Leute bei uns, die Unruhe, sie müßten unbedingt gleich irgendwo sein, wo es ohne sie absolut nicht geht, wo sogar, wenn sie nicht rechtzeitig eintreffen, ein Malheur passiert.

Die Kunst zu leben, zu leben um des Lebens willen, kann man in Italien lernen.

Gearbeitet wird dort auch, wenn es eben nicht anders geht, aber nicht mit dem harten Ernst, nicht mit der monumentalen Wichtigkeit, die zum Beispiel bei uns ein Bureaumensch, der eine Rechnung über zwanzig Stück verzinkte Blecheimer oder über zweiunddreißig Meter Gasröhren mit Gewinde und Muffen auszuschreiben hat, seiner Tätigkeit entgegenbringt.

Seine Geschäfte macht der italienische Kaufmann so nebenbei im Café oder auf der Promenade. Wir hielten es für unwürdig, derartig wichtige und feierliche Dinge irgendwo anders, als in dem weihevollen Milieu eines Bureaus, einander in Denkmalsposen düsterer Gottheiten gegenübersitzend, zu erledigen.

Das Geschick, mit Grazie das Problem der Selbsterhaltung durch eine gewinnbringende, profane Beschäftigung zu lösen, letzterer einen erfreulichen, verklärenden Ausblick nach irgendeiner Richtung hin abzugewinnen, fehlt uns.

Auf einer italienischen Post oder Zollagentur, auf der Eisenbahn, kurz in allen öffentlichen Betrieben, die für uns durch nichts zu erschütternde Uhrwerke, ich möchte fast sagen, kosmische Offenbarungen darstellen, Institutionen, *rochers de bronce*, Ewigkeitswerte, denen wir als ganz kleine nichtswürdige Lebewesen voll heiliger Schauer gegenüberstehen, habe ich immer das Gefühl, die Leute *spielen* nur Post, oder Eisenbahn, oder Zollamt. Es ist ihnen auf einmal zu langweilig geworden, und sie haben beschlossen, so wie wir als Kinder, wenn wir nach dem immerwährenden Dözzen, Doppschlagen, Nachlaufen ein Bedürfnis nach intellektuelleren Spielen bekamen: kommt, lassen wir mal Post spielen oder Eisenbahn oder Zollamt.

Daß bei diesem Spiel Telegramme häufig nicht ankommen, man unendliche Plackereien hat, bis man z. B. einen Geldbrief erhält, Züge immer Verspätung haben, das Publikum an den Eisenbahnschaltern übers Ohr gehauen wird, fanatischen Schikanen bei der Zollabfertigung ausgesetzt ist, alles dieses ist noch lange kein negatives Kriterium für eine derartige Auffassung eines Berufes.

Es gibt tatsächlich Wißbegierige, die in einem Reisefeuilleton Näheres über die betreffende Gegend oder Stadt zu finden wünschen. Wenngleich diese Leser viel besser daran täten, in einem Reisehandbuch nachzuschlagen, wo alles Wesentliche in genauer und zuverlässiger Weise angegeben steht, will ich trotzdem den Wünschen dieser Leute gerecht zu werden versuchen.

Also Como:

Como sieht am Bahnhof aus wie Iserlohn. Außerdem hat Como eine elektrische Bahn, die gerade so wie bei uns nie kommt, wenn man sie braucht oder aber besetzt ist, oder nach Chiasso fährt, wo man nicht hin will.

Dann gibt es in Como nur sehr wenige Häuser, an welchen keine auf den Aufenthalt Garibaldis bezügliche Marmortafeln angebracht sind. Hier hat der Freischarenführer eine Nacht geschlafen, in dem Palazzo dort zu Mittag gegessen, in einem anderen Tee getrunken, sich dort in jenem Hause die Hühneraugen schneiden lassen, wieder irgendwo anders. seine Gummischuhe stehen lassen. Historische Momente, die dem echten Patrioten würdig genug dünkten, in Marmor festgehalten zu werden.

Weiterhin ist Allessandro Volta, der bekannte Physiker, über den man genau informiert wäre, wenn man auf Quarta nicht zum zweitenmal sitzen geblieben und aus der Schule geflogen wäre, in Como geboren. In der nach diesem Gelehrten benannten Straße, der Via Volta Nr. 5, wohnt ein Schneider, der mir meine Hose aufbügelte. Bis jetzt hat man noch keine auf diese Begebenheit bezügliche Marmortafel an dem Hause angebracht.

Soweit über Como für die Wissensdurstigen.

Vollständig überzeugt davon, daß ich mich in meiner Pelerine in nichts mehr von den Eingeborenen unterschied, hatte ich mich mit maßlosem Vertrauen in das Leben gestürzt.

Auf dem See herumzufahren, das dünkte mir herrlich.

Die Villa d'Este drüben in Cernobbio lockte mich, in welcher die Königin Karoline von England ein entzückend lasterhaftez Leben geführt haben soll. Es sei eine anstößige Geschichte gewesen, die die Königin sehr kompromittierte, stand in meinem Reisebuch.

Leider sollte ich nirgendwohin kommen. Alles geriet mir gründlich vorbei.

Als ich mich nach der Anlegestelle und der Abfahrtszeit der Dampfer erkundigen wollte, mußte ich zu meinem größten Leidwesen wieder bemerken, daß ich mit Emils Birne und der Großmutter Wendeltreppe nicht so recht weiter kam.

Die Leute, an die ich mich wandte, schauten mich verwundert an, ließen mich meine Sätze einige Male wiederholen und ergriffen dann plötzlich mit einer seltsamen Hast die Flucht. Von weitem wiesen sie mit den Fingern auf mich und machten andere auf mich aufmerksam.

Was die Leute nur hatten?

Ich näherte mich der Gruppe, um zu versuchen, koste es, was es wolle, Aufklärung über dieses merkwürdige Benehmen zu erhalten und auch endlich heraus zu bekommen, wie das mit dem Dampfer sei.

Scheu wich man vor mir zurück. Was hatte ich denn an mir?

Rasch in irgendein Café, wo ich einen Spiegel fand.

Ich konnte nichts Außergewöhnliches an mir bemerken. Mein Kostüm war genau das gleiche, wie das dieser Leute. Oder war es vielleicht ein mir unbewußter, für ihre Ohren fremd klingender Akzent in meiner Aussprache? Ich hatte mich doch in dieser Hinsicht genau nach meiner Grammatik gerichtet.

Drei vornehm aussehende Herren saßen im Café an einem Tisch und unterhielten sich aufgeregt gestikulierend in der dem Südländer eigenen lebhaften Weise. Es schienen gebildete Leute zu sein. Hier fand ich endlich eine Gelegenheit, meine schöngeistigen Sätze anzubringen und im Laufe des auf dieser Basis angeknüpften Gespräches vielleicht einen Aufschluß für das mir soeben draußen Geschehene zu erhalten.

Ich nahm am gleichen Tische Platz. Die Herren waren ganz von ihrem Gespräch in Anspruch genommen und beachteten mich nicht. Ich hustete laut. Niemand reagierte. Ich nahm einen Anlauf und warf, ein wenig beklommen zwar, die Frage nach den Blinddarmaffektionen des älteren Plinius in das Gespräch der drei. Nur einer, der mir zunächst saß, sah mich flüchtig an, wandte sich dann aber gleich wieder der Unterhaltung zu.

Ich ließ nicht ab und wiederholte mit lauterer Stimme meine Frage. Nun wurde man allgemein auf mich aufmerksam. Die Herren schauten mich fragend an und zuckten verständnislos mit den Achseln. Mit dem verbindlichsten Lächeln, welches mir möglich war, versuchte ich mit der Frage: Neigte der ältere Plinius zu Blinddarmaffektionen? ein Gespräch zu erzwingen.

Die Leute sahen sich gegenseitig verwundert an, sprangen dann auf einmal, wie von einer Tarantel gestochen, mit entsetzten Gesichtern auf und zogen sich in den Hintergrund des Lokals zurück. Hier verhandelten sie mit dem Wirt und dem Kellner, die mich nun auch wie ein wildes Tier anstarrten. Andere Gäste traten zu ihnen und verrieten sofort die gleiche furchtsame Scheu vor mir. Alles rückte von mir ab.

Das wurde mir nun zu dumm. Wütend kaute ich an meiner Zigarre, die schon ohnehin die vom Raucher so ungemein geschätzte Tendenz zur Quaste zeigte.

Ich klopfte energisch mit einem Geldstück auf die Marmorplatte und winkte dem Kellner. Er lief davon.

Da packte mich der helle Zorn. Ich warf das Geld auf den Tisch, den Zipfel meiner Pelerine über die Schulter und stürzte hinaus.

Waren denn die Leute hier alle blödsinnig, oder sollte ich wieder an Nichtitaliener geraten sein? Oder sollte vielleicht die in der Grammatik angegebene Art der Anknüpfung von Gesprächen nicht die landesübliche sein?

Nur Ruhe, Fassung. Nicht verblüffen lassen. Andere Länder, andere Sitten. Anpassung.

Ich befand mich in den Kolonnaden am Dom. Es war zur Zeit der Hauptpromenade. Ich schlenderte durch das Gewühl und versuchte krampfhaft, italienisch sorglos, heiter auszusehen.

Um mich aber auch in keiner Weise von den Eingeborenen zu unterscheiden, hatte ich auch die erfrischende Sitte des häufigen Ausspuckens, die typische Nationalgeste der Italiener, die im übrigen durch den Genuß der Zigarre in gewisser Weise bedingt war, adoptiert.

Ich hätte es lieber lassen sollen, denn ich blieb ein Stümper, so viel Mühe ich mir auch gab.

Es ging so lange gut, bis ich die neuen, gelben Schuhe eines baumlangen Menschen traf.

Was dann folgte, war häßlich und für mich wenig nett.

Der Mann war ein amerikanischer Preisboxer, und in meinem Militärpaß steht, daß ich zum Dienst in Heer und Marine dauernd untauglich sei. Man vermeide es peinlichst, sich von einem Berufsboxer verschiedene Male hintereinander unter das Kinn boxen zu lassen. Es kommt nichts erfreuliches dabei heraus, nur Zähne.

Ich versuchte zu fliehen, stolperte über den genialen Zipfel meiner Pelerine und schlug hin.

Tritte ins Kreuz sind nur für den, der sie appliziert, eine gesunde Gymnastik.

Ich sah gar nicht mehr schön aus, als der Amerikaner von mir abließ.

Eine riesige Menschenmenge, darunter auch die Leute, die sich im Café, und als ich mich nach dem Dampfer erkundigte, so merkwürdig benommen hatten, umringte mich.

Wie alles gekommen war, weiß ich nicht. Ich hatte zu viel mit dem Zusammenlesen meiner Zähne zu tun. Kurz und gut, ich wurde am gleichen Tage abends in die Irrenanstalt in Mailand eingeliefert, aus welcher man mich nach zwei Tagen wieder entließ, da ich harmlos sei. -

Meine Grammatik habe ich meinem Todfeind geschenkt.

Im Riviera Splendid Palace

Das war doch ein großer, unvergeßlicher Augenblick, als Leopold, König der Belgier, auf der Terrasse des Riviera Splendid Palace (sprich Pälläß) am Nebentisch Platz nahm und einen Tee trank. Zwei Stückchen Zucker gab er hinein, ich habe genau Obacht gegeben.

Noch heute schlägt mein Herz schneller, wenn ich an jene hehre Weihestunde denke. Alle Ereignisse, die ich als unvergeßliche Erinnerungen meines Lebens registriere, wie die erste lange Hose, wie ich zum erstenmal mit Sie angeredet wurde, dann, wie man mich mal irgendwo für den Kronprinzen von Serbien hielt, verblassen gegen diese Begegnung auf der Terrasse des Riviera Splendid Palace (sprich Pälläß).

Große Momente, wenn auch nicht von der gleichen Eindringlichkeit, waren es für mich, als ich im selben Hotel Zeuge davon sein durfte, wie sich ein Vanderbilt des Zahnstochers bediente, wie sich eine Herzogin von Safty-Plummerand neben den Stuhl setzte und wie sich ein Vertreter des ältesten österreichischen Adels, ein Ritter Pfeffer von Potthast an einer Ölsardine verschluckte.

Es war tatsächlich in einem Anfall von Größenwahn, als ich den Entschluß faßte, im Riviera Splendid Palace (sprich Pälläß) abzusteigen.

Ich muß gestehen, der Name hatte es mir angetan. Ich war der Suggestion dieser drei Worte rettungslos verfallen. Ich bitte Sie: Riviera Splendid Palace (sprich Pälläß), klingt das nicht grandios, überwältigend? Lösen diese drei Worte nicht Vorstellungen von etwas ganz Fabelhaftem, Märchenhaftem bei Ihnen aus?

Es gibt Bezeichnungen, mit denen man in den meisten Fällen keinen präzisen Begriff verbinden kann und die, wenn sie tatsächlich doch etwas bedeuten, vor allen Dingen nicht im geringsten Zusammenhang mit der betreffenden Sache stehen. Gerade derartige Namen aber verfehlen durch einen gewissen Anschein von Vornehmheit nie ihre Wirkung auf das Publikum.

Namentlich in der Hotelpraxis, auch hierzulande, wird mit solchen suggestiven, talmieleganten Worten mit Vorliebe gearbeitet.

Man wohnt doch, weiß Gott, lieber in einem Westminster Hotel, Bristol Palace (sprich Pälläß), Royal Carlton House, Hotel du Nord et des Anglais usw. als in einer simpeln Goldenen Gans, einem Wilden Schwein, einem Blauen Hecht, einer Post. Gerade bei einem Gasthaus letzteren Namens würde man an die ganze Rückständigkeit und Primitivität vergangener Tage erinnert, als unsere reisenden Vorfahren, die nichts wußten und alles glaubten, die weder zu Peary oder Cook, Blériot oder Wright, starrem oder halbstarrem Luftschiffsystem, noch zu irgendeinem der tausend Haarwässer, Zahnpasten, Nagelpoliermittel, Sektmarken usw. Stellung nehmen konnten, in der verräucherten Stube des Gasthauses zur Post auf die Postkutsche warteten.

Es ist mir gelungen, in die Geheimnisse der Konjugation der unregelmäßigen griechischen Verben, der Regeln über den Gebrauch des Konjunktivs nach *ut*, der doppelten Buchführung, des Rechnens mit Logarithmen einzudringen, aber nie in meinem Leben werde ich es fertig bringen, die Speisekarte eines großen fashionablen Hotels zu kapieren.

Ich habe die verzweifelsten Anstrengungen gemacht, wenigstens die verschiedenen Varianten, in welchen uns phantasievolle Hoteliers Braten servieren, mittels eines mnemotechnischen Systems zu behalten: wenn furchtbar viel Petersilie um den Braten herum liegt, ist er »*à la jardinière*«, garniert mit vier Zitronenscheiben »*à la bretonne*«; »à la normande«, wenn acht Zitronenscheiben die Schüssel zieren; mit Gemüsegarnierung ist es ein »*Chateaubriand*«, »*à la Pompadour*« mit Zitronen-, Petersilie- und Gemüseverzierung, »*à la mode*«, »*à la Nelson*«, auf »Hanebüchener Art« ... ich merke, daß ich trotz der größten Mühe, die ich mir gebe, alle die verschiedenen gastronomischen Begriffe durcheinanderwerfe. Nur ein Gericht habe ich mir gemerkt: *Welsh rarebits*; so nennt man kleine Brotschnitten, auf welche irgend etwas gestrichen ist, von dem kein Mensch sagen kann, was es eigentlich ist. –

Ich weiß nicht, ich habe nie so recht die richtige Art gefunden, mich in großen Hotels so zu benehmen, daß ich dem Personal imponiere. Und das möchte man doch gern.

Unser allereifrigstes Bestreben geht auf Reisen dahin, auf unsere Mitreisenden, dann aber auch vor allen Dingen auf Hotelbedienstete, Kutscher, Chauffeure, Gepäckträger usw. einen möglichst imponierenden Eindruck zu machen. Meistens gelingt uns nichts. Denn trotz der gequältesten Grandseigneurpose werden wir von diesen Leuten, die bessere Menschenkenner sind, als wir vermuten, fast ohne Ausnahme richtig eingeschätzt. Der kleinste Liftboy in einem Hotel vom Schlage des Riviera Splendid Palace (sprich Pälläß) verfügt über eine größere Menschenkenntnis, wie ein im Amte ergrauter Staatsanwalt.

Ich habe alle die sich tief verbeugenden und devot zu unserer Bedienung herbeieilenden Geister im Verdacht, daß ihnen selbst die X-Beine einer Fürstlichkeit oder der Spitzbauch eines Multimillionärs nicht heilig sind und daß sie diese gerade so boshaft kommentieren, wie den braunen Segeltuchkoffer eines Oberlehrers oder den schüchternen Auftritt eines Neulings im Hotel-Vestibül.

Ich möchte behaupten, daß bei den livrierten und befrackten Philosophen an der Riviera in der Hochsaison eigentlich nur die große Demimondaine, und der Hochstapler in der Art eines Manolescus, *alias* Fürsten Lahovary, etwas gilt. Diese beiden Menschenkategorien betrachten mit absoluter, innerster Überzeugung den ganzen Aufwand einer Saison an der *Côte d'azure* lediglich als Inszenierung für ihre Person, und es gelingt ihnen tatsächlich durch ihr Auftreten, ihre Umgebung zur stillschweigenden Anerkennung dieser Auffassung zu zwingen. –

Will man in einem besseren Hotel nicht von vornherein der allgemeinen Verachtung anheimfallen, so merke man sich folgendes:

Gib nie beim Betreten eines Hotels dem Portier die Hand oder gar einen Kuß.

Frage nie nach dem Preise des Zimmers oder der Speisen.

Betritt nie den Speisesaal mit herunterhängenden Hosenträgern oder mit Gummischuhen.

Stochere nie mit der Gabel in den Zähnen, vor allen Dingen nicht mit der Gabel deines Nachbars.

Male nicht mit Senf auf der Tischdecke oder in der erkalteten Fettsauce auf deinem Teller, selbst wenn du Talent zum Zeichnen hast.

Keinen besonders guten Eindruck macht es, wenn du beim Essen deine Manschetten ausziehst und neben deinen Teller stellst, selbst wenn es warm ist.

Benutze nie an Stelle eines Koffers einen rot und weiß karierten Kissenüberzug zum Transport deiner Sachen.

Frage nie eine Herzogin, der du nicht vorgestellt bist, ob sie mit dir nach dem Essen Nachlaufen oder Doppschlagen spielen möchte.

Lege nie, wenn sich ein ehrwürdiger, hochgeborener Greis setzen will, die Faust auf den Stuhl. Der Scherz ist zu alt und wird häufig mißverstanden.

Flitsche nicht mit Kirschen- oder Pflaumenkernen bei Tisch. Du könntest zu leicht jemand treffen.

Schlage nie einer Fürstlichkeit jovial auf die Schulter und rufe: »Wie geht es, alter Schwede?«

Hast du ein Glasauge, so nimm es bei Tisch nicht zum Reinigen aus dem Kopf.

Versuche nie, wenn dein Tischnachbar zufällig ein Holzbein haben sollte, einen Zahnstocher von diesem herunterzuschnitzen. Es ist unzart, und du kannst aus Versehen in das richtige Bein schneiden, vielleicht gar die Kniescheibe abschneiden. Kniescheiben eignen sich ganz und gar nicht zu Zahnstochern. –

Es ist direkt eine Kunst, ein Hotel wirksam zu betreten. Ich hatte stets einen enormen Respekt vor dem Vestibül eines großen internationalen Hotels mit den in tiefen Stühlen pagodenhaft aufgebauten Menschen. Worte von Ewigkeitswert werden hier gesprochen, sagte ich mir. So feierliche, ernste Menschen, so unnahbare Geister werden die höchsten Probleme menschlicher Erkenntnis, irdischer Sehnsüchte in ihren Gesprächen behandeln. Wie vorwurfsvoll schauen diese Edelmenschen auf den Ankömmling, der durch sein Erscheinen die Sphäre feinsten Denkens stört. Nachdem ich jedoch einmal Gelegenheit hatte, einem derartigen Vestibülgespräch zu lauschen, sank meine Hochachtung um einiges. Drei in ihre Sessel vergrabene amerikanische Denker behandelten in tiefsinniger, eingehender Weise die Frage, ob englische, italienische, französische oder deutsche Streichhölzer die besseren seien.

Ich hätte mir das wirklich vorher sagen können, daß es für mich nicht das Richtige war, ausgerechnet in den Riviera Splendid Palace (sprich Pälläß) zu ziehen.

Gleich am ersten Mittag passierte mir eine dumme Sache, die mein Prestige erheblich erschütterte.

Es war Brauch in diesem Hotel, daß den Gästen bei Tisch die Speisen vom Kellner vorgelegt wurden. Dieses Vorlegen bestand darin, daß der betreffende Kellner mit einer fabelhaften Geschicklichkeit, die einen japanischen Jongleur beschämt haben würde, Bratenscheiben, Gemüse, Kompott usw., hinter dem Gast stehend, aus dessen Teller schleuderte. Es war der Ehrgeiz der Kellner, aus möglichst weiter Entfernung in dieser originellen Weise zu servieren. Plitsch! klatschte eine Scheibe Braten auf den Teller. Plitsch! eine Handvoll Spinat. Plitsch! Kartoffelpüree.

Ich hatte mich ahnungslos an den Tisch gesetzt, als plötzlich haarscharf an meinem Kopf vorbei von irgendwoher eine Scheibe Braten auf meinen Teller flog. Erschreckt über diese mir bisher unbekannte Art des Servierens hatte ich den Kopf geduckt, war natürlich in die Flugbahn des bereits geschleuderten Gemüses geraten und hatte im gleichen Augenblick auch schon die mir zugedachte Portion Spinat an der Backe.

Man gibt mit Spinat an der Backe keine besonders glückliche Figur ab. Ich habe das bei dieser Gelegenheit gemerkt.

Aber schließlich hätte ich doch auf die Dauer bei einiger Anpassung an die Verhältnisse ein geruhiges, geduldetes Dasein in aller Zufriedenheit in diesem Hotel geführt, wenn ich nicht eines Abends meinen alten Schulfreund Vehemenz Pöste *alias* Jonkheer Grantig ter Bläh getroffen hätte.

Vehemenz Pöste war internationaler Hochstapler und Schwindler, eigentlich ein Lebenskünstler. In früheren Jahren hatten wir uns häufiger gesehen. Ich mußte aber leider den freundschaftlichen Verkehr mit ihm mit Rücksicht auf die konventionellen Ansichten meiner übrigen Bekannten, die sich an sein Metier stießen, aufgeben.

Wir blieben den Abend zusammen. Jonkheer Grantig ter Bläh, wie er sich momentan nannte, war recht aufgeräumter, mitteilsamer Stimmung und hielt mir im Verlauf der Unterhaltung ein höchst lehrreiches Privatissimum über Lebenskunst:

»Man muß von der absoluten Ignoranz aller übrigen Menschen vollständig überzeugt sein, das gibt einem die unbedingte Sicherheit und das unerschütterliche Übergewicht in allen Situationen«, empfahl mir Pöste. »Man nennt mich einen Verbrecher, weil ich selbst rücksichtslos einen Ausgleich des unregelmäßig verteilten Besitzes vornehme. Hätte ich ein großes Kapital zur Verfügung gehabt, so würde ich mit diesem Kapital gearbeitet haben. Wie? Ja, ich hätte vielleicht Börsengeschäfte gemacht, mich irgendwie in großzügige Spekulationen eingelassen. Wäre ich erfolgreich gewesen, selbst wenn ich anderen Leuten geschadet hätte – bei jedem Handel ist stets einer, der geleimt wird – hätte man mich ein Finanzgenie genannt, ein würdiges Mitglied der menschlichen Gesellschaft. Ich hatte kein Geld. Mein Wissen, meine Menschen- und Weltkenntnis, meine Fähigkeiten waren mein Kapital. Zehn Jahre lebe ich jetzt so. Ich lebe, genieße das Leben mit allen seinen wunderbaren Sensationen. – Einmal ging eine Sache schief. Für zehn Jahre wirklichen Lebens kann man schon acht Monate diätische Zurückgezogenheit in Kauf nehmen. – Eigentlich ist der ganze Unterschied zwischen mir und der übrigen Gesellschaft nur der, daß ich den Kampf um die Existenz offen führe unter Einsetzung meiner Person, während die anderen Menschen, die auf sogenannte ehrbare Weise ihr Geld verdienen, kaschiert kämpfen.«

So dozierte der Hochstapler, und ich lauschte begierig seinen Lehren. Das leuchtete mir alles riesig ein, und der Wunsch wurde urplötzlich in mit wach, diese Philosophie auch zu der meinigen zu machen.

Mit meinem bisherigen Leben war ich keineswegs zufrieden. Ich litt vor allen Dingen an dem Respekt vor dem Bestehenden, der rückhaltslosen Anerkennung der Tradition. Ich kam vor lauter Hochachtung und Angst vor jeder Autorität im peinlichsten Bestreben, jeden Schritt, den ich tat, um Gottes willen daraufhin zu prüfen, was »die Leute« dazu sagen würden, überhaupt nicht dazu, mein Leben zu leben.

Vehemenz Pöste wies mir den Weg, den ich einzuschlagen hatte.

»Du bist ein Rindsvieh, dich abzuplacken«, drang die Stimme des Verführers, dem meine Bewegung nicht entgangen war, auf mich ein, »du wohnst in einem erstklassigen Hotel, wo du Gelegenheit hast, in einer Nacht deine Revenuen für lange hinaus einzukassieren. Versuche es doch mit dem schwarzen Pyjamatrick!«

Was wußte ich vom schwarzen Pyjamatrick!

»Der schwarze Pyjamatrick ist meine Erfindung«, fuhr Pöste mit einem gewissen Stolz fort. »Du dringst während der Nacht in ein Zimmer ein, wo du nach vorheriger genauer Rekognoszierung gute Beute vermutest. Du dringst ein, d. h. du packst mit einer Kneifzange die am Schlüsselloch herausragende Spitze des von innen steckenden Schlüssels und öffnest auf diese Weise geräuschlos die verschlossene Tür, die du dann sofort hinter dir zuziehst. Sollte der Bewohner des Zimmers wach geworden sein, verhältst du dich so lange untätig, bis dir die regelmäßigen Atemzüge vom Bett her anzeigen, daß dein Opfer wieder eingeschlafen ist. Dank deines schwarzen Pyjama verschwindest du vollständig in der Dunkelheit. Dann schnell zugegriffen und, nachdem du die Tür in der gleichen Weise wieder verschlossen hast, zurück in dein Zimmer. – So habe ich manches schöne Geschäft gemacht«, schloß Pöste.

»Und ist das nie schief gegangen?« warf ich ein.

»Nie!« –

Das war ja fabelhaft einfach.

»Vergiß nicht den schwarzen Pyjamatrick«, rief mir Pöste noch beim Scheiden nach. –

In starker Erregung kehrte ich in dieser Nacht in mein Hotel zurück. Ich war entschlossen, dem Rate Pöstes zu folgen.

Im Hotel wohnte ein englischer Juwelenhändler. Die Vorsehung hatte mir diesen Mann in den Weg geschickt. Das war etwas für den Pyjamatrick. Mister Botteram, so hieß der Händler, hatte ein künstliches Bein. Als junger Offizier hatte er sein Bein bei einem Gefecht mit den aufständigen Eingeborenen in Indien verloren. Er war ein verschlossener, sonderbarer Mann, der jeden Verkehr mit den übrigen Hotelbewohnern vermied. Es ging das Gerücht, daß er Riesenschätze an Juwelen mit sich führte. Es war mir aufgefallen, daß, wo er auch sein mochte, stets ein länglicher, gelber Lederkoffer, den er nicht aus dem Auge verlor, in seiner dichtesten Nähe stand. Überall trug ihm sein Diener diesen Koffer nach.

Meine Phantasie beschäftigte sich fortgesetzt mit dem gelben Koffer, der, wie allgemein die Ansicht war, Botterams Juwelen enthielt. Gelänge es mir, mich in Besitz dieses Koffers zu setzen, so wäre mir für immer geholfen. Ich besorgte mir einen schwarzen Pyjama und eine Kneifzange.

Nachdem ich alles vorher genau ausgekundschaftet hatte, beschloß ich eines Nachts mit sehr gemischten Gefühlen, zitternd und bebend, den Coup zu wagen.

Achtmal hatten mich irgendwelche Geräusche wieder in mein Zimmer zurückgescheucht. Als ich beim neunten Versuch die Tür des Händlers fast erreicht hatte, fiel ich mit großem Spektakel in der Dunkelheit über einen im Korridor stehenden Stuhl. Ich verlor für diese Nacht allen Mut zur Ausführung des Pyjamatricks.

In der nächsten Nacht hatte ich, als ich nach vielen Schwierigkeiten endlich vor der Tür stand, hinter der ein Vermögen meiner harrte, die Kneifzange vergessen.

Die von Pöste als höchst einfach geschilderte Öffnung einer verschlossenen Tür mit der Kneifzange erwies sich im Gegenteil als äußerst schwierig. Als ich in der dritten Nacht beharrlich einen neuen Versuch machte, mein Ziel zu erreichen, war das Resultat meiner Manipulationen mit der Zange, daß der Schlüssel polternd in das Zimmer fiel.

Woher ich den Mut nahm, es in der folgenden Nacht noch einmal zu versuchen, weiß ich wirklich nicht. Es war bei mir zu fixen Idee geworden: ich mußte den gelben Koffer haben.

Und wirklich in dieser Nacht gelang der Schlag, und ich war im Besitz des ersehnten Schatzes.

Noch in der gleichen Nacht verließ ich das Hotel unter Zurücklassung meines großen Gepäcks. Ich befand mich schon am nächsten Tage mit meiner Beute auf einem von Marseille nach Argentinien bestimmten Dampfer.

In diesem sympathischen Land gedachte ich vorläufig die Früchte meines genialen Debüts in der Arena aktiver Lebensakrobatik zu genießen und in aller Seelenruhe die Verjährung abzuwarten.

Und tatsächlich hätte die Theorie meines Freundes einen grandiosen Triumph gefeiert, wenn künstliche Beine den Wert von Pretiosen gehabt hätten.

Ich habe bei mancher Gelegenheit schon ein recht dummes Gesicht gemacht, das dummste aber wohl sicherlich, als ich beim Öffnen des gelben Koffers anstatt der erwarteten gleißenden Juwelen ein künstliches Bein vorfand, das Reservebein des Mister Botteram.

Angesichts dieses Mißgeschicks brach meine kaum angequälte, anarchistische Lebensanschauung jämmerlich zusammen. Es wurde mir klar, ich eignete mich nicht im geringsten zum Herrenmenschen.

Reumütig kehrte ich zu der guten, alten Moral zurück, die in dem Worte gipfelt: Im Schweiße deines Angesichts sollst du dein Brot essen.

Ich wurde in Argentinien Erdarbeiter und erwarb als solcher in ganz kurzer Zeit ein großes Vermögen, welches mir gestattet, mein Alter sorgenfrei zu beschließen.

Aus dem Bein des Juwelenhändlers ließ ich mir einen Spazierstock machen.

Ventimiglia – Ventimiglia oder Haben Sie nichts zu verzollen?

Ein Gepäckträger in Ventimiglia hat das Einkommen eines deutschen Amtsrichters. Er hat vor diesem nur voraus, daß er nicht satisfaktionsfähig ist.

Ich werde, wenn ich jemals in die Lage kommen sollte, für einen Jungen einen Beruf zu wählen, ihn Gepäckträger in Ventimiglia werden lassen. Wenn ich nur ein wenig herkulischer gebaut wäre und nicht fürchtete, bei dem Hantieren mit Gepäckstücken meinen wunderbar gepflegten, langen Nagel am kleinen Finger der rechten Hand abzubrechen, noch heute am Tage sattelte ich um und trüge Koffer in Ventimiglia.

Für den Transport einer Handtasche vom Zuge in den Zollrevisionsraum, etwa zehn Schritte weit, haben die Fakinos von Ventimiglia sich auf die Minimaltaxe von einem Franken geeinigt – wohlverstanden, man muß an eine nette, bescheidene Nummer geraten, die nur das Minimum beansprucht. Nummer sechzehn forderte von mir zwei Franken und überschüttete mich, als ich schüchterne Einwendungen zu machen versuchte, mit wirklich häßlichen Schmähungen

Nie hat mich ein verächtlicherer Blick getroffen, wie der der Numero 16, als ich ihr generös einen Vergleich auf der Basis von siebzig Centimes vorschlug. Ein Gardeleutnant, den man Unter den Linden nach der Verkaufsstelle einer wirklich guten Fünfpfennigszigarre ansprechen würde, könnte kaum so viel absolut Zerschmetterndes in einen einzigen Blick hineinlegen.

Kenner der Verhältnisse zahlen einfach und rächen sich am Trinkgeld des nächsten Hotelportiers oder aber schleppen sich an ihrem Gepäck lieber sämtliche anatomisch möglichen Brüche, ehe sie die Dienste eines Trägers in Ventimiglia in Anspruch nehmen.

Überhaupt Ventimiglia. Zwiebäcke gelten dort als Halbedelsteine, wenigstens nach dem Preis zu schließen. Auch Kaffee muß dort ungemein schwierig zu beschaffen sein. Eine Tasse Kaffee nebst einem Zwieback kosten in der Bahnhofsrestauration drei Franken. Ich habe nie einen Zwieback so gründlich bis auf den letzten Brösel, der auf den Tisch und meinen Anzug gesprungen war, verzehrt.

Es gibt Leute, die bis Genua gekommen sind und an die französische Riviera möchten, die es jedoch vorziehen, nach Neapel weiter zu reisen, wo sie eigentlich nicht hinwollen, nur um von dort aus mit einem Dampfer nach Marseille zu fahren und auf diesem Umweg unter Vermeidung von Ventimiglia mit seinen Gepäckträgern, seinen kostbaren Zwiebäcken und seinen Zollschereien an ihr Ziel zu gelangen.

Es ist ein satanisches Vergnügen, als Unbeteiligter einer Zollrevision zuzuschauen. Das angstvolle, verstörte Gehaste, die verzerrten, Goyaschen Grimassen der verhetzten Reisenden! Das verzweifelte Suchen nach den Koffern, das ohnmächtige Geschlepp hilfloser Greise und schwacher Frauen an ihrem Gepäck. Das ruckweise Stoßen der Hände in alle Taschen und Falten nach dem Kofferschlüssel, in Pompadours, Handtäschchen, Beutel, Körbchen. Koffer, die erst nicht auf – und nachher nicht wieder zu gehen. An Reisekörben, wie sie Dienstmädchen und allein reisende ältere Damen aus Detmold oder Sangerhausen oder so woher gerne benutzen, reißen brutale Bahnknechte beim Herauszerren aus dem Güterwagen, beim Hineinzerren in das Zollamt die seitlichen Handgriffe wie Wurzeln aus.

Und nun erst, wenn die geöffneten Koffer der Welt ihren Inhalt darbieten, die Psyche des Besitzers schamlos bloßlegen. Ein Fressen für den Satanisten!

Es gibt seit kurzem in Paris und London ein zeitgemäßes Unternehmen einer ingeniösen Frau, die die Kunst des Kofferpackens als Beruf ausübt. Man wendet sich vor einer Reise an dieses Institut und es erscheint eine Angestellte, die die mitzunehmenden Gegenstände in kunstgerechter, schonender, praktischer Weise, unter äußerster Ausnutzung des Raumes in den Koffern verstaut. In diesen Städten hat die Idee bei dem Publikum begeisterten Anklang gefunden. Die Gründerin dieser Kunst-Packanstalt beschäftigt heute bereits über siebzig Damen als Packkünstlerinnen.

Ich persönlich packe meine Koffer nach der guten, alten Methode des Einstampfens. Gott ja, die Sachen werden ziemlich zerknüllt, zerbrechliche Dinge tun nicht mit und gehen kaput, man bekommt auch auf diese Weise sehr wenig in den Koffer, aber es geht schnell, ungemein schnell, und wenn man, wie ich morgens vor meiner Abreise nach der Riviera im Hotel in Mailand zwei Hausdiener, ein Zimmermädchen und einen recht korpulenten Portier zur Verfügung hat, die sich auf den Deckel setzen, bis das Schloß einschnappt, dann ist einem ja geholfen.

Mit einigem Zagen zwar hatte ich an die Zollrevision gedacht und daran, wie sich hier der Koffer wieder schließen lassen würde.

In Genua waren drei Russinnen in mein Coupé gestiegen mit einer Unmenge von Koffern, Körben, Schachteln, einem braunen Steintopf und einem seltsamen Ballen in der Form und fast von der Größe eines unstarren Luftschiffes. Mit einer Selbstverständlichkeit hatte man mich gänzlich ignoriert und um mich, über mir und unter mir das Gepäck verteilt.

Ich wagte nicht, mich zu mucksen. Dafür bin ich zu wohl erzogen als ein echtes Kind meines Landes, dem die Ehrfurcht vor allem Fremden von Geburt an in den Knochen steckt.

Kluge Eltern glauben, wenn sie ihre Kinder zur Bescheidenheit, zum Maulhalten erziehen, unter fortgesetztem Voraugenstellen der Fähigkeiten und Qualitäten anderer Kinder im Gegensatz zur eigenen Minderwertigkeit, krampfhaft bestrebt sind, jede bei ihrem Sprößling hervortretende persönliche Note schleunigst mit allen Mitteln zu unterdrücken, sie so für das Leben in der richtigen Weise vorbereitet zu haben. Diese armen Würmer haben später ihre liebe Last, sich draußen in der Welt der Ellenbogen, die allenthalben auf sie eindringen, zu erwehren.

Ich habe außerdem speziell vor Russinnen einen enormen Respekt. Für mich ist jede Russin, die stark parfümiert ist, bei der tollsten Hitze einen langen, innen mit Pelz gefütterten Mantel trägt, eine hohe Frisur und furchtbar viel Brillanten hat, zum mindesten eine Großfürstin, die in Romanen immer Anna Paulowna Fedorowna heißt und in ihrem eleganten Heim am Newski-Prospekt hinter dem Samowar sitzt, mit großen Augen in das Feuer träumt, in der wohlgepflegten Hand lässig eine Zigarette hält und leise jene schwermütige Weise vor sich hinsummt, wie sie an Sommerabenden die Mägde und Knechte auf den Gütern ihres Vaters zu singen pflegen …

Den mysteriösen Ballen hatte man zu meinem größten Leidwesen gerade über mir verstaut. Bedrohlich quoll er über das Gepäcknetz. Ich wäre gern aufgestanden und in den Seitengang des Zuges getreten, aber es ging nicht, ich war ganz eingebaut. Dann war ich auch zu bang. Richtig, wie ich befürchtet hatte, kam es auch. Bei der ersten energischen Kurve verlor der Ballen das Gleichgewicht und begrub mich unter sich. Ich kam mir vor, wie von einer Lawine verschüttet, und es dauerte eine geraume Zeit, bis ich mich wieder zum Tageslicht durchgekrabbelt hatte. Die Großfürstinnen feixten. Ich hielt das für sehr unangebracht, quälte mich aber trotzdem ab, bis ich die Lawine wieder im Netz hatte. Ja, so bin ich.

Noch viele Mal fiel der Ballen auf mich. Er tat es mit der starren Konsequenz eines unabänderlichen Prinzips, gegen welches es kein Auflehnen gibt. Von der schönen Fahrt am Mittelmeer hatte ich verflucht wenig.

Beim neunten Male grinsten die Russinnen nicht mehr, man beschaute mich mit einem gewissen menschlichen Interesse.

Als ich zum zwanzigsten Male unter der Lawine hervorkroch, frug mich eine der Damen mit dem den Slaven eigenen Tonfall: »*Est-ce que ça ne vous dérange pas?*«

Ich lachte hysterisch und hob den Ballen mit starrer Geste wieder in das Netz. Ich kochte, aber ich sagte mir als Philosoph, erstens bist du auf einer Vergnügungsreise, zweitens: andere Länder, andere Sitten und drittens gibt es eine ausgleichende Gerechtigkeit. Ich dachte dabei an die Zollbeamten in Ventimiglia, die mir als Rächer erstehen würden. Ich frohlockte, wenn ich daran dachte, wie die dem Geköffer, dem Steinpott und dem Qualballen zu Leibe gehen würden.

Ich konnte mich nicht enthalten, diesen meinen Gedanken Ausdruck zu geben, und warf den dreien in meinem glänzendsten Französisch hin: »In Ventimiglia ist eine sehr strenge Zollrevision!«

Diejenige, die mich vorher angeredet hatte, und die einzige war, welche französisch sprach, übersetzte ihren Gefährtinnen meinen Einwurf. Ich hatte den Triumph, zu sehen, wie meine Bemerkung wirkte. Man wurde sichtbar unruhig. Man hatte scheinbar gar nicht daran gedacht, daß auf dieser Fahrt irgendwo eine Grenze zu passieren war. Man war mit der fatalistischen Unbekümmertheit, die reisenden Damen eigen, darauf losgefahren.

Man sprach erregt durcheinander, wies nervös auf die einzelnen Gepäckstücke, machte bedenkliche Gesichter, schüttelte den Kopf und schaute dann von der Seite mit gemilderter Arroganz hilfesuchend zu mir hinüber.

Wonach speziell gesucht würde, fragte beklommen die französisch sprechende Paulowna Fedorowna. Sie hätten in Italien eine Menge Seide gekauft.

»Seide? Ja, gerade danach wird scharf gefahndet«, beeilte ich mich zu versichern.

Hilfloses, verzweifeltes, gegenseitiges Anstarren.

Was da zu machen sei, flehte man mich an, als ob es nie einen Ballen gegeben hätte, unter welchem ich beinahe mein junges Leben gelassen, als ob man nie höhnisch gefeixt hätte. Mein Haß reckte sich.

»Verbergen«, meinte ich lakonisch.

Längere, erregte Auseinandersetzung der drei.

»Es handelt sich um drei Dutzend neue, seidene Unterröcke«, gestand man unter Erröten.

»Anziehen, einfach anziehen«, war mein Rat.

Wieder längere Debatte mit dem Schlußresultat, daß man mich bat, auf einige Zeit das Coupé zu verlassen. Gern entsprach ich diesem Wunsche.

Nur infolge meiner eminenten turnerischen Fähigkeiten gelang es mir, nach mehrfachen vergeblichen Ansätzen durch das Kofferchaos vorzudringen und den Seitengang zu erreichen. Das Traversieren eines Gletscherfeldes war ein Kinderspiel gegen diese Leistung.

Hinter mir wurden die Vorhänge hermetisch geschlossen. Es war wie zu Weihnachten, wenn man vor der Bescherung draußen warten muß.

Nach einer guten Weile, in der man nach meiner Schätzung die zehnfache Anzahl Jupons, als hier in Frage kamen, hätte anziehen können, kehrte ich voller Spannung zu meinem Abteil zurück. Das Weihnachtszimmer war geöffnet. Drei Bückeburger Bäuerinnen saßen steif und pagodenhaft auf den Polstern und füllten mit dem Radius ihrer Röcke den ganzen Raum. Die Lawine war erheblich zusammengeschmolzen.

Ich erklärte mit dem Brustton der Überzeugung, daß ihre Kostüme absolut unverfänglich seien und daß selbst der gewitzigste Zollbeamte keinen Argwohn fassen würde.

»Wir haben aber noch jenen Topf mit Honig«, klagte man, auf den Steingutpott zeigend.

»Honig, da werden Sie Scherereien bekommen. Honig ist Konterbande!« behauptete ich hart. –

Wieder folgte man voller Vertrauensseligkeit meinem Rat, indem sich eine der Damen in der Art eines Kaffeewärmers über dem Honiggefäß aufbauen ließ. Ich machte ein unendlich biederes Gesicht und betonte mehrmals, dort würde man ihn nicht vermuten und riet noch, die Dame solle zur absoluten Wahrung des Versteckes bis jenseits der Grenze einfach die Rolle einer Gelähmten spielen.

Ventimiglia. »Alles aussteigen zur Zollrevision«, hieß es. Ich beeilte mich, dieser Aufforderung schleunigst nachzukommen und ließ, nicht ohne mich durch einen unterstrichen devoten Gruß verabschiedet zu haben, meine Opfer voller Zuversicht auf die Vortrefflichkeit meines Arrangements hilflos zurück.

Leider kam ich nicht dazu, die Entwickelung der Katastrophe mit anzuschauen und die Früchte meiner teuflischen Saat zu ernten, da ich bald mit mir selbst genug zu tun hatte. Erst erwarteten mich die bereits erzählten unerfreulichen Episoden mit Gepäckträger Nr. 16 und den Zwiebäcken, dann ging bei der Revision im entscheidenden Moment der Rohrplattenkoffer nicht auf, weil ich natürlich mit einem falschen Schlüssel an ihm herumstocherte. Als ich ihn endlich geöffnet hatte, ließ er sich nicht mehr schließen. An solchen Koffern sind an der Seite, wo das Schloß ist, am oberen Teil zwei Metallstifte, die in Ösen am unteren Teil des Koffers eingreifen. Hatte ich den Stift an der einen Seite drin, war er an der anderen Seite wieder heraus und umgekehrt. Ein äußerst neckisches Spiel, welches mich in kurzer Zeit einem Gehirnschlag nahebrachte. Hatte man dann beide Stifte in den Ösen, war ein Nachthemd oder der Koffergurt oder eine Socke zwischen den Deckel geraten. Was nutzte es auch, wenn ich mich allein auf den Deckel setzte, ich wippte und mühte mich ab, erfolglos. Ich sehnte mich nach meinem dicken Portier aus Mailand. Verschiedenen Leuten tat ich leid. Es kamen gute Seelen und setzten sich mit auf den Deckel. Das Schloß schnappte nicht ein. Als ich mit der Kraft, die einem eine monumentale Wut verleiht, der Sache zu Leibe gehen wollte, kam ich mit der rechten Hand zwischen den Deckel und ratsch, flogen vier Finger klatschend auf den Steinboden. Wie rasend arbeitete ich an dem Koffer, ein toller Taumel hatte mich gepackt. Ein altes Mütterchen, welches interessiert meinem Beginnen zugeschaut hatte und zu nahe herangetreten war, geriet zwischen den Kofferdeckel. Die Unvorsichtige mußte ihre Neugierde mit einem abgequetschten Bein büßen. Laut kreischend hüpfte die Frau zum Stationsvorsteher, um sich zu beschweren.

Ich hielt eine Ohnmacht für den geschicktesten Ausweg aus dieser aufregenden Affäre und versank schleunigst in eine solche. Als ich nach geraumer Zeit wieder erwachte, war zu meiner größten Verwunderung der Koffer geschlossen. Auf dem Deckel lagen geordnet meine vier Finger und das Bein der Frau. Ich schenkte dieses einem Menschen, der einen ähnlichen Anzug trug, wie ich in meinem Koffer hatte, und verlegen fortschaute, als ich ihn musterte. Der Koffer fühlte sich seltsam leicht an, war aber geschlossen, für mich das Wesentlichste.

Und die Russinnen? Die Genugtuung habe ich wenigstens, daß es diesen auch sehr schlecht gegangen ist. Als sie sich nach langem Sträuben auf das energische Ersuchen des Zollbeamten hin anschickten, das Coupé zu verlassen, mußten sie die furchtbare Entdeckung machen, daß sie infolge ihrer gehäuften Garderobe nicht durch die Coupétür kamen. Das fiel unbedingt auf. Auch die angeblich Gelähmte mußte sich trotz ihres Protestes erheben und hatte, um den Honigtopf den Augen der Zöllner zu entziehen, den Fuß hineingestellt und gedacht, ihn so als eine Art Klumpfuß durchzuschmuggeln. Alles kam heraus, alles. Es war eine Riesensache, wie sie die ältesten Zöllner in Ventimiglia noch nie erlebt hatten.

Ich werde in Zukunft, das habe ich mir geschworen, ebenfalls von Genua über Neapel, Marseille an die französische Riviera fahren.

Ich hasse Ventimiglia.

Herbsttage am Rhein

Der beliebte Feuilletonist des Lokalblättchens würde nicht Worte genug finden, in höchst anmutiger Form voller Poesie den Zauber der herbstlichen Natur zu schildern.

Es würde ihm gelingen, tiefe Herzenstöne anzuschlagen, die ihre Wirkung auf den gemütvollen Leser nie verfehlten.

Er würde vielleicht in geistvoller Weise eine Parallele ziehen zwischen dem menschlichen Leben und der Natur. Er würde den Herbst ein Memento nennen, das uns zu innerer Einkehr zwinge und uns an Sterben und Vergehen gemahne. Er würde jene zarte Melancholie bei uns erwecken, der der Mensch beim Fallen der Blätter nur zu gerne geneigt ist nachzuhängen. Tränen würden uns, wenn wir solches beim Morgenfrühstück lesen, über die Wangen rollen und in den ohnehin schon dünnen Kaffee und auf das Krautbutterbrot, vielleicht auch auf die gestärkte Hemdenbrust oder auf die Battistbluse fallen.

Dann würde er es aber auch nicht unterlassen, uns wieder aufzurichten und uns hoffnungsfreudig zuzurufen: »Menschenkind verzage nicht. Nach Wintersnacht kommt der Lenz, der sieghafte Lenz!«

»Menschenkind«, würde er wiederholen, »sieh den Herbst in seiner goldenen Pracht. Lausche seinen Sinfonien. Genieße was er dir Schönes bietet!«

Dann würde er dir schildern, wie sich der Rhein, unser Rhein, der deutsche Rhein (sie sollen ihn nicht haaaben) heroisch aus den dumpfen Umstrickungen der morgendlichen Nebel befreit und triumphierend seine Silberfluten durch die Lande trägt zu fernen Meeren, wie die schlanken Schiffe ihre Straße ziehn (Fridolin, Fridoliiiin) und der munteren Schiffer kräftiges »Ahoi« den Morgenglast durchdringt, wie die Sonne den Sieg davonträgt über das dräuende Wolkenheer und dort über den Zinnen jener pittoresken Burg (ja, »pittoresken« wird er unbedingt sagen) als Apotheose alles Guten und Edlen emporsteigt.

Dann würde er erzählen, wie er am Abhange eines Berges sitzt und in das Rheintal hinabschaut, wie sein Blick an einem braunen Fleck dort auf jener schon herbstlich gefärbten Waldwiese haftet, und der braune Fleck plötzlich Leben bekommt und ein scheues Reh behende davoneilt.

Von den wackeren Grünröcken, wie sie ausziehen zum fröhlichen Gejaid bei des Hifthorns Klang, würde er dir vorschwärmen. Von den Abenden in der umrankten Laube vor dem Hause, wenn die Römer zusammenklingen und der Blick sich versenkt in die blitzenden, braunen Augen eines rheinischen Mädels, wenn irgendwo eine sonore Männerstimme, von melodischen Akkorden einer Gitarre begleitet, anhebt zu singen, und alle begeistert einfallen: »Nur am Rhein, da möcht ich leeeeeben!«

Ja, ja, so würde des geschickten Feuilletonisten Herzen überquellen, und er würde des Beifalls seiner Leser sicher sein.

Ich aber, der ich seit einigen Wochen hier zwischen Koblenz und Rüdesheim am Rhein sitze, ich kann mir, weiß Gott, nicht helfen, ich kann es nicht länger tragen, der schauerliche Alb muß von mir weichen, ich muß es in die Welt hinausschreien, ich muß davon sprechen – – von dem abgebrochenen Bohrer in dem Backenzahn der Wirtin Wehneibe Plümecke im Jägerhaus und von ihren Zahnfisteln.

Tagelang quälte mich diese entsetzliche Sache.

Überall sah ich dicke, verschwollene Backen, blutige Zähne, klaffende Zahnlücken.

Ich suchte vergebens im Alkohol Vergessen zu finden; das schauerliche Bild wich nicht von mir.

Ich floh in die Berge; die Vision verfolgte mich in das einsamste Tal, auf die höchsten Höhen.

Ich kann den Spuk nicht anders bannen: ich muß davon reden.

Wehneibe Plümecke hat den besten Wein im Keller weit und breit. Das ist ihr Stolz.

Sie liebt ihre Sammlung erlesener Jahrgänge mit der fanatischen Liebe eines echten Sammlers.

Nur wenigen Auserlesenen, denen es gelingt, ihre Gunst zu erringen, öffnet sie die Türen ihrer Schatzkammer. Sie rückt aber nie mehr wie zwei Flaschen der exquisiten Tropfen auf einmal heraus. Darin ist sie unerbittlich, selbst ihren bevorzugten Stammgästen gegenüber. Wer noch weiter trinken will, muß sich mit den geringeren Sorten begnügen, von denen sie sich ohne großen Schmerz trennt, die jedoch, wie sie behauptet, für die Böotier noch viel zu schade sind.

Zwei Wochen war ich schon hier und hatte noch keine Ahnung von den Sensationen des Plümeckeschen Kellers. Die Wissenden bewahren ihr Geheimnis im tiefsten Herzen.

Ich wohnte hier im Hotel zusammen mit meinem Freunde Wolfram Mertens, der schon seit Jahren jeden Sommer in dem alten Rheinstädtchen verbringt.

Wolfram Mertens war einer der bevorzugten Stammgäste im Jägerhaus. Davon hatte dieser Egoist mir nie ein Wort gesagt. Das Jägerhaus war die einzige Schenke, in welcher ich noch nicht gewesen war. Ich hatte Wolfram verschiedentlich vorgeschlagen, zusammen dort einzukehren. Immer hatte er eine andere Ausrede: Die Wirtin wäre so unfreundlich, der Wein wäre nicht besonders, das Lokal wäre schlecht ventiliert, es wäre überhaupt kein angenehmer Aufenthalt. Ich hatte unter diesen Umständen auf das Jägerhaus verzichtet.

Wenn Wolfram Mertens sagte, er ginge sich rasieren lassen, blieb er immer auffallend lange weg.

Das hatte mich auf die Dauer stutzig gemacht.

Eines Tages war ich ihm unbemerkt gefolgt und hatte ihn zu meinem größten Erstaunen verstohlen im Jägerhaus verschwinden sehen.

Dieser Gauner! Ich war ihm nachgegangen und hatte ihn in der riesig gemütlichen Kneipe hinter einer Flasche funkelnden Weines (der geschickte Feuilletonist macht Schule) angetroffen.

Seine haßerfüllten, wütenden Blicke, daß ich hinter sein Geheimnis gekommen, hielten mich nicht ab, mich zu ihm zu setzen, mir vom Schenktisch ein Glas zu nehmen und mir aus seiner Flasche trotz seines erregten Protestes einzuschenken.

Das war ja ein wunderbarer Wein, ein wahrer Göttertrank! Nie war etwas Ähnliches über meine Lippen gekommen.

Ich drehte den Spieß um und machte ihm die heftigsten Vorwürfe über seine im höchsten Grade unfreundschaftliche Handlungsweise. Zählte ihm brutal alle Gefälligkeiten auf, die ich ihm in durchaus selbstloser Weise schon erwiesen hatte und erreichte, daß er zum Bewußtsein seines niedrigen Gebarens kam und mir zerknirscht aus seiner Flasche wieder eingoß. Dann ergriff er pathetisch meine Hände und beschwor mich bei allem, was mir heilig sei, nie zu irgend jemand, selbst zu meinem besten Freunde nicht, von diesem Wunderwein zu reden. Er neigte sich zu mir herüber und flüsterte mir geheimnisvoll ins Ohr: »Es gibt nur noch zweihundertvierzig Flaschen dieses Jahrgangs. Versuche es, die Gunst Wehneibe Plümeckes zu erringen, und sie wird Dich auch in den Kreis der Begnadeten aufnehmen, denen es vergönnt ist, diesen letzten eines edlen Stammes ein würdiges Ende zu bereiten. Vor allem widersprich ihr nie, sei von einer rührenden Liebenswürdigkeit ihr gegenüber!«

Wolfram Mertens war doch ein guter Kerl. Ich hatte ihm bereits verziehen.

Wehneibe Plümecke war keine anziehende Erscheinung. Nein, das hätte man gerade nicht behaupten können. Außerdem hatte sie, als ich sie bei diesem meinem ersten Besuch sah, eine dicke Backe.

Sie musterte mich mit strengem Blick und schaute vorwurfsvoll von meinem Glas zu Toni hinüber.

Ich wurde überschwenglich und bot ihr mein Leben an, nur müsse sie mir auch von diesem einzigen himmlichen Tropfen geben. Ich überbot mich dann in schamlosen Lobreden, über den Reiz ihrer Erscheinung, die Grazie ihrer Bewegungen, das Jugendliche und Blühende ihres Aussehens.

Wehneibe Plümecke schaute mich wohlwollender an. »Tja, tja, tja, ich bin in den besten Jahren, das muß man wohl sagen. Nur die dummen Fisteln, diese ärgerlichen Fisteln. Ich leide nämlich an Zahnfisteln, müssen Sie wissen.«

Dabei öffnete sie den Mund und forderte uns auf, hinein zu sehen.

Obgleich ich eigentlich nicht so sehr gern in einen Mund gucke, wo eine Fistel zu sehen ist, tat ich es dennoch mit Rücksicht auf den guten Wein.

Ich sagte voll rührender Teilnahme, obgleich ich gar nichts davon verstand, der Zahn scheine mir heraus zu müssen.

Sie entwickelte dann, warm werdend, des Eingehenden sämtliche Fistelheilungsmethoden, die bei ihr schon Anwendung gefunden hatten, alle ohne Erfolg.

Wir fragten sie, um unser Interesse zu zeigen, ob sie auch in der Fistel singen könnte. Sie sagte, das hätte sie noch nicht versucht und jetzt stände ihr der Sinn nicht nach singen. Morgen aber wolle sie zum Zahntechniker nebenan gehen. Der wäre ihr warm empfohlen und nähme nur die Hälfte von dem, was der Arzt in der Stadt forderte.

Wir stimmten ihr begeistert zu und baten sie, noch eine Flasche zu bringen. Wir hatten in unserer Behandlungsweise das Richtige getroffen; wir bekamen noch die zweite Flasche.

Der Wein im Jägerhaus hatte es uns angetan. Unsichtbare Gewalten zogen uns täglich zu Wehneibe Plümecke. Zwei Flaschen des köstlichen Tropfens hatte sie uns täglich bewilligt.

Ihre Backe wurde täglich dicker, die andere Backe, die die Sache ja eigentlich nichts anging, schwoll vielleicht aus einem gewissen Gefühl für Symmetrie ebenfalls an.

Wir erkundigten uns in wirklich herzlicher Form nach ihrem Wohlergehen und heuchelten ein völliges Aufgehen in ihren Fisteln, ein Interesse, das sich mit nicht anderem mehr in der Welt, als lediglich mit ihrer Person befaßte. Der Wein war aber auch zu herrlich.

Sie sagte, sie fürchte sich, zum Zahntechniker zu gehen. Es schiene übrigens, als ob es so wieder besser würde. Wir möchten doch mal nachschauen, sie hätte ein Gefühl, als ob die Fistel beigefallen wäre. Wir schauten ihr wieder in den Mund – Gott, war der Wein schön – und sagten, das schiene uns auch so.

Am nächsten Tage jammerte sie sehr und brachte aus Versehen einen falschen Jahrgang. Wir machten sie schüchtern darauf aufmerksam und fragten voll innigem Mitgefühl mit einem unterstrichenen Unterton von freudiger Hoffnung, wie es heute ginge, ob es sich gemacht habe. Oder ob sie bei dem Zahntechniker gewesen sei.

Nein, aber sie glaube, daß sie doch in den sauren Apfel beißen müßte, denn es würde täglich schlimmer. Wir möchten nur mal sehen.

Wir starrten, innerlich grausend, äußerlich mit dem Interesse eines allernächsten Verwandten in das Tohuwabohu von verschwollenem Zahnfleisch. Wirklich, es war kein schöner Anblick. Ach, wenn sie nur nicht die letzten Flaschen ihres märchenhaften Trankes in ihrem Keller gehabt hätte!

Wir schüttelten ernst die Köpfe und murmelten: »Ja, ja, schlimme Sache, schlimme Sache. Beklagenswerte Frau. Sie sind eine Heldin, eine Märtyrerin!«

Sie brachte jetzt den richtigen Jahrgang. –

Mehrere Tage lang wollte sie immer am anderen Morgen bestimmt zum Zahntechniker gehen.

Eines Tages war Frau Plümecke nicht da. Die Magd brachte uns den Wein. Frau Plümecke wäre jetzt endlich zum Zahntechniker gegangen. Nur eine Flasche hätte sie herausgestellt, die andere würde sie uns nach ihrer Rückkehr selbst bringen.

An diesem Tage mußten wir uns mit einer Flasche begnügen.

Am nächsten Tage war Frau Wehneibe Plümecke wieder nicht da. Die Magd sagte, die Wirtin wäre gestern acht Stunden bei dem Techniker gewesen. Er wäre aber noch nicht ganz fertig geworden. Als sie zurückgekommen wäre, hätte sie ausgesehen, wie der Bahnwärter, der kürzlich vom Zug überfahren worden war. Es wäre furchtbar gewesen.

Wehneibe Plümecke hätte gestern abend alle ihre Sachen geordnet und lange in der Bibel gelesen. Heute wäre sie wieder zum Zahntechniker.

Auch am darauffolgenden Tage war sie wieder hin. Es wäre ein schwieriger Fall, der sich nicht überstürzen ließe, hätte der Mann gesagt.

Die Magd erzählte, Frau Plümecke sähe jetzt aus, wie ein rohes deutsches Beefsteak, das man aus der dritten Etage auf das Pflaster geworfen und über das man dann rote Tinte gegossen hätte. Sie hätte gekündigt. Sie könnte es nicht mehr ertragen. Frau Plümecke wäre überhaupt nicht mehr Frau Plümecke. Sie hätte ihr sämtliche Kellerschlüssel gegeben. Sämtliche Schlüssel.

Wir tranken an dem Tage fünf Flaschen.

Es war nachmittags halb Sechs, als plötzlich die Tür aufging und Frau Wehneibe Plümecke hereinwankte. Die Magd hatte nicht zu viel gesagt. Die gräßlichste Sensation im Museum Wiertz in Brüssel war ein sanfter Ludwig Richter gegen das Bild, das die bedauernswerte Wirtin des Jägerhauses bot.

Erschöpft fiel sie auf einen Stuhl zusammen.

Plötzlich stierte sie mit großen, verglasten Augen die fünf auf dem Tisch stehenden Flaschen und dann uns an.

Wir zitterten und guckten weg.

Ob jetzt alles in Ordnung sei, versuchte ich sie abzulenken.

Sie öffnete nur den Mund und forderte uns mit starrer Geste auf, hineinzuschauen.

Voller Schauder näherten wir uns und blickten in den furchtbaren Abgrund. Ein entsetzliches Durcheinander von abgebrochenen Zähnen, zerfetztem Zahnfleisch, ausgefranster Zunge, bot sich uns dar. Aus einem Backenzahn ragte ein abgebrochener, blinkender Stahlborer in dieses Inferno. Uns grauste, wir wandten uns ab, nahmen unsere Hüte und drückten uns scheu zur Tür hinaus.

Ich irrte die ganze Nacht planlos in den Bergen umher.

Wolfram kaufte sich vier Flaschen Rum.

Die Allgewalt des Weingottes war doch zu stark. Wir hatten einmal Blut geleckt. Wir hatten lange gekämpft und waren unterlegen.

Am nächsten Tage schlichen wir wieder zum Jägerhaus. Nur die Magd war da, die noch immer die Schlüssel hatte. Frau Plümecke war in die Stadt gefahren zum Zahnarzt, der doppelt so teuer war, wie der Zahntechniker. Wir tranken fünf Flaschen. Frau Plümecke sahen wir nicht.

Am folgenden Tag saß sie wieder auf ihrem alten Platz am Schanktisch.

Sie hatte den Kopf verbunden, sah aber sonst menschlich aus. Sie blickte uns streng an. Wir schlugen die Augen nieder. Sie mußte die Lücke im Keller bemerkt haben. Es kam mir schwer an, mit ihr zu reden. Der Blick in den Höllenrachen wollte mir nicht aus der Erinnerung. Es mußte aber unbedingt etwas geschehen. Ich nahm meine ganze Energie zusammen und sagte mit dem herzlichsten Tonfall, den ich aufbringen konnte: »Jetzt ist wohl wieder alles in Ordnung. Können wir der mutigen, famosen Wirtin vom Jägerhaus, der Hebe, der Göttin des besten Tropfens des Rheingaues gratulieren?«

»Ja, ja, der famosen, mutigen Frau Wehneibe Plümecke«, trug Wolfram Mertens auch sein Teil bei, um die Stimmung zu heben.

Stillschweigend kramte Frau Plümecke in ihrer Tasche herum und brachte ein kleines Zeitungspapierpaketchen, das recht unappetitlich aussah, zum Vorschein. »Da sehen Sie!« Sie schob mir das Päckchen über den Tisch zu.

Mit bebender Hand öffnete ich es. Acht abgebrochene Zähne, zwei Wurzeln, Stücke vom Kiefer und was weiß ich, was alles so in einem Mund loszubrechen ist, fielen mir entgegen und sprangen mit schauerlichem Geklapper über die Tischplatte. Einen schrecklichen Anblick bot jener mächtige Backenzahn, in welchem, wie eine Lanze in der Leiche eines Nibelungenrecken, der abgebrochene Bohrer stak.

Der Angstschweiß trat uns auf die Stirn angesichts dieser Schädelstätte. Das Geräusch der springenden Zähne gellte uns in den Ohren. Ein namenloses Entsetzen packte uns. Mein Kragen sprang von selbst auf. Meine Krawatte entknotete sich, leise auseinandergleitend wie eine Schlange. Die festen Manschetten lösten sich mit lautem Knall vom Hemd, sprangen in kurzen, ruckhaften Sätzen durch das Zimmer, stießen knirschende Laute aus und krochen dann blitzschnell unter einen Schrank. Die Augen traten mir aus den Höhlen und baumelten an den Nervensträngen hängend wie zwei Monokel auf meiner Weste herum. Wolframs Brille lief erst an, wurde dann plötzlich weißglühend und schnitt ihm zischend die Nase ab, die in sein Weinglas fiel.

Ich lag vier Tage im Bett. Wolfram Mertens kaufte sich zwölf Flaschen Rum.

Furchtbare Tage, qualvolle Nächte! Immer verfolgte uns das gespenstige Bild jenes *danse macabre*.

Der Wein vermochte uns nicht mehr zu locken. Das Grauen vor jener furchtbaren Stätte war stärker.

Ich habe dieses entsetzliche Geschehnis in meinem Innersten zu vergraben, zu ersticken gesucht. Ich habe gekämpft, ich habe alles getan, um den Spuk zu bannen. Es ist mir nicht gelungen.

Das letzte Mittel muß ich versuchen: ich muß davon reden, ich muß das Erlebnis in Worte ketten.

Vielleicht werde ich dann Ruhe finden. Vielleicht.

Wenn nicht, dann bleibt Lysol mein einziger Ausweg und das wäre schade um mich, ich habe mir gerade zwei neue Anzüge machen lassen.

Wie es kompliziert war bis ich in die Sommerfrische kam

Ich hatte alles, was auf der ersten Seite meines Fahrplanes stand und vor dem Gebrauch des Buches zu lesen war, genau gelesen und kam nicht zurecht, ich kam, weiß Gott, nicht zurecht.

Qualvolle Tage, durchgrübelte Nächte, völliges Zerfallensein mit mir selbst, hitzige, erbitterte Dispute mit lieben Bekannten waren vorausgegangen, bis ich endlich zu einem Entschluß gekommen war, wohin überhaupt ich in die Sommerfrische gehen sollte.

Von dreiundachtzig Bekannten waren mir dreiundachtzig verschiedene Sommerfrischen empfohlen worden. Ein jeder behauptete von seinem Favoritplatz, daß er das entzückendste Fleckchen auf der Erde sei. Man grollte mir, man haßte mich fast, man wandte sich wütend ab und brummte: »Warum fragen Sie mich denn, gehen Sie von mir aus, wohin Sie wollen«, – wenn ich mich nicht im gleichen Augenblick enthusiasmiert für den gepriesenen Ort entschied.

»Nach Norderney müssen Sie gehen«, sagte mir Frau Geheimrat Doddersucht, die von ihren sechs Töchtern bereits vier auf Norderney losgeworden war – alles gute Partien, wirklich ausgezeichnet waren die Mädchen angekommen: »Man trifft durchweg nur gute Gesellschaft dort. Exzellenzens Mostert lernten wir vergangenes Jahr kennen, reizende Leute, ganz reizende Leute. Ach, und die Reunions sind so entzückend, wirklich nur nette, scharmante Herren mit Lebensstellungen. Ich habe für Tilly und Erna noch neue Ballkleider nachkommen lassen.«

Behüte mich Gott! Ich dankte, ich wurde vorläufig als Junggeselle mit meinen Renten allein fertig. Außerdem gehe ich nicht in die Sommerfrische, um in Marionettenbetrieben mitzuwirken.

Borkum – »Ich bin jedes Jahr sechs Wochen mit meinen Kleinen dort. So nett ist das mit dem Kinderbataillon, so herzig, und den Kleinen macht es gar so viel Spaß, so lieb können die Kinderchen mit ihren Eimerchen am Strand spielen«, pries mir Frau Knüsterpüster, Mutter von acht unerwachsenen Kindern, dieses Nordseebad.

Ich spiele nicht gern Soldat oder mit Eimerchen im Sand, außerdem machen mich Kinder nervös.

»Nach Knocke«, riet mir Herr Selmenkuhl, »man trifft dort immer Leute aus unserer Stadt, das ist zu nett.«

Ich fand das gar nicht so arg nett und dankte.

»Ostende, das ist was für Sie«, suchte mich Herr Huschebold zu begeistern. Ernste Männer nannten ihn einen Windbeutel, einen Schürzenjäger. Am Stammtisch sagte man, er sei ein verdammt toller Kerl, man kniff dabei ein Auge zu und schlug sich auf die Beine. »Famose Weiber in Ostende, feiner Betrieb, tipp, topp.« Er kiekste mich in die Seite: »Familienbad!«

Ich will meine Ruhe haben, außerdem habe ich X-Beine, ich sehe im Bad gar nicht martialisch aus.

»Zoppot! Idyllisch – poetisch«, schwärmte Goliath Bumke, »ha, die Unendlichkeit des Meeres, die Sinfonie der Wasser!« Dabei flog mir ein verkautes Blättchen von seiner Zigarre, das ihm von ohngefähr in den Mund geraten war, an die Backe; es war eine Angewohnheit von ihm, er tat das immer. »Reisen wir zusammen, ich reise morgen«, schlug er vor.

Auch Bumke gab ich einen Korb.

An die See mag ich überhaupt nicht, da soll man sich verloben, oder aber es sind zu viel Kinder da, oder ... oder ... und die X-Beine verleiden mir überhaupt, öffentlich zu baden. –

Nach Thüringen – da sind mir zu viel Berliner. In den Harz – da sind mir auch zu viel Berliner. An den Rhein – da ist es im Sommer zu heiß. Scheveningen – da ist es mir zu fein. Zandvoort – da sind nur Holländer. Nach Rügen – das ist mir zu weit, und an den Kreidefelsen macht man sich den schwarzen Anzug weiß. In die Eifel – die ist in den Ferien so überlaufen. In den Hunsrück – da weiß ich überhaupt nicht wo das ist. In die Schweiz – da geht jetzt jeder hin, außerdem hat man die Schererei mit dem fremden Geld und der Verzollung. In die bayerischen Alpen – da verstehe ich den Dialekt nicht. In den Spessart – da bin ich zu bange wegen der Räuber. Nach Triberg – da wäre ich nett verrückt.

Ich wußte nicht mehr ein noch aus. Es war entsetzlich. Die wenigen Leute auf der Straße, die Häuser, selbst die Droschkenpferde schauten mich höhnisch an und feixten. Heißer und heißer wurde es in der Stadt. Ich mußte weg, ich mußte jetzt unbedingt weg. Aber um Himmels willen wohin?

Da kam mein Freund Edeward. Edeward hatte eine Schnauze, gegen die niemand ankam.

»Du fährst in den württembergischen Schwarzwald, wohlverstanden in den württembergischen«, legte er los, »ich war in diesem Frühjahr dort, in einem famosen, kleinen Nest, hoch auf einem Bergrücken, inmitten wunderbarer Tannenwaldungen. Das ist etwas für dich. Verpflegung tadellos. Dann soll es im Sommer, wenn wir hier am Rhein bald umkommen vor Hitze, gar nicht zu heiß sein, immer wehe ein erfrischendes Lüftchen da oben. Und dann vor allen Dingen billig: drei Mark volle Pension. Denke dir, mit Nachmittagskaffee, ist das nicht erstaunlich?«

Mit Nachmittagskaffee, das war ja ganz außerordentlich, verwunderte ich mich, im übrigen schien mir die Sache zu passen. Ich war des weiteren Suchens aber auch völlig überdrüssig und klammerte mich an Edewards Vorschlag, nur um aus dem furchtbaren Dilemma herauszukommen.

»Du mußt über Karlsruhe fahren, dann Karlsruhe – Pforzheim, du findest es leicht in jedem Kursbuch«, hatte Edeward noch gesagt und war dann gegangen.

Du findest es leicht – so eine Gemeinheit. Ich saß jetzt in der zweiten Nacht, vergraben in einem Stoß von Kursbüchern und kam nicht zurecht und kam absolut nicht zurecht. Ganz blöde war es mir im Kopf; die Zahlen tanzten mir vor den Augen.

Bis Köln – ja, das fand ich, dann fing es schon an, links- und rechtsrheinische Strecken, daraus soll jemand klug werden. Dann war am Kopf der Zahlenrubrik ein *W* oder ein *L* oder ein *D* oder Gabel und Messer oder ein Fahrrad oder ein Stern, oder die Zahlen hörten mitten in der Kolonne ganz auf. Dann paßten die Stationsnamen nicht zu den Zahlenreihen, weil die eine Seite zu hoch oder zu niedrig geheftet war. Mainz hatte ich dann endlich gefunden, und ich freute mich schon riesig; da merkte ich, daß ich den Dampferfahrplan aufgeschlagen hatte.

Leicht zu finden – ich lachte gellend und verfluchte alle Eisenbahnen, alle Kursbücher, alle Sommerfrischen, mich selbst, Edeward und wer mir noch gerade einfiel.

Dann hatte ich Mainz nun wirklich, fand auch Karlsruhe irgendwo ganz hinten, verblätterte dann die Seite mit Mainz wieder, wußte nicht mehr, ob ich links- oder rechtsrheinisch nachgesehen hatte, verlor dann auch noch Karlsruhe wieder und fand zum Schluß überhaupt gar nichts mehr. Die dicken Tränen standen mir in den Augen. Dann raffte ich mich auf und griff zu einem Kursbuch, speziell für Süddeutschland. Da war wieder Köln und Mainz nicht zu finden. Ich ging vorsichtig von Karlsruhe aus, alles klappte bis ein Pfeil in eine Nebenrubrik zeigte, und alles war wieder verloren. Ich schrieb ganze Zahlenkolonnen ab, ich blätterte wie im Wahnwitz, griff immer zu neuen Kursbüchern, steckte meine sämtlichen zehn Finger als Lesezeichen in die Bücher, stierte mit weit aus dem Kopf stielförmig hervortretenden Augen in das Zahlenchaos und murmelte mechanisch: »Köln, Bonn, Remagen, Bingerbrück, Mainz, Mainz, Mainz ..."

Ich dachte ernstlich an Selbstmord.

Am dritten Tage fand ich den Anschlußzug von Mainz nach Karlsruhe. Von Karlsruhe weiter nach Pforzheim, das bekümmerte mich vorläufig nicht, wenn ich nur schon mal in Karlsruhe war. Wie ein Besessener sprang ich auf, kletterte vor Übermut und Freude auf den Kleiderschrank, stellte mir eine brennende Kerze auf den Kopf und sang patriotische Lieder, bis ich völlig außer Atem war.

7,20 am nächsten Morgen würde ich fahren. 7,20, eine traute Zahl. Das war meine Zahl, ich war ganz stolz; 7,20, wie das klang, welche Phonetik.

Den ganzen Tag über war ich in einer fieberhaften Tätigkeit. Ich kaufte mir schon ein Billett bis Karlsruhe, um am anderen Morgen freie Hand zu haben, stampfte meinen Kram in den großen Koffer und eine herzige Handtasche, sang Reiselieder, gebärdete mich überhaupt, wie ein junges Füllen.

Punkt sechs Uhr am anderen Morgen ließ ich mich wecken.

Fünf Minuten nach sieben war ich am Bahnhof.

Meinen großen Koffer gab ich bis Karlsruhe auf. Die gelbe Leinenhaut meines Rohrplattenkoffers schauderte, als ein herkulischer, bärtiger, wildfremder Mann mit übelriechendem Leim eine Nummer aufklebte. Ich mußte an einem kleinen Fensterchen drei Mark achtzig bezahlen und bekam dafür ein dünnes Papier; dieses so wichtige Dokument nicht zu verlieren, war jetzt meine einzige Sorge.

Ich hatte noch eine dick angeschwollene Handtasche zu tragen, einen Regenkragen, einen Paletot, einen Schirm und einen Stock, mit einer Kordel zusammengebunden; der Stock rutschte immer heraus oder stellte sich quer. Dann hatte ich noch bei mir eine photographische Kamera, eine Düte mit Schinkenbroten und drei weich gekochten Eiern für unterwegs; meinen Fahrplan für Süddeutschland und einen Packen Reiselektüre hielt ich krampfhaft gegen mich gepreßt.

Ich kam an die Sperre. Wo habe ich mein Billett? Billetts habe ich immer in der linken Westentasche. Da ist es nicht. Oder rechts,- auch nicht. Ich erbleichte – oder in der Innentasche des Rockes – oder in einer der Seitentaschen oder im Paletot. »Durchgehen, durchgehen, nicht die Passage versperren«, schrien hinter mir Ungeduldige. Der Mann mit der Zange hielt die Hand gezückt. Ich fand das Billett nicht. Ich stellte meinen ganzen Kram ab und ließ die Hände blitzschnell in allen Taschen herumsausen – zog andere Papiere mit heraus, die zu Boden fielen, bückte mich danach, mein Hut fiel ab, meine Brieftasche rutschte mir aus der Tasche. Der Angstschweiß trat mir auf die Stirn: mein Billett war weg. »Sehen Sie doch einmal ganz ruhig nach, Sie werden es schon finden«, meinte der Bahnsteigschaffner gütig. Das nützte auch nichts, das Billett war und blieb verschwunden. Ich mußte 7,20 weg, ich mußte unbedingt weg, dann schon lieber ein neues Billett.

Ich stürzte zum Schalter. Am Schalter stand ein Mann, der nach Stallupönen wollte und sich auseinandersetzen ließ, auf welcher der vielen Routen er am besten dahin käme. Er war schwerhörig und verstand den Beamten nicht. Ich tanzte von einem Bein auf das andere. Ich stieß und drängte den Mann mit den Ellenbogen und rief in das Fensterchen: »Karlsruhe, schnell, schnell!« »Nach der Reihe, einer nach dem anderen, nicht vordrängen, Sie kommen auch noch daran«, verwies mich der Beamte milde. Der Mann, der nach Stallupönen wollte, schimpfte, legte sich dann extra breit vor das Fensterchen und ließ sich seinen Reiseweg weiter explizieren. 7,17 zeigte die Uhr. Noch drei Minuten. Ich zitterte vor Aufregung. Daran sollte also die Reise scheitern! Endlich, endlich war der Mann erledigt. Ich schrie in das Fensterchen: »Karlsruhe, schnell, schnell!« Der Beamte war weggegangen. 7,18 Uhr, noch zwei Minuten. »Karlsruhe, zweiter, geben Sie mir doch ein Billett nach Karlsruhe!« brüllte ich jetzt in das Fensterchen. Der Beamte kam langsam in den Kartenraum zurück, guckte mich wütend an und begann in seinem Fahrkartenschrank zu suchen. Dann legte er das Billett auf das Drehbrett: »Geld, Geld!« fuhr er mich an. Ich hatte noch kein Geld ausgepackt. Ich kramte in den Taschen herum, versuchte mit dem Gold und Silber, welches ich bei mir führte, zu bezahlen. Es reichte nicht, ich mußte einen Hundertmarkschein wechseln lassen. Das hielt wieder auf.

Auf 7,20 Uhr schnappte der Zeiger, als ich mit meinem Billett zur Sperre stürzte. Schnell die Handtasche und die übrigen Sachen, die friedlich verstreut auf dem Boden meiner harrten. Ich raste durch den Bahnhofsgang, rannte eine alte Frau um, hinter mir her wurde geschimpft, eilte die Treppe hinauf und erreichte den Bahnsteig, als gerade der Zug langsam die Halle verließ. In einigen gewaltigen Sätzen hatte ich den letzten Wagen erreicht – ein Wagen vierter Klasse. – »Zurückbleiben, wollen Sie wohl zurückbleiben«, schallte es hinter mir energisch. Ich lief noch ein Stückchen neben dem Zug her, dann gelang es mir, den Handgriff zu packen, ich schwang mich auf die Plattform. Mein Stock und Schirm kamen mir zwischen die Beine. Ich kam zu Fall und stieß mir furchtbar das Schienbein an der Plattform. Mein pralles Köfferchen flog in hohem Bogen durch die Luft und platzte auf dem Steinboden des Perrons. Meine treuen Socken, meine Zahnbürste, mein Kamm, meine Seife, meine Pantoffel, mein Nachthemd und mancherlei diskrete Bekleidungsstücke verstreuten sich auf dem Boden und waren den profanen Blicken hämischer Menschen preisgegeben. Mein schöner, gelber Paletot war an einem Haken des Waggons hängen geblieben und schleppte über die fettigen Gleise. Meinen Regenkragen hatte ich schon auf der Treppe verloren, gleichzeitig mit dem Fahrplan und den Zeitungen. Die Kamera war mir bei dem Zusammenstoß mit der alten Frau aus der Hand geflogen. Mein Schirm und Stock hingen zerbrochen am Trittbrett. Ich lag auf dem Bauch auf der Plattform mit zerschundenem Schienbein, zerrissener Hose, ohne Hut, nur die Tüte mit den Schinkenbroten hielt ich noch krampfhaft in der Hand. Mit den Eiern schien etwas vor sich gegangen zu sein, es lief mir ein gelbes, nasses Etwas über die Finger. Egal, egal, ging auch alles zum Teufel, ich hatte meinen Zug erreicht.

Ich erhob mich ächzend aus meiner unwürdigen Lage. – Was war das? Der Zug fuhr langsamer, immer langsamer, stand dann ganz still und fuhr wieder zu meinem größten Entsetzen in den Bahnhof zurück: er hatte nur rangiert.

Viele energische Hände nahmen mich in Empfang. Man zog mich von der Plattform und schleppte mich in das Bureau des Stationsvorstehers. Mein Bein tat mir scheußlich weh, ich konnte kaum gehen. Meine neue Hose hing in Fetzen herunter. Sehr mitgenommen sah ich aus. Alle Leute lachten, stießen meine schöne Sachen, die auf dem Perron herumlagen, mit Füßen und machten häßliche Witze.

»Nein, so was! Nein, so was ist mir nun doch noch nicht vorgekommen«, keuchte wütend neben mir ein Mann mit einer roten Mütze, »das muß exemplarisch bestraft werden, exxxx … x… exemplarisch!!«

Mir war ganz unklar, warum dieser Mann so wütend war; ich hatte doch das kaputte Schienbein, mein Köfferchen war geplatzt, meine Socken, meine Zahnbürste, meine Seife und so weiter lagen auf dem Boden herum, mein Paletot war verdorben – –

Ganz willenlos, völlig gebrochen ließ ich mich in ein unfreundliches Zimmer mit hohen, langweiligen Pulten schieben.

Ganz apathisch antwortete ich auf die seltsamsten Fragen. Dann mußte ich ein Formular unterschreiben und zum Schluß vierzig Mark bezahlen.

Ein Mann, auch in Uniform, hatte Mitleid mit mir. »Wohin wollen Sie denn eigentlich?« erkundigte er sich teilnehmend.

»Nach Karlsruhe mit dem Zug 7,20 Uhr«, schluchzte ich verzweifelt.

»7,20 – 7,20 – – – da fährt aber kein Zug nach Karlsruhe. Da müssen Sie sich irren.«

»In meinem Fahrplan steht dieser Zug«, jammerte ich weiter.

»7,20 – warten Sie mal«, der freundliche Mann nahm ein Kursbuch zur Hand, »richtig, 7,20 fährt ein Zug, das ist aber abends. Sie haben den Strich übersehen.«

Ich suchte unter dem Feixen der Menge meine Sachen zusammen, schlich in den Wartesaal und begab mich daran, mich in schweren Dingen furchtbar zu betrinken. Vorher hatte ich den Portier mit heiligen Eiden und fünf Mark verpflichtet, mich, könne kommen, was da wolle, in den Zug 7,20 Uhr abends nach Karlsruhe zu schaffen.

Viele Rotweinflaschen, leere Kognakflaschen, das war meine letzte Vision, dann weiß ich nicht mehr, was mit mir geschehen ist.

Die Sonne schien mir ins Gesicht, als ich wach wurde mit einem furchtbaren Brummschädel, einem entsetzlichen Sodbrennen, eingehüllt in eine dicke Kognakatmosphäre. Ich befand mich in einem fahrenden Zug.

»Billjät vorwiese, bittäh«, hörte ich jemand sagen. Ein Schaffner in einer fremden Uniform stand vor mir.

Verstört zog ich aus der linken Westentasche meine Fahrkarte.

»Sie hätten in Karlsruhe aussteigen müssen, wir sind bereits in Basel«, sagte mir der Mann kopfschüttelnd.

Schon fuhr auch der Zug in den Hauptbahnhof Basel ein.

Wieder längere, kostspielige Erörterungen auf dem Stationsbureau.

Dann folgte eine schreckliche Zeit. Ein gräßlicher Fluch heftete sich an meine Fersen: unstet und flüchtig. Nie, aber auch nie saß ich im rechten Zug. Immer schlief ich ein und versäumte, wo es nötig war, aus- oder umsteigen.

Ich war während dieser irren Fahrt in Genua, Zürich, München, Leipzig, Breslau, Kattowitz, Wien, Berlin, Hamburg, Königsberg gewesen, hatte vier Tage im Polizeigewahrsam, einen Tag auf dem schwedischen Konsulat, zwei Nächte im Gasthaus zur Heimat, eine Nacht in einer Wanderer-Arbeitsstelle, drei Tage in einem Trinkerasyl, zwei volle Tage in einer Irrenanstalt, zwei Nächte im Obdach der inneren Mission und die übrige Zeit auf der Eisenbahn und in Wartesälen und Bahnhofstoiletten zugebracht.

Vier Wochen dauerte diese entsetzliche Kreuz- und Querhatz. Ich war der völligen Verblödung nahe.

Nur dem Umstand, daß ich aus Versehen endlich in den richtigen Zug stieg und durch festes Einschlafen verhindert war, doch irgendwo wieder in einen falschen Zug umzusteigen, hatte ich es zu verdanken, daß ich endlich eines Tages doch die von Edeward gepriesene Sommerfrische erreichte.

Was mir an der Table d'hote in der Sommerfrische passierte

Ich bin wirklich ein unglücklicher Mensch. Ich leide am Respekt vor anderen Leuten. Ich möchte so gerne imponieren und eine gute Figur abgeben. Ich weiß theoretisch genau, was ich zu tun habe, in der Praxis aber versage ich regelmäßig. Die geringste Kleinigkeit gibt mich der hilflosesten, täppischen Schüchternheit preis.

Gott, fürchte ich mich immer vor dem Augenblick, als Eingeladener, natürlich verspätet, den Empfangssalon, wo schon alle Gäste versammelt sind, zu betreten, oder den Speisesaal eines Hotels, wenn die gemeinsame Tafel schon begonnen hat, oder das Theater oder den Konzertsaal. Das Gefühl: jetzt passiert dir etwas Dummes und du bist blamiert, hängt wie ein Damoklesschwert in solchen Augenblicken über mir.

Das Essen hatte schon begonnen, als ich zitternd den Speisesaal des Goldenen Bären zu M. im Schwarzwald zum erstenmal betrat.

Ich war am Abend vorher spät angekommen. Ich hatte mich mit besonderer Sorgfalt angezogen, um mich bei der ersten Table d'hôte in günstiger Weise vorzuführen. Von meinen weißen Flanellhosen mit messerscheideartigen Bügelfalten erhoffte ich eine besondere Wirkung, einen vollen, durchschlagenden Erfolg.

Man war schon an der Suppe. Das Suppengeschlürfe verstummte plötzlich: alles schaute mir entgegen.

Ganz unten an der Tafel wies man mir einen Platz an.

Ich machte eine Verbeugung nach vorn: da saß ein Ehepaar mit einem vierjährigen Jungen in einer weißen Matrosenbluse. Nach links: gegen einen bärtigen teutschen Mann in Wollwäsche und mit einer Troddel am Hals heraus.

Als ich saß, ging das Suppengeschlürfe wieder munter weiter.

Ich schaute die Tafel hinauf. Oben am Kopfende saß breit ein dicker Herr mit einem roten Gesicht und einem goldenen Kneifer; der Kneifer war mit einem Kettchen an einem um das Ohr gelegten Haken befestigt. Auch hatte der Herr einen Schmiß über die Backe. Trotzdem war er nicht stolz und sprach jovial mit seinen Nachbarn, die sich sichtbar geehrt fühlten und häufig »Herr Rat« sagten.

Dann fielen mir zwei magere Damen auf mit bescheidenen runden Haarknüzchen als Frisur hinten im Nacken und im Rücken abstehenden Korsetts. Die eine mit einer Elfenbeinbrosche: eine Hand mit einem Blumenstrauß. Die andere mit einer großen Kameenbrosche mit dem Bild der Königin Luise. Neben ihren Tellern standen Medizinflaschen und eine Schachtel mit Pillen. Über den Stuhllehnen hingen rote, gehäkelte Tücher mit Fransen, die von Zeit zu Zeit auf den Boden fielen. Ein junger Mensch mit Mitessern im Gesicht, der fortwährend um nichts errötete und vor lauter Angst entsetzliche Mengen Brötchen aß, saß neben ihnen.

Einige ältere Damen mit würdigem, silberweißem Haar und schwarzen Gardinchen auf dem Kopf guckten streng auf zwei Backfische in frisch gestärkten, abstehenden Kleidern, die fortgesetzt die Köpfe zusammensteckten und kicherten.

Schräg mir gegenüber, neben dem Ehepaar mit dem Jungen, saß eine dicke, gefährlich dicke Dame in einer seidenen Bluse mit Spitzeneinsatz, der man ansah, daß sie viel Geld gekostet hatte, am Halse ein großes, mit Brillanten besetztes Hufeisen. An den dicken Fingern und in den Ohren nochmals Brillanten.

Wer auf meiner Seite saß, konnte ich nicht sehen.

Es gab Suppe mit langen Fadennudeln. So lange Nudeln hatte ich noch nie gesehen. Die Dinger mit einer gewissen Grazie zu verschlingen, ist immerhin nicht ganz leicht. Vom Löffel flutschen sie zurück in die Suppe, oder auf das Tischtuch, oder auf meine Rockaufschläge, viele blieben auch am Kinn und an den Backen hängen und bildeten einen wallenden Bart. Ich wurde nervös. Die Leute guckten schon. Der Junge mir gegenüber lachte laut und stopfte sich mit den Fingern die Nudeln klumpenweise in den Mund. Seine Mutter sagte, das sei ein echtes süddeutsches Gericht. Jetzt war mir ein Nudelwirrwarr auf den Boden gefallen, meine Füße verwickelten sich darin. Ich strampelte mit den Beinen, um mich aus der glitschigen Umschlingung zu befreien, trat dabei unter den Tisch, daß die Teller hochsprangen. Ich wurde immer nervöser. Jetzt hing mir eine lange Nudel am Mund heraus, ich sog, ich zog, sie hatte sich um einen Knopf geschlungen. Plötzlich sprang der Knopf ab und das Ende der Nudel schnellte mir ins Auge.

Die Tränen schossen mir in die Augen. Ich hielt meine Serviette vor das Gesicht.

Von allen Seiten wurden Ratschläge gegeben, wie man etwas aus dem Auge machen müsse. »Schneuzen, stark schneuzen«, erklärte der Mann mit der Troddel kategorisch. »Nach der Nase zu reiben«, hieß es. »Überhaupt nicht reiben«, wieder sprach ein anderer. »Den Augendeckel aufheben«, riet wieder jemand.

Endlich hatte ich die heimtückische Nudel erwischt.

Dicke Schweißperlen standen mir auf der Stirn.

Am liebsten wäre ich aufgesprungen und aus dem Saal gelaufen. Mir war das furchtbar peinlich. Die Leute am Tisch lachten verstohlen. Einige fragten, ob es jetzt besser sei.

Plötzlich wandte sich der teutsche Mann mit markiger Stimme an mich: »Gedenken Sie länger hier zu bleiben, mein junger Freund?«

Alles am Tisch beugte sich vor und schaute nach mir. Ich war noch immer mit den Füßen in die Nudeln verwickelt und suchte mich unbemerkt zu befreien. Ich war zu verstört, um etwas zu sagen. Nervös machte ich Pillen aus Brot und bekam einen roten Kopf.

»Wohl nur Passant?« fuhr der Wollmensch hartnäckig fort.

Jetzt hatte ich den linken Fuß frei. Die Nudeln hatten sich um das Stuhlbein geschlungen und hielten den rechten Fuß noch fest. Ich starrte, ganz von meinen Befreiungsversuchen unter dem Tisch in Anspruch genommen, vor mich hin und drehte mechanisch Brotpille auf Brotpille.

»Ein entzückendes Plätzchen hier daroben« - mein Nachbar war ausdauernd.

Ich hatte nun auch den rechten Fuß frei und atmete befreit auf.

»Wie, bitte«, wollte ich mich gerade an den teutschen Mann wenden, als der Junge mir gegenüber anfing, unruhig zu werden.

Auf dem Tisch stand ein Aufbau mit Essig, Öl, Pfeffer, Salz und Senf. In der Essigflasche schwamm eine tote Fliege. In Essigflaschen sind immer tote Fliegen, das muß sein. Eine wenigstens bestimmt. Der Junge wollte die tote Fliege haben, er wollte sie absolut haben. Der Vater sagte, das ginge nicht, die Fliege gehöre dem Wirt. Erst als die Mutter ihm den Senftopf zum spielen und ein Glas Rotwein zu trinken gab, war der Junge ruhig. Der Bub langweile sich, erklärte die Mutter.

Der Fisch wurde hereingebracht. Als die Reihe an mich kam, lagen auf der Schüssel nur noch einige Scheiben Zitronen und eine Flosse. Von gegenüber reichte man mir eine zweite Schüssel, auf welcher auch noch ein Kopf lag.

»Schmackhaft, äußerst schmackhaft«, schmatzte der teutsche Mann und schob sich ein großes Stück mit dem Messer in den Mund.

Ich sah einmal japanische Jongleure, die mit einer wunderbaren Geschicklichkeit mit Stäbchen und Kugeln balanzierten. Der Mann neben mir war ihnen bedeutend über. Es grenzte direkt ans Fabelhafte, mit welcher enormen Sicherheit er alles, aber auch alles mit dem Messer zum Munde führte. -

»Ich komme schon im zehnten Jahr hier herauf«, fing der bärtige Mann noch kauend wieder an, »zehn Jahre, mein junger Freund. - Böllerknüz, Böllerknüz ist mein Name!« Er legte sich gegen mich und prustete mir ein Stückchen Fisch an die Backe. Wohlerzogen verneigte ich mich: »Schmitz, Herr Schmitz.« -

»Dann sind Se wohl aus Köllen«, rief die dicke Dame mit der teuren Bluse über den Tisch, »in Köllen heißen alle Leute Schmitz!« Sie wackelte wie eine gallertartige Masse vor Lachen auf ihrem Sitz über ihr glänzendes Bonmot. Auch die anderen Leute am Tisch lachten. Nur die Damen mit den Knüzchen und der Elfenbein- und Kameenbrosche lachten nicht. Sie hatten sich gerade Pillen in den Mund gesteckt und schluckten krampfhaft unter Vorschnucken des Kopfes.

»Doch nichts für unjut«, fuhr die seidene Bluse fort, »Spaß muß sein. Wir sind doch nicht umsonst die fidelen Rheinländer.«

»Ich bin nicht aus Köln, ich bin aus Düsseldorf«, klärte ich sie auf.

»Düsseldorf, das kenne ich auch, gewiß. Ich hab' eine Tochter da verheiratet, Frau Neverding. Sie kennen sie sicher.«

Bedauernd verneinte ich wohlerzogen.

Das Gespräch wurde unterbrochen. Es wurden große Schüsseln mit seltsamen Dingen hereingebracht.

»Ah, Spätzli«, hieß es allgemein.

Man fing bei mir an. Ich hatte noch nie Spätzli gegessen, ich war zu bang, ich wollte mich nicht wieder blamieren, wie eben mit den Nudeln. Ich dankte.

»O, Sie nehmen keine Spätzli?« klang es vorwurfsvoll von allen Seiten.

Der Junge mir gegenüber steckte den Serviettenring in den Senftopf und einen Finger tief in die Nase. Er mopste sich grenzenlos.

»Der Bub langweilt sich«, klagte die Mutter, »sonst ist er aber auch brav.«

Man brachte das Geflügel. Natürlich kam jetzt die Schüssel wieder zuletzt zu mir. Zwei Ellenbogenstücke und ein Bürzel lagen noch auf der Platte. Ich war zu schüchtern, der Servierfrau etwas zu sagen. Böllerknuz hatte mir die letzten beiden ansehnlichen Stücke vor der Nase weggenommen. Er arbeitete an einem Rumpfstück. Er war wütend, da er merkte, daß er hereingefallen war. Es war nur Knochen. Erregt stach er auf das Stück ein. Er glitschte aus und der reichlich mit Sauce befeuchtete Rumpf einer guten Ente flog mir in den Schoß. Nicht genug damit, warf Böllerknüz im Eifer, das Stück Vogel zu schnappen, mein gefülltes Rotweinglas um, so daß meine Hose auch hiervon einen guten Genuß mit bekam.

Ich grinste und meinte taktvoll: »O, das tut nichts!«

Ein brauner, häßlicher Fleck als Insel in einem großen Rotweinmeer auf meiner feinen, weißen Hose.

Der Junge mir gegenüber lachte aus vollem Hals und schrie: »Ho, der komische Onkel.«

»Das sagt man nicht«, verwies ihn die Mutter.

»Der Bub ist vorlaut«, ergänzte der Vater.

»Ist mich mal in Luzern im Schweizerhof passiert. Ein Kleid von achthundert Mark vollständig verdorben«, sagte die Kölnerin.

Ich beteuerte fortgesetzt, daß das gar nichts mache. Man konnte fast meinen, es hätte mir nichts Erwünschteres passieren können.

Der Junge langweilte sich schon wieder. Er packte eine tote Eidechse und einen Flaschenkork aus der Tasche aus und spielte damit. Die Mutter sagte, der Bub langweile sich. Überhaupt sei so eine Table d'hôte eine Geduldsprobe für ein Kind.

Oben am Tisch stritt man sich über einen Weg. Man könne ihn auch von der anderen Seite machen, da sei er lohnender, hörte ich die Pillendamen sagen. Der Blick sei herrlich lieb, wunderlieb entzückend. Die Backfische nahmen verstohlen Mandeln von einem Aufbau, der auf dem Tisch stand, und steckten sie ein.

Jetzt gab es Pudding. Gelatinepudding mit Waldbeerkompott. Der Junge schrie, er wolle ganz viel haben. Die Mutter packte ihm den Teller hoch voll. Wie es gekommen war, weiß ich nicht. Ich hatte vor mich hingedöst und mit Entsetzen von Zeit zu Zeit einen Blick auf meine Hose geworfen. Ein Aufschrei! Der Teller des Jungen schlug plötzlich um und eine Handvoll Waldbeerkompott flog in hohem Bogen über den Tisch und traf mich mitten in das Gesicht.

Nachgerade fing es nun doch an, mir ernstlich ungemütlich zu werden. Prustend sprang ich auf. Meine Augen waren verklebt mit Waldbeeren. Ich strebte tastend der Tür zu. Eine hinterlistige Nudel, die ich noch am rechten Fuß hinter mir herschleppte, verwickelte sich in einen Schnürhaken des linken Stiefels. Ich geriet ins Stolpern und sauste gegen das Büfett und stieß mir gräßlich den Kopf an der offenen Büfetttür. Ein Bowlenservice geriet ins Wanken und fiel vom Büfett herunter auf mich. – – –

Gütige Hände nahmen sich meiner an und führten mich zur Tür.

Aus dem Lachen der Leute am Tisch klang fett und singend die Stimme der Kölnerin:

»So am Tabbeldoh hat man doch immer Unterhaltung. Ich eß immer am Tabbeldoh.« – – –

Das war eine monumentale Blamage. Trotz allen Waschens und Reibens mit Bimstein, mit Säuren, mit den schärfsten Seifen, trotz Bearbeitung mit der Wurzelbürste, mit der Strahldrahtbürste, mit dem Hobel: die Waldbeerschwärze ging nicht ab.

Bedeutende Chemiker versuchten ihr Heil, Ärzte mußten ihre Hilflosigkeit eingestehen. Ich blieb blauschwarz wie ein Neger.

131

Eines Tages fiel ich dem Agenten von Hagenbeck in die Hände, der mich sofort um eine fürstliche Gage als wilden Mann engagierte.

Ich wurde aber, da ich nicht wild genug war, nach kurzer Zeit wieder entlassen.

Ich bin noch immer schwarz im Gesicht. Ich lasse mich aber von Zeit zu Zeit kälken. So geht es.

Wenn man bresthaft ist

Von meiner Lunge

Ich habe keine Lunge mehr.

Ich bin eigentlich tot oder aber ein anatomisches Phänomen.

Ich muß wohl schon letzteres sein, da mir das Totsein niemand so recht glauben will. Meine Gläubiger zum Beispiel wollen nichts davon wissen. So habe ich meinem Schneider, der die verfluchte Manie hat, für längst verschlissene Anzüge beharrlich Geld zu fordern, durch meine Aufwartefrau sagen lassen, ich sei gestorben. Ich hätte keine Lunge mehr, ich hätte das schwarz auf weiß. Und ohne Lunge könnte man nicht leben, das wäre doch eine klare Sache.

Der Mann hat mich verklagt, und man hat mir meinen Phonographen, die Kuckucksuhr, einen Haussegen und acht Flaschen Eierkognak gepfändet.

Gut, bin ich also ein anatomisches Phänomen.

Ich gehöre von Rechts wegen in ein Museum, auf ein Podium oder in einen Glaskasten. Mein rätselhafter Zustand müßte von allerersten medizinischen Autoritäten des In- und Auslandes begutachtet und beglaubigt sein, Fürstlichkeiten der höchsten Häuser nebst Familien müßten mich besichtigt und ihre Anerkennung ausgesprochen haben. Ich müßte genannt werden mit den Schwestern Blaczek, dem Mann mit dem Stiernacken, der bärtigen Dame, dem Mann mit dem Straußenmagen, mit Lola Hirschtalg, der Pantherdame usw. Ich bin aber ein furchtbar bescheidener Mensch, und es gelüstet mich nicht nach Ruhm.

Es ist möglich, sehr leicht möglich, daß man eines Tages unter ein Auto oder die Elektrische kommt, oder daß einem der Propeller eines Luftschiffes oder ein Geraniumtopf aus der dritten Etage auf den Kopf fällt, oder daß man von einer Hutnadel aufgespießt wird, oder auf irgendeine andere Weise einen plötzlichen Tod findet. Man kann nie wissen. Und es wäre wirklich ein Verlust für die medizinische Wissenschaft, wenn mein Fall unbekannt bliebe. Darum halte ich es als fanatischer Arbeiter an dem großen Werk der menschlichen Erkenntnis und Aufklärung für meine Pflicht, meinen Fall in Nachstehendem niederzulegen. Auf Anfragen von Ärzten wegen einer eingehenden Untersuchung gebe ich keine Antwort. Ich lasse mich nicht untersuchen, ich bin nämlich wahnsinnig kitzlich. –

So kam es also, daß ich meine Lunge verlor:

Ich lebte zur Zeit in Marseille und hatte eines Tages einen starken Husten und schmerzhafte Stiche in der Brust. Mein Urgroßvater war an Altersschwäche gestorben, meine Großmutter am Knochenfraß, ein Mann, der neben uns wohnte, am Delirium, und eine Waschfrau meiner Eltern an einem Magenleiden. Das gab mir zu denken. Da hieß es rechtzeitig vorbeugen.

Ja, damals hatte ich noch Sorge um mein Wohlergehen. Damals lebte ich noch in bangen Ängsten um den nächsten Tag, setzte alles auf Wechsel auf die Zukunft. Der Tod war mir eine schreckliche Katastrophe und nicht die befreiende, erlösende Antwort auf den Scherzrebus »Leben«.

Schleunigst eilte ich zu einem Arzt, der mir als weltberühmter Lungenspezialist allseitig aufs wärmste empfohlen worden war.

Er wohnte am Boulevard Baille und hieß Jean Maurice Ragoût-Fin. Ein eigentümliches Lärmen klang mir aus dem palaisartigen Gebäude entgegen. Ein Bellen, Krächzen, Schnaufen; Tiere konnten nur solche Töne hervorbringen.

Voller Grauen betrat ich das Haus. Sechs Diener nahmen mich in Empfang und führten mich in einen riesigen Saal, aus dem das unheimliche Getön herausschallte.

Ein tolles Gehuste, ein Chaos von Grunzen umfing mich und verwirrte meine Sinne. Einige hundert Menschen befanden sich in diesem Saal, die fortgesetzt husteten und diese merkwürdigen Geräusche von sich gaben. Sie warteten alle auf Jean Maurice Ragoût-Fin.

Vier Tage habe ich in dem Wartesaal gesessen, bis ich dran kam. Es war schon ein recht ungemütlicher Aufenthalt inmitten der vielen hundert Hustenden, die sich immer wieder durch neue Ankömmlinge ergänzten. Es war wie ein wildes, kakophonisches Tonstück; es hätte von Strauß sein können. Ich wundere mich überhaupt, daß der Komponist der »Elektra« derartige animalische Geräusche in seinen Tondichtungen noch nicht praktisch verwandt hat. Wird schon noch kommen.

Also nach vier Tagen kamen zehn Diener zu mir und führten mich in das Studierzimmer ihres berühmten Herrn.

An einem Schreibtisch, so groß wie das Fürstentum Reuß, saß ein hagerer, glatt rasierter Mann mit blitzenden, stechenden Augen. Sein

Alter war schwer zu taxieren. Er konnte seine dreißig sein, mit der gleichen Möglichkeit indessen mochte er auch fünfzig oder sechzig Jahre auf dem Rücken haben.

Seine schmale, ein wenig krampfige, natürlich elfenbeinweiße Hand, deren Zeigefinger mit einem grünen Malachitring geschmückt war, wies stumm auf einen roten Saffianledersessel, in dem ich ein wenig verschüchtert Platz nahm.

»Ihr Urgroßvater starb an Altersschwäche, Ihre Großmutter am Knochenfraß, der Mann, der neben Ihnen wohnte, am Delirium, eine Waschfrau Ihrer Eltern an einem Magenleiden. Bei Ihrem Fall kommt ohne Zweifel eine Prädisposition, direkte Heredität in Frage«, begann er mit leiser, verschleierter Stimme, und seine Augen prüften mich scharf und durchdringend.

»Sie haben etwa 40 Halsweite, Reife für Unterprima, eine Freimarkensammlung, sind glattrasiert und haben eine schwere Lungensache«, fuhr dieser unheimliche Mensch fort; »ja, eine schwere Lungensache. Ich sage meinen Patienten stets die Wahrheit. Ich hoffe, Sie sind Philosoph, Fatalist. Finden Sie sich mit Ihrem Schicksal ab. – Sie kennen meine Taxe?« warf er in einem andern Tonfall plötzlich ein.

Ich griff bebend nach meinem Scheckbuch und fragte devot: »Wieviel?«

»Drei«, war die lakonische Antwort.

Ich klappte mein Scheckbuch zu und suchte in meinem Portemonnaie, hocherfreut über den geringen Honorarsatz, nach drei Franken.

»Tausend, mein Herr. Dreitausend, mein Herr«, riß mich Jean Maurice Ragoût-Fins Stimme aus meinen angenehmen Verwunderung.

Zitternd füllte ich einen Scheck über 3000 Franken aus und reichte ihn dem Doktor.

»Stellen Sie sich bitte gegen diesen Apparat«, wies mich Ragoût-Fin gegen einen großen Kasten, an dem eine komplizierte Sache mit gebogenen Glasröhren und blanken Metallkugeln angebracht war. Dann machte es einige Sekunden »zisch« und ein bläulicher Schein füllte das Zimmer.

Der Doktor saß am Schreibtisch, hatte einen großen Bogen Papier vor sich ausgebreitet und zeichnete, immer scharf nach mir herüberschauend, etwas auf.

»So«, er erhob sich plötzlich, prüfte noch einmal seine Zeichnung und reichte sie mir. »Hier sehen Sie Ihre Lunge, genau in Ihrem jetzigen

Zustand. Die Lungenspitzen sind schon sehr mitgenommen. Die rechte Spitze fast ganz weg. Sie können nun nach meiner Methode den Fortschritt der Auszehrung genau verfolgen, wenn Sie strikte nach nebenstehender Skala, es würde ungefähr alle drei Tage sein, mit Rotstift, ich habe so die kranken Stellen bereits markiert, eine Linie breit von der Lunge abstreichen. Sie sind auf diese Weise völlig über den Fortschritt Ihrer Erkrankung orientiert und haben einen bestimmten Anhaltspunkt über den Termin Ihrer Auflösung. Ich taxiere, daß die noch vorhandene Lungenmaterie in etwa 4½ Monaten verbraucht ist. Es ist doch glänzend, so über sich im klaren zu sein! Sie werden sich nicht überflüssigerweise einen neuen Anzug bestellen oder bereits für den nächsten Winter ein Schlittschuhbahn-Abonnement nehmen. Schauen Sie, das ist der enorme Vorzug meiner Methode. Bitte sehr«, er reichte mir die Zeichnung, drückte auf eine Schelle und fünfzehn Diener erschienen, die mich zur Tür führten.

Da stand ich nun, ein völlig gebrochener Mensch, auf der Straße mit meinem Todesurteil in der Hand und 3000 Franken ärmer. In 4½ Monaten sterben! Tränen schossen mir in die Augen. Ich dachte an die Lieben zu Hause, an meine sechs Verhältnisse, besonders an Margot, an meine Freimarkensammlung, an meine Braut, an meinen Teckel Toni, an alles, an dem mein Herz hing. Diese entsetzliche Galgenfrist von 4½ Monaten! Leben mit dieser schrecklichen Perspektive!

Irgendwo auf einer Terrasse eines Cafés in der Rue Cannebière habe ich mich an einem Marmortisch niedergelassen, mein Lungenporträt vor mir ausgebreitet und die schauerliche Zeichnung angestiert und dazu einen Absinth nach dem anderen getrunken.

So bin ich mehrere Tage umhergeirrt im Taumel vieler, vieler Absinthe und hatte das Empfinden meiner Tragödie im Alkohol überschrien. Aber ein großer Kater kam, ein monumentaler, moralischer. Fast mehr über mein würdeloses Benehmen diesem Schicksalsschlag gegenüber. Diese hündische, bürgerliche Angst, diese Hilflosigkeit einer Tatsache gegenüber!

Ich habe mich zu den Philosophen des Ostens und Indiens geflüchtet und habe mich mit meinem traurigen Geschick heldenhaft abgefunden. Ich habe den Willen zum Leben mit dem Gefühl absoluter Wurschtigkeit gegen alles, was das Morgen betraf, erschlagen. Ich habe mir einen Rotstift gekauft und genau nach der Skala und Vorschrift an meiner Lunge abgestrichen.

Ein seltsames, starkes wissenschaftliches Interesse für die Theorie Jean Maurice Ragoût-Fins erwachte und schob die Gedanken an mich selbst völlig in den Hintergrund. So wollte es mir gar häufig erscheinen, als handele es sich überhaupt um einen anderen wildfremden Menschen.

Alle drei Tage ließ ich meinen Rotstift von der Lunge fressen.

Dabei lebte ich intensiv mein Leben, eigentlich glücklicher denn je. Ich trank den Becher bis zur Neige. Das Morgen starb, es lebe das Heute!

Ich hatte noch für etwa drei Wochen Lunge, als ich von meiner entzückenden Freundin Margot aus Deutschland Bescheid bekam, sie würde mich in etwa drei Wochen in Marseille besuchen.

Das durfte nicht sein, daß sie einen Toten vorfand.

Ich fing an, nur jede Woche einmal abzustreichen.

Zwar schlug mein wissenschaftliches Gewissen bei diesem Betrug.

Als Margot kam, hatte ich noch für etwa zehn Tage Lunge.

Sie war schöner und liebenswerter denn je. Meine Philosophie der Negation litt elend Schiffbruch, und eine Gier nach Leben, ein Hunger nach Jahren voll Genießens nahm von mir Besitz.

Ich versündigte mich schwer an der Wissenschaft. Ich habe, als die Lunge abgestrichen war, noch ein Stück angemalt und die Lunge dann immer wieder vergrößert und schließlich, als der Bogen zu klein wurde, neues Papier angeklebt und die Lunge nach Bedarf ausgedehnt.

Schließlich war meine Lunge so groß wie eine Tischplatte und laut Theorie des Doktors Jean Maurice Ragoût-Fin völlig zersetzt.

Und als Margot mir mit einem reichen Amerikaner eines Tages durchbrannte und ich beim besten Willen meine Lunge nicht weiter – aus rein wissenschaftlichem Schamgefühl – mehr zu vergrößern wagte, habe ich mir ein reines Nachthemd angezogen, habe mein Testament gemacht, zwei Kränze an mein Bett gestellt, eine schwarze Schleife an die Tür gemacht, habe mich ins Bett gelegt, die Hände gefaltet und den Tod erwartet. Ohne Lunge konnte ich nicht weiter leben. Das war doch klar.

Nach einigen Tagen merkte ich, daß ich nicht tot war und mich in demselben fidelen Zustand befand, der mir unter der Bezeichnung »Leben« bekannt war.

Da bin ich zur Überzeugung gekommen, daß ich ein Phänomen sein müsse: Der Mann ohne Lunge. Etwas noch nie Dagewesenes.

Die Zeichnung Jean Maurice Ragoût-Fins, ergänzt von mir, kann bei mir als Beweis für meine Lungenlosigkeit jederzeit eingesehen werden.

Im Sanatorium

Hat man als Junggeselle sein Leben recht ergötzlich verbracht, so kommt früher oder später der Moment, wo man sich den intensiven Anstrengungen eines lustigen Lebemannsdaseins nicht mehr so recht gewachsen fühlt, da heißt es, entweder heiraten oder auf einige Zeit in ein Sanatorium gehen.

Eine Kur in einem Sanatorium ist einer Heirat unbedingt vorzuziehen, sie verpflichtet zu nichts, ist billiger und gilt, was wohl das wesentlichste ist, heute für schick.

Dieser Ansicht war auch Scharleß Nulpe. Als sich jener kritische Zustand bei ihm mehr und mehr einstellte, dem man mit dem schmerzlichen Seufzer: »Ich kann verflucht nichts mehr vertragen«, Ausdruck zu geben pflegt, beschloß er, sich auf einige Zeit in ein Sanatorium zurückzuziehen.

Er hatte eine enorme Sorge um sein Leben, außerdem mußte er als moderner Mensch, der peinlichst in allem *up to date* bleiben wollte, so gut wie man sich in der Saison in Monte Carlo, St. Moritz, Baden-Baden oder Ostende sehen ließ, auch seine Zeit im Sanatorium gesessen haben.

Er empfand dieses Manko schon lange als eine unangenehme Lücke in seinem peinlichst abgestimmten Kavalierleben.

Zwar hatte ihm ein vernünftiger Arzt geraten, weniger zu bummeln, weniger Burgunder und Sekt zu trinken, seine Nächte in seinem friedlichen, braven Bett, anstatt in den Bars, Ballokalen und an derartigen Orten nervenzehrender Tendenzen zu verbringen. Das wäre für ihn die einzig richtige Therapie. Er wäre kerngesund und litte nur an einem chronischen Kater.

Von dieser uninteressanten Diagnose wollte Scharleß Nulpe indessen nichts wissen. Er hatte sich auf eine regelrechte, zeitgemäße Neurasthenie kapriziert und trug als absoluter Gent diese neueste Note wie seine Londoner Krawatten und seine Schuhe aus Wien.

Wie zu einer schicken Krawatte die gleichfarbigen Strümpfe gehören, so verlangt eine elegante Neurasthenie eine entsprechende Kur.

Er schrieb an unzählige Sanatorien und Heilanstalten, die er in Zeitungen und Almanachen angegeben fand, und ließ sich Prospekte kommen. Ballenweise wurden sie ihm zugeschickt. Er wurde ganz wirr über dem Studium der detaillierten Anpreisungen. Physikalisch-diätetische Heilweisen, Wasserheilverfahren, Trockendiätkuren, Liegekuren, Terrainkuren, orthopädische Behandlung, der Teufel sollte wissen, was nun gerade das richtigste und zurzeit das modernste war.

Er hörte überall bei maßgebenden Bekannten herum und kam zur Erkenntnis, daß der Schrei »Zurück zur Natur« das zeitgemäße Schlagwort einer koketten Morbidezza war.

Also in eine Naturheilanstalt mußte er gehen, um einwandfrei modern zu bleiben.

Dem Prospekt einer Naturheilanstalt in M., die Weltruf genoß und von allerhöchsten Herrschaften frequentiert wurde, war eine Sammlung von Urteilen und Dankschreiben geheilter Patienten beigefügt.

Ein Oberstleutnant von C. in P. schrieb: Ein langjähriges Nervenleiden ließ mich an meinem Leben verzweifeln. Ich hatte jede Hoffnung einer Heilung bereits aufgegeben, als mich ein glücklicher Zufall in Ihre Anstalt führte. Vier Wochen Ihrer Behandlung haben mich völlig gesund gemacht. Ich bin wie neu geboren. Das Zucken um den Mund, an dem ich jahrelang litt, ist völlig verschwunden. Meine ganze Konstitution ist so gekräftigt, daß ich kürzlich mit einem 400 Pfund schweren Rucksack auf dem Rücken, ohne Führer den Montblanc bestiegen und dabei noch stundenlang einen großen Bernhardinerhund, der sich in den Bergen verlaufen hatte, getragen habe. Das danke ich alles der Wunderkur des Sanatoriums »Bizepsheil« in M.

Ein Fräulein F. in L. schrieb: Ich war jahrelang taubstumm und konnte meinem Beruf als Sängerin nur schlecht nachkommen. Freunde machten mich auf das Sanatorium »Bizepsheil« aufmerksam. Die berühmtesten Spezialärzte hatte ich konsultiert, aber bei keinem Heilung gefunden. Ich verfiel in die tiefste Melancholie und trug mich mit Selbstmordgedanken. Völlig verzweifelt und hoffnungslos kam ich nach »Bizepsheil«, und heute komme ich meinem Berufe wieder voll und ganz nach und mein Ruf erfüllt die Welt. Mein Sprachvermögen hat sich in derartiger Weise entwickelt, daß ich selbst fremde Sprachen, die ich früher nicht beherrschte, jetzt fließend spreche. Ich danke mein Lebensglück der Naturheilanstalt »Bizepsheil«.

Herr D. aus D. schrieb: Ich hatte seit frühester Jugend keine Beine und nur einen Arm, den linken. Da mich meine Eltern zum Akrobaten bestimmt hatten, so störte mich das Gebrechen sehr an der Ausübung dieses Berufes. Vier Wochen in »Bizepsheil« haben mich zum völlig normalen Menschen mit gesunden, wohlgeformten Gliedmaßen gemacht. Die fehlenden Glieder sind unter der Wunderkur von »Bizepsheil« gewachsen; es war wie ein Zauber. Heute bin ich das gewandteste Mitglied des bekannten Akrobatenensembles »*The five huit brothers Geschwister fratelli frères Webbers*«.

Frau Bierfilzfabrikantengattin A. in N. schrieb: Ich war etwa neun Jahre tot, als mir der Prospekt des Sanatoriums »Bizepsheil« in die Hände fiel. Heute nach sechswöchentlicher Kur laufe ich wieder gesund, fidel und frisch in der Welt herum und trage mich, da sich mein Gatte in meiner Abwesenheit eine zweite Frau genommen hat, ernstlich mit Heiratsgedanken. Ich bin jederzeit bereit, genaue Auskunft über meine Kur in »Bizepsheil« und über meine persönlichen Verhältnisse usw. zu geben.

Das waren ja ganz außergewöhnliche Erfolge.

Scharleß Nulpe entschied sich für »Bizepsheil«. Hauptbestimmend war für ihn auch der Umstand, daß der Fürst von Printe-Hefeteil-Hubbelrath mit seiner ganzen Familie alljährlich diese Anstalt beehrte.

Scharleß meldete sich in »Bizepsheil« an und bestellte ein Zimmer von dreißig Mark pro Tag. Eigentlich schien ihm der Preis reichlich hoch, zumal in »Bizepsheil« nur mit der Natur als Heilfaktor gearbeitet wurde. Aber Gott ja, Natur war heute eine rare Sache. In den dreißig Mark war ja wohl auch alles inbegriffen. Oh, der Tor!

Er hatte seine Ankunft angemeldet und wurde von dem Wagen der Anstalt am Bahnhof abgeholt.

Gleichzeitig mit ihm war noch eine uralte Dame, die sehr stark schnaufte, fortwährend Haarnadeln verlor und hinkte, und ein Herr in mittleren Jahren von fahlem Aussehen und mit einem zu kleinen Strohhut angekommen. Mit diesen beiden teilte er den Wagen.

Der fahle Herr stellte sich sofort als Regierungsrat Hifthorn von Hosenboden vor und begann von einer Geschwulst zu reden, die er im Leibe hätte. Er hätte bereits unzählige Ärzte konsultiert, und alle rieten zu einer Operation. Er wollte aber noch vorher einen letzten Versuch mit »Bizepsheil« machen. Und ob er auch eine Geschwulst im Leibe hätte? wandte er sich interessiert an Scharleß Nulpe.

Nulpe bedauerte fast, daß er das nicht bestätigen konnte, denn es wäre ohne Zweifel interessanter gewesen, wie seine einfache Neurasthenie. Aber er gab sich Mühe, sein Leiden in den grellsten Farben auszumalen, so daß er wohl dem Regierungsrat mit der Geschwulst gegenüber bestehen konnte.

Am Portal einer pompösen Villa standen zwanzig Herren in Gehröcken mit Seidenaufschlägen. Sie begrüßten die Ankommenden in englischer Sprache, um diese Leute zu ehren und bei ihnen den Glauben zu erwecken, man hielte sie für Ausländer. Wenn das Echo dann, wie in diesem Falle, verschämt deutsch klang, verstanden sich die zwanzig Gehröcke dazu, auch in diesem Idiom zu reden.

Man wurde in das Bureau geführt, einen großen Saale, in dem ein sinnverwirrendes Geräusch herrschte. Schreibmaschinengeklapper, Hin- und Herlaufen von Beamten, Telephonklingel, Zurufe wie: Nr. 39 Lebergeschwulst, Packung 10 Mark; Nr. 62 Grützebeutel 8 Mark; Nr. 104 70 Mark usw. Unverständliche Bemerkungen für den nicht Eingeweihten.

Man bekam wahnsinnig neugierige Fragebogen, die selbst die Halsweite des Vaters wissen wollten, zum Ausfüllen vorgelegt. Dann erhielt man verschiedene Drucksachen in die Hand gedrückt, unter denen ein dickes Heft als die Hausordnung bezeichnet wurde. Ja, was die Hausordnung nicht alles vorschrieb. Vor allem stand darin, daß man im voraus zu bezahlen habe, und wenn man dann zu diesem Zweck an die Kasse geführt wurde, erfuhr man, daß man für die vereinbarten dreißig Mark lediglich ein Bett zu beanspruchen hatte, während die Verpflegung, ärztliche Behandlung, Bedienung, Bäder, Benutzung der Turngeräte, der Gartenanlagen usw. besonders verrechnet wurden. Das hörte man nicht gern. Aber Gott ja, es war eine *first class*-Anstalt und der Fürst von Printe-Hefeteil-Hubbelrath kam alljährlich mit seiner ganzen Familie nach »Bizepsheil«.

Das Zimmer! Man bekam ein Bett in einer sogenannten Lufthütte. Alte, früher wohl als Selterswasserbuden benutzte baufällige Bretterbuden, die unschön auf einer Wiese standen, waren die Lufthütten, durch die der Wind pfiff und die außerdem feucht waren, also in jeder Beziehung zur Abhärtung geeignet schienen.

In der Aufnahmeuntersuchung durch den Chefarzt (kostete extra), die in seinem fürstlich eingerichteten Studierzimmer stattfand (alle Räume, die nicht für die Patienten bestimmt waren, waren äußerst komfortabel eingerichtet), wurde dann der Kurplan festgelegt, die Diät (kostete extra), die Bäder (kosteten extra), die Turnübungen (kosteten extra), Atemgymnastik (kostete extra), Übungen im Zandersaal (kosteten extra extra), Luftbäder (kosteten extra), Spazierengehen (kostete extra) usw. (kostete alles extra) bestimmt.

Scharleß Nulpe schwindelte es, so kam er täglich auf etwa 150 Mark. Wenn auch die Erfolge in »Bizepsheil« außerordentliche waren und Fürst von Printe-Hefeteil-Hubbelrath jährlich hierher kam, das war doch zu toll.

Und wie erstaunt und fassungslos war er, als er am ersten Kurtage auf seinem Platz am Frühstückstisch lediglich zwei Bucheckern, eine rohe Kartoffel und ein Glas Wasser vorfand. An den übrigen Plätzen lagen ähnliche Leckerbissen. Ein schwacher Trost für Nulpe!

Mittags gab es fünf Bucheckern, eine Haselnuß, etwas Weiches, das aussah wie Stockfarbe und auch so schmeckte, eine Prise Salz und zwei Wiesenschaumkrautblüten. Abends war das Menu ähnlich, nur weniger Bucheckern und keine Stockfarbe und anstatt Wiesenschaumkraut Huflattich.

In dem Riesenspeisesaal, man saß auf einfachen Holzbänken, aus hygienischen Gründen, waren die verschiedenen Kranken nach ihren Leiden an einzelnen Tischen sortiert.

So hatte man den Tisch der Magenleidenden, den Tisch der Nierenbankerotteure, den Tisch der Nervösen, den Tisch der stärker Nervösen, den Tisch der schon ein wenig Blöden, den Tisch der schlicht Blöden, den Tisch der absolut Blöden, den Tisch der aussichtslos Blöden (die mußten am meisten bezahlen).

Scharleß Nulpe saß zur Probe an dem Tisch der Nervösen. Nach acht Tagen bat er, ihn an den Tisch der stärker Nervösen zu setzen.

Seine Kur setzte sich aus kombinierten physikalisch-diätetischen Maßregeln zusammen.

Alles, was im Sanatorium mit ihm geschah, bekam ihm schlecht, und er begann, sich ernstlich in seiner Haut unbehaglich zu fühlen. Aber, was so teuer war und von Fürsten in Anspruch genommen wurde, mußte doch Qualitäten haben. Er litt vielleicht nur unter der anfänglich stets auftretenden Reaktion dieser ungewohnten Lebensweise.

Nach dem Frühstück mußte er vierzig Minuten auf dem Kopf stehen (kostete extra) mit einer Mohrrübe im Mund (kostete extra), dann mußte er, den linken Zeigefinger in der Nase (kostete extra) auf einem

Bein herumhupsen (kostete extra). Er wurde dann abwechselnd in kochendes und eiskaltes Wasser getaucht (kostete extra) und mußte sich bis Mittag in der zur Anstalt gehörigen Ökonomie mit Mistabfahren beschäftigen (kostete extra).

Nachmittags wurde geturnt. 286 Kniebeugen (kosteten extra 5 Mark pro Stück), 652 Rumpfbeugen (kosteten extra 5 Mark pro Stück). Mit andern Leidensgenossen mußte er ein Reservoir leer atmen, das als Vakuumentstauber Verwendung fand (kostete extra). Er mußte die tollsten und ihm gänzlich unverständlichen Verrichtungen machen. Alles drehte sich ihm im Kopf.

Vor dem Abendessen trafen sich die Patienten im Lesezimmer zum Plauschestündchen (kostete extra). Man erzählte sich umständlich von seinen Leiden, und Frohsinn und trautes Behagen herrschte in dem, wie alle für die Gäste bestimmten Räumen recht ungemütlichen Lesesaal, der aus hygienischen Gründen, um eine radikale Abhärtung durchzusetzen, feucht und zugig war.

Nach einer weiteren Woche bat Nulpe, man möge ihn an den Tisch der ein wenig Blöden setzen.

Es wurde täglich schlimmer mit seinem Zustand. Eine bedenkliche Reizbarkeit zeigte sich bei jeder Gelegenheit.

Eine harmlose Szene hatte schreckliche Folgen. Die taube Witwe eines Schlachtenmalers hatte ihm gegenübergesessen. Er hatte sie in der Unkenntnis ihres Gebrechens so obenhin gefragt, ob sie schon früher in »Bizepsheil« gewesen wäre.

»Im vergangenen Jahr stand das Grumt um diese Zeit besser«, bekam er zur Antwort.

»Ich meine, waren Sie schon mal in dieser Anstalt?« wiederholte Scharleß seine Frage.

»Gestern sah es nach Regen aus«, war jetzt die Entgegnung.

»Machen Sie schon lange die Kur hier und merken Sie einen Erfolg?« brüllte jetzt Scharleß plötzlich los.

»Ja, es ist ein feuchter, ein recht ein feuchter Sommer«, bekam er zu hören.

Eine wahnsinnige Wut kam über Nulpe. Er sprang auf und boxte der Witwe des Schlachtenmalers in das Auge.

Mit jedem Tag wurde es schlimmer mit ihm. Er litt gräßlich unter der Diät. Seine Seife, zwei Tuben Zahnpasta, ein Paar Glacéhandschuhe, vier Bleistifte, eine Schachtel Heftzwecken und zwei Flaschen Kopiertinte hatte er verstohlen hinuntergeschlungen.

Wäre er nie auf diese Sanatoriumidee verfallen! Aber nun hatte er schon für Wochen bezahlt. Und dann galt es doch für schick.

Eines Tages sagte der Chefarzt zu ihm: »Herr Nulpe, mein lieber Herr Nulpe, nur Geduld, nur Geduld, Sie sollen mal sehen, nur Geduld. Morgen wollen wir mal anfangen zu zandern.« (Zandern kostete extra.) Der Doktor hätte Nulpe nicht zandern lassen sollen.

Nulpe saß bereits an dem Tisch der absolut Blöden. Wenn ihm irgendwas überzwerch ging, konnte er in wildes Toben verfallen.

Im Zandersaal. Alle Apparate waren in Bewegung. Es war ein groteskes Bild. Dort hatte eine sehr korpulente Dame die Arme eingespannt und schwenkte sie mit schauerlicher Regelmäßigkeit im Kreise. Einem langen, dürren Herrn wippte ein Apparat die Beine in marionettenhafter Weise hin und her. Ein Mensch, ganz kahlköpfig, wurde durch einen Zandermechanismus veranlaßt, unaufhörlich, schauerlich den Kopf zu rollen. Eine Greisin mit einem Eikopf und gallertartigem Wackelkinn saß auf dem Kamelrittapparat und hupste, daß ihr die Zähne wie weiße Bohnen aus dem Munde flogen.

Nulpe fühlte sich durch alles dieses Merkwürdige sichtlich beunruhigt.

Nur ungern ließ er sich in einen komplizierten Stuhl drücken. Dieser Apparat hatte den Zweck, bestimmte Stellen im Rücken durch kurzes, regelmäßiges Klopfen eines Gummifingers zu massieren. Das sollte enorm gesund sein.

Plötzlich bekam Nulpe von hinten einen leichten Stoß in den Rücken. Wütend schaute er sich um. Niemand war in seiner Nähe, der ihn gestoßen haben konnte.

Was war das für eine Frozzelei? Da wieder stieß ihn etwas an der gleichen Stelle. Das war ja eine maßlose Unverschämtheit. Eine tolle Wut packte ihn. Er sprang auf und bemerkte jetzt den Gummifinger, der mit unheimlicher Regelmäßigkeit aus dem Apparat herausschnellte.

Haßerfüllt stürzte sich Scharleß Nulpe auf diesen gespensterhaften Angreifer. Ein entsetzliches Ringen entspann sich zwischen Nulpe und der Maschine. Räder, Haare, Zähne, Schrauben flogen, bis plötzlich der Stuhl, Apparat und Nulpe umflogen und sich in einem wilden Chaos am Boden wälzten.

Nulpe gelang es, wieder auf die Beine zu kommen. Vor sich sah er einen anderen Apparat, der drohend seine Arme gegen ihn schwang.

Drauf los! Und ein Rasen packte den Unglücklichen und in jedem Apparat, der im Zandersaal seine blanken Fühler reckte, wie eigentümliche Untiere ihn zu höhnen schienen, erblickte er entsetzliche Feinde. Drauf los! Und er focht einen furchtbaren Kampf, bis er an die Halsmassagemaschine kam. Die kannte keinen Spaß, sie packte ihn mit ihren Fühlern um den Hals und erdrosselte ihn.

Alle Verwandten von Scharleß Nulpe waren bei der Beerdigung, nur Onkel und Tante Siebenborn aus Euskirchen fehlten.

Der Blinddarm – ein Fluch!

Man hat mich in eine Irrenanstalt gesteckt, und ich bin doch wirklich nicht irrsinnig. Bitte, meine Herren Psychiater, das kann ich doch wohl selbst beurteilen. Dritte reitende Feldartilleriebrigade – – Donaudampfschiffahrtsgesellschaft – – Artaxerxes kann ich ohne Silbenstolpern fehlerfrei sagen. Ich meine, das genügt. – Was?

Gott ja, ich gebe zu, ich war damals ein wenig heftig. Aber wer die Tragödie meines Lebens kennt, wird mich verstehen. Das Wort Blinddarm soll man in meiner Gegenwart nicht aussprechen! Dann kribbelt es mir in allen Gliedern, und ich kann verdammt unangenehm werden. Aber deswegen gehöre ich noch lange nicht in eine Irrenanstalt! Ich bin ein beklagenswertes Opfer der Psychiater.

Einst war ich ein Mensch, der glücklich und froh war, seine 250 Pfund wog und dessen schwerste Sorge die war, daß um Gottes willen die Poularde zu Mittag weich und köstlich, und der Moselwein recht spritzig war.

Man nannte mich ein Faultier und einen Tagedieb. Aus Neid natürlich. Ich lebte eben ganz nach meinem Gusto. Und mein Gusto war: nichts tun, gut essen und trinken, schlafen und träumen. Wer sich das nicht leisten konnte, wurde natürlich leicht ein gehässiger Kritiker meines Lebenswandels.

Gott, ich hatte wirklich auch recht schwere Jahre hinter mir, wo es hieß, für das tägliche Brot zu sorgen. Das war eine üble Zeit. Pfui Teufel, wenn ich daran zurückdenke! Der Kampf ums Dasein ist mir verflucht schwer gefallen. Jede Art von Betätigung war mir bei meinem angeborenen Hang zur Beschaulichkeit ein entsetzliches Greuel.

Da kam eines Tages das Glück. Meine Tante Hieronima Ameisenei in Altenbeken starb, und mir fiel aus der Erbschaft eine jährliche Rente von zehntausend Mark zu.

Geld verdienen, sich abhasten, Ellenbogen benutzen: diese häßlichen Worte spielten keine Rolle mehr. Ich war frei und unabhängig. Meinen Traum von jeher, die Sehnsucht meines Lebens, mein Dasein fern vom Getriebe der Welt in süßem Nichtstun zu verbringen, sah ich erfüllt.

Ich schaffte mir eine Köchin an, um die mich Brillat-Savarin beneidet hätte. Herrliche Weine lagen in meinem Keller. Ich besaß ein fabelhaftes Bett und das Wunder eines Diwans, geräumig, mit weichen, kosenden, indischen Decken belegt.

Bis in den Tag hinein schlief ich. Wenn ich mich nicht den Sensationen kulinarischer Genüsse hingab, lag ich rauchend und träumend auf meinem herrlichen Diwan.

O, ich war vollkommen glücklich zu jener Zeit!

Monatelang verließ ich nicht meine Behausung. Ich kam aus dem Pyjama nicht heraus.

Meine *Splendid Isolation* von allen Störungen des Alltags, von jedem Mißklang in die Harmonie meiner Tage war vollkommen. Alle wohlmeinenden Bekannten mit Ratschlägen, verdächtigen Altruismen und ehrlicher Freundesentrüstung hatte ich mir allmählich vom Halse geschafft. Man gab mich auf und sprach schlecht von mir.

Was kümmerte mich das? Ich hatte den Alltag überwunden. Ich lebte das Vergessen der Miseren des Lebens.

Dann platzte eines Tages mein alter Schulfreund Sebald in mein Idyll. Ich hatte ihn seit Jahren nicht gesehen.

Es war gegen zwölf Uhr vormittags, ich lag noch im Bett und sann wollüstig darüber nach, welche Leckerbissen mir meine Köchin wohl heute vorsetzen würde.

Sebald setzte sich ohne Umschweife an mein Bett und erzählte, er sei Arzt geworden und habe sich in dieser Stadt niedergelassen. Von alten Erinnerungen sprach er dann, leitete allmählich zu mir und meiner Lebensweise über, über die er genau informiert schien, und war auf einmal daran, mir in ernstem vorwurfsvollem Ton mein Leben vorzuhalten.

Ich wurde unruhig. Diese Anzapfung paßte mir sehr wenig. Aber Sebald sprach so ehrlich und herzlich. Ich versuchte ihm wissenschaftlich zu kommen und mein Leben im Hinweis auf die indischen Yoghi zu rechtfertigen. Ich hätte die gleichen Maximen: Abrücken von dem Gehaste der Welt und allen Leidenschaften, Sichversenken in Meditationen und ins Nirwana. Ganz ginge ich natürlich nicht mit den Indiern. Asketischen Unfug, Glas und Erde essen, mich mit dem Kopf nach unten aufhängen, auf nägelgespickten Brettern liegen und solche Sachen wies ich als aufgeklärter Mensch natürlich weit von mir. Ich käme ohne diese Gewaltmittel in den göttlichen Trance alles Vergessens.

Meine Ausführungen machten keinerlei Eindruck auf Sebald. Er schüttelte den Kopf und machte ein recht bedenkliches Gesicht. Plötzlich nahm er meine Hand, fühlte den Puls und sah mir prüfend in die Augen.

Ich wurde nervös. Ich entzog ihm meine Hand und bat ihn dringend, diese Faxen zu unterlassen.

Ob ich Schmerzen im Bauche hätte, in der rechten Seite fragte er, ohne meinen ablehnenden Einwurf zu beachten.

Was sollte das? Ich brauste auf. »Ich habe dich nicht konsultiert. Verschone mich mit ungewünschten Ratschlägen. Mische dich bitte nicht in mein Leben. Außerdem finde ich es rücksichtslos und zudringlich, mich mitten in der Nacht zu überfallen. Ich will jetzt meine Ruhe haben.«

Sebald erhob sich verletzt, zuckte mit den Achseln und sagte: »Du tust mit leid, du wirst deinen Unverstand bereuen!« Damit schickte er sich an, das Zimmer zu verlassen. An der Tür drehte er sich noch einmal um: »Wenn du mich brauchst, so telephoniere Amt III, Nummer 3145. Du wirst mich bestimmt brauchen. Adieu!«

Was sollte dieser Blödsinn? Plumper Patientenfang! Ich verstand Sebald nicht, früher war er doch der ehrlichste und anständigste Mensch! Auch heute hatte sein Benehmen noch immer etwas Treuherziges.

Ich fühlte mich kerngesund. Aß, trank und schlief vorzüglich. Schmerzen im Bauch? Keine Spur.

Ich ertappte mich plötzlich dabei, wie ich schüchtern an meinem wohlgerundeten Bäuchlein herumzudrücken begann. In der Tat, wenn ich an eine Stelle in der rechten Seite kam, glaubte ich ein gelindes Unbehagen zu verspüren! –

Dummes Zeug. Es war ja auch nicht nötig, am Bauch herumzuklopfen. Dennoch kam eine eigentümliche Unruhe über mich. Das wäre ja schrecklich, wenn ich nun doch tatsächlich krank wäre, ein Leiden in mit trüge! Jetzt, wo ich alles hatte, was mein Herz sich wünschte!

Zum erstenmal wollte es mir nicht so recht schmecken, zum erstenmal kam ich auf dem Diwan nicht zur träumerischen Ruhe. Der quälende Gedanke an eine Krankheit begann, sich in mir festzusetzen. Immer wieder befühlte ich meinen Bauch, und je mehr ich untersuchte und knetete, um so mehr empfand ich dabei, nicht nur an der rechten Seite, sondern überall ausgeprägte Schmerzen. Ich fühlte den Puls, beschaute mich im Spiegel, lief aufgeregt im Zimmer umher. Mit meiner göttlichen Behaglichkeit und Sorglosigkeit war es aus. Meine Köchin war fassungslos: selbst frische Langusten und gebackene Austern ließen mich kalt.

Was mochte das für eine Krankheit sein? Ich stöberte im Konversationslexikon herum und fand, daß in der rechten Seite der Blinddarm säße. Ein wahnsinniges Entsetzen packte mich. Blinddarmentzündung? Diese furchtbare Krankheit grassierte ja jetzt allenthalben und forderte unzählige Opfer. Warum sollte mich Sebald eigentlich in einer so ernsten Sache täuschen?

Mehrere Tage verbrachte ich in qualvollen Reflexionen. Schreckliche Visionen verfolgten mich. Die herrlichsten Leckerbissen ließ ich unberührt. Ich beschaute stundenlang meinen Bauch. Wenn es darin kollerte, zuckte ich jäh zusammen. O, wenn ich nur Klarheit hätte! Ich konnte den grauenhaften Zustand der Ungewißheit nicht mehr ertragen und ließ an Sebald telephonieren.

»Ich wußte, daß du dich melden würdest«, begann er überlegen, als er seinen Mantel ablegte.

Er untersuchte mich, drückte mit seinen kalten Händen an meinem warmen Bauch herum und nickte an der Stelle in der rechten Seite ernst und bedeutsam mit dem Kopf. Ich verging vor Angst.

»Ja, ja, wie ich dachte! Schwere Blinddarmreizung! Eine Perforation ist jeden Augenblick zu befürchten! Eine sofortige Operation ist unbedingt geboten! Du hast wohl viel Kirschen mit Steinen gegessen?«

Ich hatte seit meiner Jugend keine Kirschen gegessen.

»Du wirst einen Kirschkern, Emaillesplitter vom Kochtopf oder ein Gummiteilchen vom Verschluß von Mineralwasserflaschen im Wurmfortsatz haben.«

Ich trank seit Jahren kein Mineralwasser und meine Köchin kochte nur in Reinnickel.

»Also, wie gesagt, da muß sofort operiert werden. Jeder Aufschub kann eine tödliche Komplikation zur Folge haben.«

Grün und gelb wurde es mir vor Augen. Mein ganzes Empfinden lehnte sich auf gegen den Gedanken an eine Operation. Lieber dann schon eingehen, als eine solche Marter ertragen! Mein Heim verlassen? Mich in das Grauen eines Krankenhauses begeben? Niemals.

Ich nahm meine ganze Kraft zusammen und schrie: »Scher dich zum Teufel mit deiner Diagnose! Raus, raus!«

Sebald versuchte, mich in aller Milde und Geduld zu beruhigen und mir das relativ Harmlose einer Blinddarmoperation, die enorme Geschicklichkeit der heutigen Chirurgen auseinanderzusetzen. Ganz behaglich sei es in einem modernen Krankenhause, und nach der Methode von Professor Weichteil sei die ganze Affäre in acht Tagen erledigt.

Ich hatte für nichts ein Ohr. Mit jedem Wort, das Sebald sagte, wuchs mein sinnloser Zorn. Ich sah in Sebald lediglich den bewußten Störer meines harmonischen Daseins, den Vernichter meines Seelenfriedens, meiner göttlichen Ruhe. Wie ein wildes Tier brüllte ich auf ihn ein.

Dann wurde es ihm doch zuviel. »Ich lehne jede Verantwortung ab«, rief er. »Du tust mir leid in deiner Verbohrtheit. Mach meinetwegen was du willst!« Sebald warf die Tür ins Schloß und ging weg.

Stundenlang kauerte ich weinend in einer Ecke und stierte vor mich hin. Oder ich irrte wie ein von Gespenstern Verfolgter durch die Wohnung. Oder es packte mich eine wahnwitzige Wut, und ich stürzte mich auf irgendeinen Gegenstand. Eingetretene Schranktüren, zerschlagene Fischgläser und Lampen, zertrümmerte Fenster, Spiegel und Vasen, abgebrochene Stuhlbeine klagten von meinem Wüten. Ich warf mich dem Alkohol in die Arme und trank Kognak aus Biergläsern.

Dieser Zustand währte etwa drei Wochen. Ich hatte keinen Kognak mehr und meine ganze Einrichtung war zerstört.

Da kam ich einen Augenblick zu mir. Das konnte so nicht weiter gehen. Dieser entsetzliche Zustand führte zum Wahnsinn. Dabei nahmen die Schmerzen im Bauche immer mehr zu. Mein Eigensinn war gebrochen. Ich schrie nach Sebald. Sebald war ein guter Kerl und kam.

Willenlos und ohne jeden Widerstand ließ ich mich von ihm in einer Droschke in das Krankenhaus des Herrn Professor Weichteil schaffen.

Mit großer Freundlichkeit empfing man mich im Krankenhause. Ich wurde stutzig. War das bemitleidende Güte, die man einem Aufgegebenen, einem Verlorenen entgegenbrachte?

Ich mußte Personalzettel ausfüllen. Die neugierigen Rubriken wollten das Unmöglichste wissen. Ob meine Amme eine gute Turnerin gewesen wäre, ob mein Großvater Schuppen auf dem Kopf gehabt hätte, ob in meiner Familie ein Neger wäre.

Wildfremde Männer in weißen Mänteln kamen herbei. Sie rochen nach Äther, Karbol, Zigarren und Kognak. Ich mußte mich hinlegen, und sie tasteten mit ernsten Mienen und kalten Händen an meinem Bauch herum. Sie sprachen dann lateinisch mit bedenklichen Gesichtern. Einer klopfte mir auf die Schulter und sagte: »Nur Mut, wird schon werden!« Ein anderer lachte mich gütig an und sagte leise: »*Moribundus.*«

Von einem breitschulterigen Mann mit brutalen Zügen und Händen wurde ich mit rauher Unerbittlichkeit gewaschen, gebürstet, geseift. Er tat es mit dem Wohlbehagen eines sadistischen Henkers. Als er mein Zimmer betrat, hatte er ein amputiertes Bein bei sich, welches er in die Ecke stellte.

Dann legte man mich in ein blütenweißes Bettchen, über dem ein frommes Bild hing. Ich wurde wehmütig und weinte.

Die wildfremden Männer in weißen Mänteln kamen wieder und klopften an meinem Bauch herum. Kalte Hände hatten sie noch immer.

Plötzlich erschien ein langer Mann mit einem verwahrlosten Vollbart, einer Brille und einer schlechtsitzenden Hose. Es war der berühmte Professor Weichteil. Die weißen Männer machten ihm respektvoll Platz. Er trat an mein Bett, blickte zerstreut über mich weg und fragte so obenhin: »So, das ist also die Frau mit dem Tumor?«

Vorsichtig bemerkten die Männer, ich wäre männlichen Geschlechtes. Weichteil hob ernst und stumm meine Decke auf, besah sich mein rechtes Bein und erklärte: »Ja, ja, die höchste Zeit, das Bein muß amputiert werden. Gute Nacht.« Die Männer klärten ihn unterwürfig auf, daß es sich wohl nach ihrer bescheidenen Ansicht um eine Appendizitis handelte. Der Professor richtete sich auf und sagte fest und bestimmt: »Dann muß der Appendix heraus!« Die weißen Männer neigten demütig, zustimmend die Häupter, und alle entfernten sich.

Ich weinte die ganze Nacht. Womit hatte ich dieses gräßliche Geschick verdient? Ich war schon mehr tot, wie lebendig.

Am nächsten Morgen kam der Professor, gefolgt von den weißen Männern. Er untersuchte natürlich mit kalten Händen meinen Bauch und konstatierte: »Die linke Niere muß raus, muß sofort raus!« Ich richtete mich jammernd mit letzter Kraft auf und stöhnte: »Blinddarm, Blinddarm.« Darauf fiel ich in meine Kissen zurück. Es dauerte eine Weile bis die weißen Männer Professor Weichteil richtig informiert hatten. Er wollte die Niere nur ungern fallen lassen.

Punkt elf schob mich der Henkersknecht, der mich geseift hatte, auf einem weiß angestrichenen Krankentransportwagen in einen großen, hellen Saal. Hier war es scheußlich heiß, und es roch übel nach Chemikalien. An den Wänden standen hohe Glasschränke mit bösartig glänzenden Instrumenten. Eine große Zange fiel mir besonders ins Auge, sie schien mich zu fixieren, und ihre Kiefer nach mir zu weiten. Ein riesiges, nach Blut schreiendes Messer ließ mich erzittern. Die weißen Männer hatten sich weiße Mützen aufgesetzt und das ganze Gesicht vermummt.

Grause Furcht packte mich.

Plötzlich stülpte man mir heimtückisch von hinten etwas über die Nase, ohne daß ich darum gebeten hatte. Ein widerlich, süßlicher Geruch drang auf mich ein. Ich hörte, wie jemand neben mir sagte: »Drei Mark zwanzig habe ich gestern im Skat verloren.« Dann noch eine andere Stimme: »War es das linke oder rechte Bein?«

Ein gräßlicher Krampf schüttelte mich. Ich wollte schreien. Ich verlor das Bewußtsein.

Als ich wach wurde, lag ich in meinem Bett. Eine Krankenschwester saß neben mir und häkelte etwas, was durch das Klappern der Holzstäbchen immer länger wurde. Ich wollte fragen, ob ich tot wäre, brachte aber keinen Ton heraus. Ich schlief wieder ein. Als ich aufs neue erwachte, saß die Schwester noch immer da und häkelte.

Professor Weichteil war ein unbedingter Vertreter der Theorie der schnellen Heilung. Höchstens zwei Tage Bettruhe, dann aber schleunigst aufstehen. Vor allem hieß es jetzt, viel spazieren gehen, turnen, namentlich Hochsprung schrieb er vor, schwere Lasten tragen. Sich von guten Boxern vor den Bauch boxen zu lassen, hielt er für vorzüglich nach einer Blinddarmoperation. All diese Übungen fielen mir verflucht schwer. Aber mit dem neuen Lebensmut, der sich allmählich einstellte, wuchs auch meine Energie. Wenn die Methode des Professors nur zur schnellen Heilung beitrug, nahm ich das Unangenehme gern in Kauf.

Leider sollte mir noch ein Mißgeschick passieren, das meinen Austritt aus dem Krankenhaus verzögerte. Bei einem Sprung aus der ersten Etage, mit 100 Kilo schweren Gewichten in der Hand, platzte der Bauch in der Naht und die Gedärme quollen heraus. Sie hingen mir wie aufgegangene Schuhbändel auf die Füße. Ich bemerkte das Unglück erst nicht und bummelte noch durch den Stadtgarten. Kinder machten mich dann auf die auf die Schuhe baumelnden Eingeweide aufmerksam. Ich gab ihnen saure Bonbons, wurde am gleichen Tage wieder zugenäht mit doppelter Naht und mit Stahldraht, außerdem mit Markenpapier verklebt. Die Naht wurde noch, um ein übriges zu tun, mit Zigarrenkistchenbrettern vernagelt.

Das hielt und bald schon konnte ich das Hospital verlassen. Geschwächt, aber guten Mutes und voll neuen Hoffnungen und Lebensfreude.

Meine Köchin hatte meine Wohnung in der alten Heimeligkeit und Bequemlichkeit wieder hergerichtet und die exquisitesten Zungen- und Gaumengenüsse zu meinem Empfang vorbereitet.

Ich begann, die schlimmen Tage zu vergessen und an ein neues Leben in alter Beschaulichkeit zu glauben. Alles war wie einst, wie in den glücklichen Tagen vor dieser Malefizblinddarmsache. Ich fühlte mich frei und sicher. Das Damoklesschwert war beseitigt: dort war es in dem kleinen Einmachsglas. Man hatte mir den Blinddarm im Krankenhause in diesem Glase mitgegeben. Ich stellte ein Leiterchen hinein. Wenn es schlechtes Wetter war, saß der Blinddarm unten, wenn es aber gutes Wetter war, saß er unten.

So lebte ich mein Leben einige Wochen lang in meinen alten Gepflogenheiten, wunschlos, weltfern und glücklich.

* *
*

Ich lag eines Tages nach einem allzu reichlichen Mahle auf meinem Diwan. Unruhige Gedanken an meine Blinddarmtragödie störten plötzlich mein Sinnieren. War ich nur wirklich gesund? Es war mir eigentlich nicht immer so, wie es hätte sein sollen. Ich fühlte mich häufig beschwert und hatte das Gefühl, daß es in meinem Bauche nicht so recht stimmte. Eine peinliche Sorge um meine Gesundheit quälte mich, die mit jedem Tag stärker wurde. Jede Indisposition geringster Art beschwor die schrecklichsten Vorstellungen und Vermutungen. Ich begann, meinen Körper auf das peinlichste zu kontrollieren.

Ich abonnierte auf medizinische Fachblätter. Das hätte ich lassen sollen, es wurde mein Verderb. Denn eines Tages fiel mir der Aufsatz des berühmten Chirurgen Professors Langebühdel in Jena in die Hände, der unter Beigabe von genauen Statistiken und auf Grund dieser Zahlen nachwies, daß der Prozentsatz der Sterblichkeit unter Blinddarmamputierten erheblich höher wäre, wie unter normalen Menschen mit Blinddarm. Weiterhin hätte er einwandfrei bei strenger Kontrolle und Beobachtung einer großen Anzahl von Operierten konstatiert, daß die Gehirnfunktionen durch die Amputation des Appendix in starkem Maße in Mitleidenschaft gezogen würden. Er resümierte seine verblüffende Theorie: Blinddarmamputation bewirkt vorzeitige Sterblichkeit, ferner Irrsinn und in allen Fällen eine außergewöhnliche Schwächung des ganzen Organismus. Eine Blinddarmoperation wäre ein Verbrechen an der Menschheit. Aber er brächte auch den Unglücklichen, die sich in ihrem Unverstand hätten operieren lassen, noch Hilfe mit seiner phänomenalen Erfindung des künstlichen Blinddarmersatzes. Langebühdel setzte an Stelle des amputierten Darmes einen aus bestem Gummi hergestellten Blinddarm ein. Auf diese Weise würde das Gleichgewicht des Bauchorganismusses wieder hergestellt, und die Spannung im Nervensystem aufgehoben.

Ich brach zusammen unter dieser Eröffnung. Die Sorge um mein Leben wuchs ins Ungeheuere.

Eines Tages saß ich im Zuge nach Jena. Professor Langebühdel schilderte in den schwärzesten Farben die mir drohende Gefahr. Nach schweren inneren Kämpfen gab ich mich ihm in die Hände und ließ mir in einer komplizierten Operation einen Gummiblinddarm »Langebühdel« einsetzen.

Sehr geschwächt, übernervös, achttausend Mark leichter, verließ ich nach einigen Monaten die Klinik in Jena.

Erst nach Monaten begann der Wille zur Beschaulichkeit allmählich die schwarzen, beunruhigenden Reflexionen über meine Gesundheit mehr und mehr zu verdrängen. Ich segelte fast völlig wieder im Fahrwasser köstlicher Harmonien.

Nur selten noch griff ich zu den medizinischen Blättern. Unglücklicherweise mußte mir durch Zufall eines Tages nun doch wieder eine Nummer in die Hände fallen. Ich Unglücklicher! Ich fand einen Artikel des bekannten Geheimrates Möhrenfeind, der als Unterleibspezialist einen anerkannten Ruf hatte. Er vertrat den gleichen Standpunkt wie Langebühdel über die gefährlichen Konsequenzen einer Appendixoperation, bekämpfte aber entschieden, als direkt lebensgefährlich, den

Ersatz aus Gummi nach Langebühdel. Nur ein Ersatz aus animalischer Materie könnte in Frage kommen. Seine epochale Erfindung: »Blinddarmersatz aus Schafsdarm« wäre die Lösung dieses Problems. Die Träger von »Langebühdel«-Blinddärmen befänden sich in fortgesetzter Lebensgefahr durch die unbedingt eines Tages eintretende Zersetzung des Gummis.

Ich warf mich vom Diwan und wälzte mich laut schreiend auf dem Boden herum.

Ich flüchtete mich in das Dunkel des Kellers und vergrub mich dort in den Kohlen. So blieb ich drei Tage in Stumpfsinn und völliger Apathie.

Dann löste sich plötzlich die Starre. Neue Lebensenergien regten sich mit Gewalt. Was, jetzt sterben? In den besten Jahren, mit einer Rente von zehntausend Mark?

Hals über Kopf reiste ich, gepeinigt von schrecklichen Ängsten zum Geheimrat Möhrenfeind.

Wiederum ließ ich mich überzeugen. Ich sah meine einzige Rettung und Hoffnung in einem Blinddarm aus Schafsdarm nach Möhrenfeind.

Fünf Monate lag ich bei Möhrenfeind. Das kostete achtzehntausend Mark.

Gealtert, abgemagert kehrte ich nach Hause zurück. Was war aus mir geworden? Was hatten die Ärzte aus einem sorglosen, glücklichen Menschen gemacht? Ein schrecklicher Haß gegen die ganze Gilde stieg in solchen grüblerischen Stunden mit Macht in mir auf, eine besondere Wut gegen meinen Schulfreund Sebald.

Es kamen wohl Tage, an denen ich über köstlichen Gerichten und schönen Weinen meine Sorgen vergaß. Aber immer wieder bekam die Angst um meinen Leib die Oberhand und ließ keine harmonische Behaglichkeit aufkommen. Der Gedanke: war mein Darmersatz nun das Richtige? quälte mich unausläßlich.

Mein böses Geschick mußte mich in den Vortrag des berühmten amerikanischen Arztes, des Professors W. C. Manhattan Cover-Coat führen. Dieses mein furchtbares Geschick, weh mir!

W. C. Manhattan Cover-Coat war eine weltberühmte Appendix-Autorität. Er hatte unlängst die fünfhunderttausendste Blinddarmamputation vorgenommen und war aus diesem Anlaß zum Ehrenvorsitzenden sämtlicher Blindenanstalten der Welt ernannt worden.

Seine Vortragsreise galt einer energischen Propaganda gegen die Theorie der künstlichen Blinddärme.

Die Mehrzahl sämtlicher Ärzte ständen hinter ihm. Er führte aus seiner Praxis unzweifelhafte Fälle an, wo die betreffenden Patienten dieser verrückten Erfindung zum Opfer gefallen waren. Er erklärte die Vertreter und Anhänger dieser Therapie für Mörder. Er hielte es für seine Pflicht als Mensch und Arzt, mit allen Kräften gegen einen derartig lebensgefährlichen Irrsinn vorzugehen und das Publikum aufzuklären. Den Voreiligen, die bereits Langebühdel oder Möhrenfeind in die Hände gefallen waren und diesen Unglücks-Blinddarmersatz mit sich herumschleppten, könnte er nur den Rat geben, sofort diese furchtbare Gefahr entfernen zu lassen. Eile wäre unbedingt geboten.

Professor W. C. Manhattan Cover-Coat sprach eindringend und überzeugend.

Wie ein Keulenschlag traf mich diese Eröffnung. Wie ein Blöder irrte ich zwei Tage durch die Stadt. Ich stand am Fluß mit Selbstmordgedanken. Ich ging in den Wald und aß Moos und Rinde. Ich wollte in Höhlen hausen, fand aber keine.

Dann trieb mich meine Angst willenlos ins Krankenhaus von Professor Weichteil. Raus mit dem Schafsdarm Möhrenfeinds!

Im Krankenhaus war alles wie damals.

Man schob mich nach den bekannten Vorbereitungen auf dem weißlackierten Krankenwagen in den noch immer ungemütlichen Operationssaal. Eine Wut quoll in mir auf gegen die Instrumente, die Ärzte, die Schwestern, die ganze Umgebung. Das war alles medizinische Materie, und die haßte ich gründlich.

Einer von den weißen Männern, der sich mit dem Professor überworfen hatte und in den nächsten Tagen das Spital verlassen mußte, trat an mich heran und flüsterte mir zu, daß ich damals bei der ersten Operation überhaupt nichts am Blinddarm gehabt hätte. Man hätte sich in der Diagnose geirrt.

Nichts am Blinddarm gehabt? Die ganzen Aufregungen und Quälereien wegen einer falschen Diagnose dieser Ärzte? Eine sinnlose Wut, ein irrsinniger Jähzorn packte mich. Mein ganzes Leben verhunzt durch diese Nichtswisser!

Ehe es sich jemand versah, sprang ich auf, packte ein großes, blitzendes Operationsmesser und erstach den Professor, die weißen Männer und eine Krankenschwester.

Ein armer Kranker, der auf einem Krankenwagen liegend, auch eine Operation erwartete, bekam in der Aufregung mehrere Stiche mit. Es war ihm aber egal, da er taubstumm war, außerdem darüber starb. Ich zerschlug noch die Glasschränke, warf die Instrumente zum Fenster hinaus und trank alle Gläser mit Chemikalien aus.

Plötzlich wurde ich von hünenhaften Krankenwärtern gepackt und überwältigt.

Ich kam in das Irrenhaus, wo ich jetzt noch bin.

Ich gebe zu, ich war ein wenig nervös. Wer wäre das nicht geworden, bitte? Aber irrsinnig bin ich nicht, keineswegs, keineswegs!!

Man erwähne nur das Wort »Blinddarm« nicht.